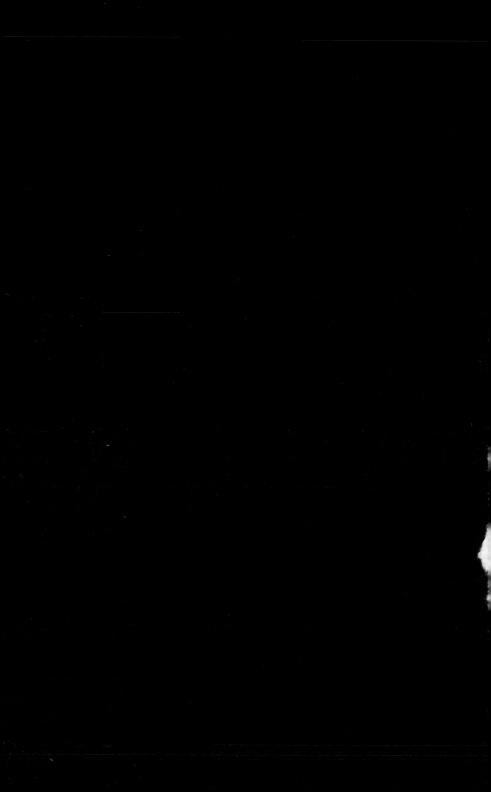

Ein Schuss ins Blaue

KRIMINALROMAN

Franz Dobler

Die Handlung und alle handelnden Personen sind frei erfunden.
Jegliche Ähnlichkeit mit lebenden oder realen Personen wäre rein zufällig.

Tropen
www.tropen.de
© 2019 by J. G. Cotta'sche Buchhandlung
Nachfolger GmbH, gegr. 1659, Stuttgart
Alle Rechte vorbehalten
Printed in Germany
Umschlag: Zero-Media.net, München
Illustration: FinePic®, München
Gesetzt von C.H.Beck.Media.Solutions, Nördlingen
Gedruckt und gebunden von CPI – Clausen & Bosse, Leck
ISBN 978-3-608-50346-3

**DER GEIST IST AUS DER FLASCHE
UND DER MACHT, WAS ER WILL.**

Danny Dziuk

Und dieser Gott hilft ihnen?

Sie standen vor der Kirche und warteten auf nichts. Sie waren am frühen Abend durch das Viertel gestreunt, nur um draußen zu sein, und dann ragte der Kirchturm über ihnen auf. Der Koloss warf seinen Schatten auf sie, was wie ein Überfall oder eine Ermahnung auf sie wirkte, und sie blieben stehen und sahen hoch.

Leute gingen auf das Portal zu, als würden sie magnetisch angezogen, und das Mädchen fragte ihn, warum die Leute das taten und was sie dann in diesem riesigen Haus machten. Sie wusste nicht, was eine Kirche war. Nicht genau jedenfalls. Beten war für sie nur so ein Spruch – sprich dein letztes Gebet, Zombie, denn jetzt hilft nur noch beten!

Kirchen waren für Fallner schon lange kein Thema mehr – außer dass er sich gelegentlich reinsetzte, um die Ruhe zu genießen und sich zu Erinnerungen verleiten zu lassen; nein, das stimmte nicht, er konnte sich manchmal nicht gegen den Wunsch wehren, wieder beten zu können – und deshalb verblüffte es ihn, dass ihm in diesem Jahr, seitdem Nadine bei ihm und seiner Frau Jaqueline wohnte, noch nie aufgefallen war, dass sie keine Ahnung hatte, warum Menschen in Kirchen gingen. Was er weder ihrer Vergangenheit als Ossigirl noch dem angeblichen Verfall der guten Sitten zuordnete. Ihre Probleme als Ossigirl hatten nichts mit mangelndem Glauben oder versauten Sitten zu tun, sondern mit einer Mutter, die sich nicht genug um sie gekümmert hatte. Soweit er wusste. Wobei er sich darüber im Klaren war, dass sein Nichtwissen sein Wissen in einem wahnsinnigen Ausmaß überragte. Ob die Menschen, die in die Kirche gingen, immer so genau wussten, warum sie das taten, war eine andere Frage. Für deren Beantwortung er sich nicht zuständig fühlte. Er bekam ständig von ihr Fragen gestellt. Das war die Quittung für die vielen Fragen, mit denen er in seiner Zeit als Polizist mehr oder weniger arme Seelen gelöchert oder durchlöchert hatte, so konnte man das sehen. Sein Eindruck war, dass er die Hälfte ihrer Fragen beantworten konnte (und er hoffte, dass er mit dieser Einschätzung richtiglag).

Er konnte beantworten, warum der Mond wie eine Lampe aussah, aber nicht, warum er um die Erde flog und nicht woandershin. Er wusste, warum die Banane krumm war, aber nicht, warum Frauen bluten mussten (nicht genau jedenfalls), sowas konnte ihr Jaqueline besser erklären. Falls sie nicht sowieso alles von ihrem iPhone erklärt bekam.

Er hatte manchmal den Verdacht, dass sie Fragen nur deshalb stellte, um zu testen, ob sie ihr Unsinn erzählten; was verständlich war, weil man ihr in ihrem vorherigen Leben eine Menge Unsinn erzählt hatte. Weshalb es jetzt bei ihnen Gesetz war, ihr niemals Unsinn zu erzählen, außer wenn sie Blödsinn miteinander machten. Aber er hätte ihr niemals erzählt, dass Frauen bluteten, weil sie zu bescheuert waren, etwas dagegen einzuwerfen, wie es der behämmerte Freund ihrer Mutter getan hatte.

Fallner hatte kein Problem zuzugeben, dass er etwas nicht wusste – sein Problem war die Erkenntnis, dass die Lücken immer größer wurden.

Auf die Frage, die regelmäßig kam, wenn er Jazz hörte, warum die so komisch spielten, sagte er, darauf gäbe es logischerweise keine Antwort, weil die nicht komisch spielten. Dann ballerte er mit Fragen zurück. Warum hatte sie den Eindruck, dass die komisch spielten? Weil sie das taten. Und wer spielte nicht komisch? Was für eine blöde Frage, Mensch, die, die nicht komisch spielten, spielten nicht komisch, so einfach war das, warum kapierte er das nicht? Weil er zu alt war. Und warum war er zu alt? Weil sie zu jung war. Eine Antwort, die nicht erlaubt war, glaubte er vielleicht, sie wäre zu doof, um das zu erkennen? Aber nein. Und warum hatte er es dann gesagt? Weil ihm nichts Besseres eingefallen war. Warum hatte er sich nicht mehr Mühe beim Nachdenken gegeben? Weil er zu müde war. Warum das denn? Weil er den ganzen Tag gearbeitet hatte. Warum musste er arbeiten? Um Geld zu verdienen, sie mussten schließlich Essen und all das andere Zeug kaufen, das man zum Leben brauchte, weil es nicht umsonst war. Und warum war es nicht umsonst? Das fragte er sich auch. Und warum war es gut für Kinder, wenn sie in ihrer Kindheit ein Kilo Dreck fraßen? Weil es umsonst war. Warum erzählte er Quatsch? Weil sie schlau genug war, Quatsch zu erkennen.

Und warum arbeitete er eigentlich nicht mehr als Polizist? Das wollte sie jetzt endlich mal genau wissen, raus mit der Sprache!

Weil er es viele Jahre gemacht und dann die Schnauze voll davon gehabt hatte. Und warum war Jaqueline immer noch bei der Polizei? Weil es ihr immer noch Spaß machte. Was machte ihr denn Spaß, wo er ihr doch schon oft erzählt hatte, dass der Drecksjob keinen Spaß machte? Das musste sie Jaqueline selbst fragen. Aber sie war ja nicht da. Wenn sie wieder da war. Warum war sie nicht immer da? Weil sie meistens da war, okay (er hob die Hand, um ihren Protest einen Moment aufzuhalten), du hast recht, aber sie ist ziemlich oft da, das musste sie zugeben, also fast schon meistens war sie bei ihnen. Aber warum nicht immer? Wäre es ihr lieber, dass sie immer da war? Ja, aber das war keine

Antwort, er musste antworten. Sie hatten Streit gehabt, und seitdem hatte sie ein Zimmer im Haus einer Freundin, und dort war sie, wenn sie nicht bei ihnen war, aber seit du hier bist, ist sie viel öfter bei uns als dort, falls es dir noch nicht aufgefallen ist.

Warum hatten sie Streit gehabt?

Weil sie Streit gehabt hatten.

Das war schon wieder keine Antwort! Er konnte aber nicht immer antworten, weil manche Antworten so kompliziert waren, dass er's nicht hinbekam. Das war auch wieder keine Antwort, er musste es wenigstens versuchen. Er wollte »fuck you« sagen, aber er sagte: »Schluss jetzt!« Und kam natürlich nicht damit durch.

»Die Leute gehen in die Kirche, um zu ihrem Gott zu beten. Sie glauben, dass Gott die Welt und die Menschen erschaffen hat und dass er allmächtig ist«, sagte Fallner.

Er wollte nicht auch noch damit anfangen, dass der Gott, zu dem die Leute in dieser Kirche beteten, sogar aus drei Teilen bestand, und erinnerte sich daran, dass ihm der Heilige Geist als Kind Angst gemacht hatte, weil er eben ein Geist war, ein Gespenst, das nachts über seinem Bett schwebte und ihm sein Pipi wegnehmen wollte.

»Die Leute beten zu ihm, das heißt, sie bitten ihn oft um Hilfe in der Not, oder sie bitten ihn, anderen Leuten zu helfen, die in Not sind. Sie singen auch Lieder zu Ehren Gottes, das heißt, sie verehren ihn, das ist so ähnlich wie ein Geschenk. Und es gibt Gesetze, an die sich die Leute halten sollen, die an ihn glauben und zu dieser Gemeinschaft gehören, du sollst nicht stehlen, du sollst nicht töten zum Beispiel. Ich kann's nicht besonders gut erklären, ich finde es etwas verwirrend, muss ich zugeben. In anderen Ländern glauben die Menschen an einen anderen Gott oder an einen ähnlichen, der aber etwas andere Regeln hat. Warst du wirklich noch nie in einer Kirche? Hast du keine Freunde gehabt, die in die Kirche gehen, oder ihre Eltern?«

»Nein. Also irgendwie hab ich schon mal davon gehört, aber ich weiß nicht genau, keine Ahnung. Ist das scheiße?«

Seine Hoffnung, er würde mit seinem langen und verwirrenden Sermon völliges Desinteresse bewirken, hatte sich nicht erfüllt. Sonst hätte sie nichts gesagt. Und auf keinen Fall etwas gefragt.

»Ist es nicht«, sagte er, »das ist es überhaupt nicht. Viele Leute, die da reingehen, haben auch nicht viel Ahnung davon, das ist meine Meinung, aber ich hab auch nicht so viel Ahnung davon.«

Sie war vierzehn und sie nahm jetzt seine Hand, ohne etwas zu sagen, und sie machte auch keine Bewegung, um anzudeuten, dass sie endlich weitergehen sollten.

»Wir gehen jetzt einfach rein, dann bekommst du mal einen Eindruck«, sagte er.

»Jeder kann einfach so reingehen? Vielleicht denken die, dass wir sie stören.«

»Jeder kann einfach so reingehen, und wir tun nichts, was stören könnte. Wir setzen uns hin und hören zu und sehn uns die Sache an. Also, du solltest nicht Scheiße brüllen, wenn du irgendwas scheiße findest, das würde stören.«

»Gut, dass du's mir sagst, das hätte ich nämlich garantiert getan.«

»Ja, ich weiß.«

Es war kälter und dunkler in der Kirche als draußen, eine andere Stimmung in einer anderen Welt, und Nadine war von diesem Raum einer anderen Welt sofort beeindruckt. Von dieser Höhe und den riesigen Gemälden dort oben, mit den Kindern, die fliegen konnten, den Männern in langen Gewändern, auf deren Schultern weiße Tauben saßen, von den Frauen mit den verträumten Puppengesichtern und von den Figuren an den Wänden, von diesem seltsamen Geruch, der sie ein wenig an ihre kiffenden Freundinnen erinnern mochte, von denen sie Fallner erzählt hatte.

Fantasy-Horror, Gothic-Killer-Game, Mittelalter-Metal – was auch immer hier gespielt wurde, es war nicht von dieser Welt, nicht von der Welt, die sie kannte, nicht von der Welt, aus der sie geflüchtet war, um nicht in ihr unterzugehen.

Er legte ihr einen Arm um die Schultern, sie setzten sich an den Außenposten in der letzten Bank. Alle saßen und sangen zu mächtiger Orgelmusik. Vielleicht fünfzig Rücken vor ihnen, die Lücken in den Reihen waren auffällig, es sah irgendwie unheimlich aus. Der letzte Ton hallte lange nach, und für einen Moment entstand eine Stille wie ein Krater, der sich in der Erde aufgetan hatte, und die Zeit schien nicht mehr weitermachen zu wollen.

Der Pfarrer trat in die Mitte des Altars und hob beide Hände. Er sagte etwas, aber mehr als »Gott« und »Herr« war nicht zu verstehen, wenn man nicht wusste, was er sagte und es in Gedanken mitsprechen konnte.

Fallner versuchte nicht allzu sehr in seiner Vergangenheit unterzutauchen. Er kam nicht dagegen an, sich an seine Mutter zu erinnern, mit der er als Kind jeden Sonntag in die Kirche gegangen war. Sie hatte mit voller Inbrunst gebetet und gesungen, und das hatte sie geschafft, obwohl sie eine Frau war, die krankhaft schweigsam war. Erst später, nach ihrem Tod, als erwachsener Mann, hatte er verstanden, dass das kein Widerspruch war und dass sie zu diesen Äußerungen in der Kirche fähig war, weil es Formeln waren, denen sie sich anpassen konnte. Weil es nicht ihre eigenen Äußerungen waren und weil sie sich dahinter verstecken konnte.

Ein Berg von Signalen beschäftigte Nadine, aber sie blieb still.

Ein Berg von Fragen würde später auf Fallner herabstürzen. Als sie seine Hand drückte, beugte er sich zu ihr runter.

»Und dieser Gott hilft ihnen, wenn sie ihn darum bitten? Sowas kann der?«, flüsterte sie.

»Weiß ich nicht genau«, sagte er. »Vielleicht hilft er manchen, aber anderen nicht. Vielleicht hilft es manchen einfach nur dadurch, dass sie hierherkommen und ihn darum bitten.«

»Du meinst, das ist so ähnlich wie das Geständnis, das eine Erleichterung für den Täter ist?«

Nichts interessierte sie mehr als Polizeigeschichten, und sie redete schon wie ein halber Bulle und wollte natürlich mal Polizistin werden. Seinen Segen hatte sie nicht. Aber ihr Vorbild war Kommissarin Jaqueline und nicht er, der Ex-Polizist.

»So ähnlich«, sagte er.

Sie deutete nach links, wo in ihrer Nähe ein großer Jesus am Kreuz hing. Aber sie sagte nichts. Dieser Mann warf zu viele Fragen auf. Selbst wenn man nichts von ihm wusste. Eine Folterszene hier in der Kirche? Was hatte der Langhaarige verbrochen, miesen Stoff verkauft oder (so hätte es ihre Mutter gesagt) die Alte des Obermackers geknallt? Sie wusste nicht, dass etwas zweitausend Jahre Altes dargestellt wurde, und nicht, wie man sich diesen Zeitraum vorstellen sollte. Aber sie ahnte, dass es ein komplizierter Fall war, bei dem man mit Flüstern nicht weit kommen würde.

Der Pfarrer sprach mit erhobener Stimme: »Im Schweiße deines Angesichts sollst du dein Brot essen, bis du wieder zu Erde werdest, davon du genommen bist. Denn du bist Erde und sollst zu Erde werden.«

Nadine sagte etwas. Aber ihre Worte wurden von der donnernden Orgel übertönt. Auch auf die Frage, ob sogar die Orgel eines Tages wieder zu Erde werden würde, hätte er keine Antwort gewusst.

Die meisten Antworten wurden zu wichtig genommen, man hatte keine Lust, sie zu überprüfen. Es war einfacher, den Sinn oder Unsinn zu akzeptieren oder zu glauben.

Sie blieben sitzen, als sich alle erhoben und rausgingen. Fallner blieb sitzen, weil Nadine sich nicht bewegte. Sie sah sich die Leute genau an, deren Gesichter sie jetzt mustern konnte. Keine jungen Leute dabei, niemand in ihrem Alter, auch keine schicken Schlampen mit bunten Handtaschen und keine lockeren Chefmänner mit dicken Ringen in feinen Anzügen oder Trainingsanzügen. Und dann waren sie die einzigen, die noch in der Kirche waren.

»Dürfen wir noch bleiben oder müssen wir jetzt auch gehen?«, flüsterte sie.

»Wir dürfen bleiben«, sagte er mit fast normaler Stimme. »Bis irgendwann zugesperrt wird, darf hier jeder bleiben, ob er betet oder nicht. Man kann auch still beten, für sich allein.«

Er wartete auf den neusten Fragenkatalog, der ihm (mit dem gequälten Mann am Kreuz gleich auf der ersten Seite) übergebraten werden würde, aber sie sagte nichts. Sie hielt den Kopf gesenkt und wippte mit dem Bein, etwas beschäftigte sie so sehr, dass sie nicht wusste, wie sie es sagen sollte.

»Als Kind war ich mit meiner Mutter jeden Sonntag in der Kirche«, sagte er, »so von drei bis ich etwa so alt war wie du. Das war alles so selbstverständlich, dass ich nie auf die Idee kam, Fragen zu stellen oder genauer darüber nachzudenken. Und irgendwann hab ich's dann nicht mehr geglaubt. Dass es ein allmächtiges Wesen gibt. Dass es ein Leben nach dem Tod gibt. War eben so. Schwer zu sagen, warum die einen daran glauben und die anderen an was anderes und die anderen nichts. Man muss nichts glauben. Aber ich mache mich nicht lustig über die Leute, die daran glauben oder an einen anderen Gott. Das Problem ist eher, dass viele Gläubige sauer sind, wenn andere Leute nicht dasselbe wie sie glauben, und dann ziehen sie los und machen den anderen Ärger, damit sie endlich ihre Meinung ändern und auch daran glauben. Also nicht alle natürlich, die meisten sind friedlich, aber die Leute, die nicht friedlich sind, machen ja immer mehr Wind als die, die friedlich sind. Das ist dann oft ein Problem, verstehst du, was ich meine?«

»Keine Ahnung«, sagte sie, »also nicht so ganz, nicht alles, es ist schon auch ein bisschen komisch. Aber ich find's auch interessant.«

Es war klar, dass es nicht das war, was sie so stark beschäftigte.

»Was überlegst du? Du weißt, dass es keine blöden Fragen gibt.«

Sie war schon ziemlich erwachsen und sagte das, was die Erwachsenen in diesem Fall sagten: »Nichts Bestimmtes.«

Fallner überlegte, womit er sie aus dem Keller locken könnte. Es war nie ein gutes Zeichen, wenn sie sich verbarrikadierte; hinter ihren Barrikaden war ein Haufen Müll aus ihrem alten Leben, und das Zeug glühte und brannte, und es war unwahrscheinlich, dass aus der Müllhalde jemals eine blühende Landschaft werden würde, in deren Untergrund sich nichts mehr regte und nie wieder Explosionen ankündigte.

Sie spürte zweifellos, in welche Richtung er dachte – er hatte die Hoffnung aufgegeben, diese Barrikaden wären ohne große Schwierigkeiten zu überwinden –, und benutzte einen weiteren Trick der Erwachsenen. Wer glaubte, gegen Kinder eine Chance zu haben, war auf dem Holzweg. Man hatte nur eine, wenn man sie verprügelte, bis sie endlich die Klappe hielten, oder sie im Keller ankettete.

»Geht Jaqueline in die Kirche?«, sagte sie.

»Nicht, dass ich wüsste. Ob früher, weiß ich nicht. Hat sie mir nie erzählt. Aber ich bin mir sicher, sie geht mit dir in jede Kirche, wenn du willst.« Immer noch keine Bewegung, um endlich hier rauszukommen. Was erwartete sie? Dass der Pfarrer kam und ihr die Hand auf den Kopf legte und damit alles Übel aus ihrem Leben getilgt wäre?

Ihr nächstes Ablenkungsmanöver: »Bin ich wirklich aus Erde?«

»Das ist nur ein Symbol für Vergänglichkeit, wir sind alle vergänglich, das heißt, wir sterben irgendwann, und unser Körper verschwindet wieder, er löst sich in der Erde auf, könnte man sagen.«

Hinter ihnen Schritte auf einer knarrenden Holztreppe. Eine junge Frau ging in einem grün-weiß gestreiften Kleid bedächtig an ihnen vorbei. Flache Schuhe, grüner kleiner Hut, schwarze Handtasche. Sicher die Organistin. Vor dem Altar blieb sie stehen, berührte mit einem Knie den Boden, durchquerte dann den Altarraum und verschwand durch eine unauffällige Seitentür.

»Für mich war es ein schwerer Bruch, als ich damals bei meinem ersten harten Einsatz in eine Kirche musste«, sagte er.

Es war etwas, das er ihr noch nie erzählt hatte. Aus Angst, er könnte ihr damit Angst machen, Angst vor ihm.

»In der Kirche war ein Typ, der mit einem Messer Leute bedrohte. Er war verwirrt, er dachte, er sei Jesus, und er wollte alle abstechen, weil er der Meinung war, dass sie für alles Böse verantwortlich waren, das in der Welt passierte. Mein Kollege und ich waren sehr schnell vor Ort, weil wir in der Nähe waren, als der Notruf kam. Die Menschen rannten schreiend aus der Kirche, totales Chaos, wir konnten nicht mal erkennen, ob der Typ noch drin war oder schon draußen, wir wussten nur, dass jemand mit einem Messer unterwegs war und versuchte, Leute abzustechen, aber wir wussten nicht, was bisher passiert war. Also haben wir uns geteilt, ich lief sofort in die Kirche, während mein Kollege draußen irgendwie die Lage kontrollieren sollte, und als ich –«

»Kann ich dich was fragen?«, sagte sie.

»Natürlich kannst du mich was fragen, du weißt doch, dass du mich alles fragen kannst.«

»Also«, sagte sie.

Dann Pause.

Die Pause dauerte.

Die Stille dauerte, bis er nah dran war, ihr zu helfen.

Aber jedes Wort konnte das falsche Wort sein.

Schien besser zu sein, wenn er wartete.

Er dachte immer noch an irgendwas mit Jesus. Sie hatte wahrscheinlich schon mal gehört, dass dieser Jesus von den Toten auferstanden war – stimmte das und wie hatte er das Ding gedreht? Konnte er das auch? Konnte man das lernen? Konnte sie es auch lernen?

Er wartete auf eine Jesus-oder-Jaqueline-Frage. Konnte sie nicht vielleicht bei Jaqueline wohnen, wenn sie bei ihrer Freundin war, oder wäre er dann sauer auf sie?

Oder irgendwas Peinliches. Ob es stimmte, dass diese Pfarrer kleine Jungs fickten, war das normal bei denen, hatte dieser Gott ihnen gesagt, dass sie das tun sollten?

Sie klackten beide mit den Absätzen. Klang laut in der leeren Kirche. Sie betrachtete ihre Knie, die sich aneinander rieben. Ein seltsames Geräusch in der leeren Kirche.

Bleib ruhig, sagte er zu sich selbst.

Bleib ruhig und bedenke deine Sünden.

Bleib ruhig und gedenke derer, die du getötet.

Bleib ruhig und bedenke, dass du nicht töten sollst.

Bleib ruhig und bedenke, dass du aus Dreck bist.

Bleib ruhig und bedenke, dass alle Dreck sind.

Endlich ihre Frage: »Ist es wahr, dass meine Mutter eine Hure ist?«

»Wie bitte, was ist los?«

Damit hatte er nicht gerechnet. Obwohl er mit allem gerechnet hatte. Er war alarmiert, dachte sofort an diesen miesen Typen, an den sich ihre Mutter gehängt hatte. Wegen dem sie aus der Wohnung in Leipzig abgehauen war (was sicher eine schwere Beleidigung für sein ganzkörpertätowiertes Ehrgefühl war, mit dem er von ihr verlangt hatte, ihn mit Papa anzusprechen). Sie hatten eine Zeitlang sogar mit seinem Besuch gerechnet; dass er mit einem Kumpel die Tür eintreten würde oder sowas. Während ihre Mutter sie in diesen zwölf Monaten noch nie angerufen hatte und kaum was zu sagen hatte, wenn sie von ihr angerufen wurde.

Er beugte sich vor, um ihr in die Augen zu sehen und sagte: »Was soll das, Nadine, was ist passiert?«

»Nichts ist passiert. Ist doch 'ne einfache Frage. Sag einfach Ja oder Nein.« Sie würde wütend werden und zu weinen anfangen. »Ist das so schwierig?«

Es war schwierig. Es war die ganze Zeit schwierig mit ihr, und man musste jeden Tag höllisch aufpassen, dass man ihr nicht das Gefühl gab, am falschen Ort zu sein – schon wieder am falschen Ort zu sein – für immer am falschen Ort zu sein – niemals den falschen Ort verlassen zu können. Es war schwierig für sie – wie für alle, die fliehen mussten, um nicht draufzugehen.

»Hat sie dich angerufen?«

Hatte sie nicht.

»Hat dich dieser Idiot angerufen?«

Hatte er nicht.

»Irgendwas war doch los, sonst würdest du sowas nicht fragen.«

Er musste Zeit gewinnen. Er konnte die Frage nicht beantworten. Eine Vermutung wollte er nicht riskieren. Aber eine Weiß-nicht-Antwort würde bei ihr wie eine Lüge ankommen.

»Erst die Antwort«, sagte sie. Betrachtete weiter ihre Knie, die sich aneinander rieben.

»Das ist totaler Quatsch«, sagte er, »das ist sie nicht. Jedenfalls nicht, dass ich wüsste. Und ich hätte es irgendwie mitbekommen, wenn es so wäre, das kannst du mir glauben. Und ich glaube nicht, dass sich in dem Jahr, in dem wir nichts von ihr mitbekommen haben, daran was geändert hat. Klar, sie ist wirklich nicht die nette Tante von nebenan, das weißt du auch, aber eine Hure ist sie nicht, da bin ich mir ganz sicher.«

Er war sich überhaupt nicht sicher.

»Das weißt du doch viel besser als ich«, sagte er, »du hättest es mitbekommen, du warst schon lange alt genug, um zu wissen, was das bedeutet, das weiß ich.«

»Wenn ich jetzt drüber nachdenke, dann weiß ich's aber nicht mehr«, sagte sie.

Er hatte den Eindruck, dass die Glocken läuteten. Aber das war nur automatisches Hören. Die Glocken schweigen. Er hätte es als Hilfe angesehen, wenn sie jetzt geläutet hätten.

In der Erinnerung veränderte sich einiges, erklärte er ihr, was jedoch nicht bedeuten musste, dass sie damals etwas nicht gesehen hatte, was sie erst heute richtig erkennen und einordnen konnte.

»Du machst blabla«, sagte sie.

»Du musst es mir nicht sagen, aber das ist kein Blabla, damit das klar ist. Mehr kann ich dir nicht dazu sagen. Aber eins kann ich dir sagen, und auch das ist kein Blabla, du musst nicht drüber nachdenken, wenn dir jemand Scheiße erzählt. Es gibt genug Leute, die durch die Gegend laufen und Spaß daran haben, anderen Leuten totalen Blödsinn zu erzählen, nur weil sie in ihrem kranken Gehirn Spaß daran haben, Leute zu verwirren oder ihnen Angst zu machen. Sprache ist ein Virus, sagt Burroughs, und das stimmt. Worte können dich angreifen wie eine Krankheit, du gibst jemandem die Hand und holst dir dabei eine Grippe, jemand ruft dir *Nigger* nach, und du bleibst stehen und hast das Gefühl, du musst gleich kotzen, als hätte er dir eins reingeschlagen. Ich erzähle dir jetzt irgendeinen fiesen Blödsinn, und der frisst sich in dein Gehirn, du denkst darüber nach, du träumst vielleicht davon, und morgen stehst du auf und es fällt dir wieder ein und du denkst weiter drüber nach. Du vergisst es für eine Stunde oder einen Tag, aber dann siehst du auf der Straße irgendwas, was dich daran erinnert, und es ist wieder da. Ich erzähle dir jetzt was, wir hatten –«

»In der Schule hat's einer gesagt, du bist die Tochter von einer Hure. Er hat gesagt, er weiß es von seiner Mutter, weil die meine Mutter kennt. Und er hat gesagt, ich bin auch eine Hure, das sieht man schon.«

»Was für ein Unsinn, er hat dir diesen völligen Blödsinn erzählt, nur um dich zu verletzen, um dir eins reinzuwürgen«, sagte er und beherrschte sich. »Ich werde mit ihm reden.«

»Wirst du nicht.«

»Sowas kann man sich nicht gefallen lassen, ich werde ganz ruhig bleiben, versprochen.«

»Ich hab's mir nicht gefallen lassen.« Was hatte sie getan? »Ich hab ihm gesagt, dass er sowas nicht sagen darf.«

Er hielt die Klappe und machte nur *hm*. Sie hatte sich so vorbildlich wie unangemessen friedfertig verhalten, und das war nicht das, was er ihr beizubringen versuchte. Man durfte es diesen kleinen Ärschen nicht durchgehen lassen, Mädchen wie sie fertigzumachen; aus denen wurden Typen, die sich berechtigt fühlten, den Rest der Welt aus dem Weg zu jagen, egal, an welches

Ziel sie zu gelangen versuchten, egal, ob sie ein Recht dazu hatten, egal, ob das Ziel blanker Unsinn, miese Schweinerei oder nur eine Illusion war.

Und schon wieder musste er sich jedes verdammte Wort genau überlegen.

»War das alles, was du zu ihm gesagt hast?«

»Hau ab, du beschissener Vollidiot, oder so ähnlich, ich weiß nicht mehr genau.«

»Glaubst du, er wird sich dran halten?«, fragte er.

»Man wird sehen«, sagte sie. »Aber du wirst in der Schule antanzen müssen, tut mir leid, Papi.« Warum das denn? »Er hat sich beschwert, dass ich ihn verbal verletzt habe.«

»Soll das ein Witz sein? Was machen die Eltern von dem, sind die Anwälte? Auf so einen Scheiß lässt sich irgendein Lehrer ein? *Verbal verletzt* nennen sie das? Das interessiert mich, kein Problem, mach dir keine Sorgen. Ich werde nicht zulassen, dass dieser beschissene kleine Vollidiot damit durchkommt. Keine Angst, ich werde ihn nicht ›kleiner Vollidiot‹ nennen. Weder ihn noch eine Lehrkraft oder wie man diese Flaschen heute nennt, ich bin kein Vollidiot, obwohl ich mich manchmal so benehme, ich weiß, ich arbeite dran, das musst du zugeben.«

»Bleib cool«, sagte sie.

Sie nahm wieder seine Hand, als sie rausgingen, und er wunderte sich, dass sie so oft seine Hand halten wollte. Obwohl er nicht ihr Papi war. Und ihr verboten hatte, sie Papi zu nennen. Oder sonst was zu tun, was ihm den letzten Nerv raubte. Vor allem irgendwas mit Schule. Und vor allem die Frage, wie man überleben konnte, wenn man nur noch einen letzten Nerv hatte.

Es hatte zu regnen angefangen und es war dunkel und kühl geworden, und sie fragte, ob dieser Gott das gemacht habe, den

Regen und die Dunkelheit. Warum war es nicht immer hell und warm und schön? Er wusste es nicht. Es war möglich, dass dieser Gott – der vielleicht auch eine weibliche Person war, niemand hatte es je herausfinden können, erklärte er ihr – sich um diese Kleinigkeiten nicht kümmerte, sondern sie der Natur überließ. Wäre doch verständlich, wenn er keine Lust hatte, sich um alles zu kümmern.

»Ich glaube, die Menschen, die er besonders mag, dort ist immer Sommer«, sagte sie.

Er war zu müde, um den Satz zu verbessern.

»Glauben heißt nicht wissen«, sagte er. War das nicht großartig – er hatte die Schule überlebt und es geschafft, nützliche Erkenntnisse fürs Leben mitzunehmen.

Sie blieben stehen, als sie die andere Seite des Platzes erreichten, aufgehalten von Streit und Geschrei. Neben einem Abfallkorb brüllten sich zwei Männer an, beide mit erhobenen Armen, in den Händen Flaschen. Einer forderte vom anderen, ihm die Flasche rauszurücken und abzuhauen und sich hier in seinem Revier nie wieder blicken zu lassen.

Die Frage, was die beiden da machten, stellte sie nicht. Das hatte sie ihn noch nie gefragt. Das wusste sie schon viel länger.

Sie gingen weiter, als einer der beiden abzog, nachdem er die Flasche in die Luft geworfen hatte und sie auf dem Pflaster zersprungen war.

Grillclown Gangsta

»Ich erwarte mehr Engagement von dir«, sagte der Chef. »Besonders von dir. Wenn ich morgen abgeschossen werde, hast du das Kommando, kannst du das vielleicht mal in deine Überlegungen einbeziehen oder ist das zu viel verlangt.«

»Es könnte ein Problem geben, Chef«, sagte Fallner. »Wenn du morgen abgeschossen wirst, dann geh ich übermorgen in den Knast.«

»Ich liebe dich, Bruder. Manchmal vergesse ich's, aber nach ein paar Tagen fällt's mir immer wieder ein.«

»Ich dich auch, Chef. Und wenn das rauskommt, haben sie auch mein Motiv – Brüder, die sich lieben, einer möchte heiraten, der andere hat einen Horror vor dem Skandal, das Übliche, aus Liebe wird Hass.«

»Seit wann hast du Angst vor einem Skandal?«

»Unsere alten Freunde brauchen immer ein Motiv, falls du dich erinnern kannst.«

»Es gibt alte Freunde, an die ich mich nicht erinnern will. Außer es lässt sich nicht vermeiden. Was viel zu oft der Fall ist. Aber wem sag ich das.«

Sein Bruder war extrem gut darin, eine scheinbar vorsichtig formulierte Spitze zum bestmöglichen Zeitpunkt abzufeuern.

Herausragende Qualität aller Chefs, die zu Recht im Chefsessel saßen.

Die Parole lautete, dass es sich um die letzte Gartenparty des Jahres handeln konnte und deshalb alle bester Laune sein mussten. Ein Familientreffen, zwei Paare und drei Kinder, zwei Brüder mit Anhang. Die Chefgartenpartys waren beliebt, sie waren Treffen voller Spaß und Business, bei denen die Anbahnung von Geschäften (die mit Spaß nichts zu tun hatten) intensiv vorangetrieben wurde.

Es war noch nie vorgekommen, dass keine anderen Personen bei einer Gartenparty des Chefs dabei waren; nicht mal der Rollstuhlfahrer der Firma, Nico der Computerkiller (und Fallners wichtigster Kollege), war eingeladen. Der Grund für die etwas dünne Versammlung war das Kind, das erst mit vierzehn zu Jaqueline und Fallner gekommen war: Nadine sollte sich so wohl wie möglich fühlen, und in Anwesenheit von mehr als einer fremden Person fühlte sie sich unsicher.

»So viel Mitgefühl hätte ich deinem Bruder und der Mutter seiner Kinder nicht zugetraut«, hatte Jaqueline dazu gesagt.

»Mitgefühl war in unserer Familie schon immer ein wichtiger Punkt«, sagte Fallner.

»Ich weiß«, sagte sie. »Deswegen zwei Söhne, aus denen zwei Bullen wurden. Die ihren Vater seit Jahrzehnten am liebsten töten würden.«

»Das kommt häufig vor und ist auch eine Art Mitgefühl, Rache ist eine Form von Mitgefühl, möchte ich behaupten. Wenn auch keine positive. Außerdem haben wir bisher nichts unternommen, um dieses spezielle Mitgefühl auszuleben, und ich behaupte, dass es höchstwahrscheinlich niemals so weit kommen wird.«

»Ganz schön komplizierte Konstruktion.«
»Nur weil mich deine Gegenwart nervös macht.«
Sie deutete mit dem Zeigefinger in ihren offenen Mund.

Fallners Bruder und Chef Hans (der von seinem Bruder nur noch Chef genannt wurde, seit er für ihn arbeitete) überwachte den Brandherd und machte den Grillclown mit blau-weiß karierter Schürze und einer strahlend blauen Baseballkappe, auf der *Gangsta* stand und die so dumm aussah, dass man nicht auf die Idee kam, dass sie mit dieser Aufschrift nicht schlecht zu ihm passte.

Die beiden Frauen Jaqueline und Susi saßen am Tisch und sahen gut aus, und außerdem sahen sie den Kindern beim Spielen zu (sie schossen auf kleine süße Tiere und lachten sich kaputt, wenn jemand Erfolg hatte) und den Männern beim Braten toter Tierteile. Und sie versuchten sogar, freundlich zueinander zu sein und miteinander zu reden. Ohne familiäre Bindung wären sie sich nur so nahe gekommen, wenn man sie bei einer Festveranstaltung mit Platzkarten an einen Tisch gesetzt hätte.

Die Brüder machten sich manchmal über ihre Frauen lustig, weil sie sich nicht wahnsinnig gut leiden konnten, obwohl sie sich ähnlich waren und sogar so ähnlich aussahen, dass man sie für Schwestern halten konnte – ein klassischer Obwohl-oder-gerade-deswegen-Fall, der sich nicht auflösen ließ. Und zugleich ein echter Gerade-deswegen-Fall, weil die Brüder beide Frauen mochten (die entsprechenden Witze darüber machten sie jedoch nie in Anwesenheit aller Beteiligten). Damit hatten sie noch ein Mord-unter-Brüdern-Motiv, falls jemand danach suchen sollte.

Fallner hätte auch ohne den Anblick seines älteren Bruders an die Grillpartys in Mafiafilmen denken müssen. Partys mit Grill und Familien, bei denen Männer wie sie und Frauen wie ihre

Frauen dabei waren, erinnerten ihn immer daran. Ob diese Mafiafamilien-Film-Grillpartys so aussahen wie die echten, konnte er nicht aus eigener Anschauung beurteilen, denn sie hatten ihn noch nie eingeladen, aber die Fotos, die ihm von derartigen Partys vorgelegt worden waren, bestätigten den Verdacht.

Polizisten-mit-ihren-Familien-Grillpartys hatte er genug gesehen. Deshalb war er sich ziemlich sicher, dass man sie von echten Mafia-Grillpartys allenfalls unterscheiden konnte, wenn man zu dieser oder jener Familie gehörte und für sie arbeitete.

Niemand wäre auf die Idee gekommen, dass diese Party mit einer Polizistin und drei Ex-Beamten besetzt war, von denen zwei immer noch in einer ähnlichen Funktion tätig waren. Vier friedliche Erwachsene im Garten also, die den Umgang mit unterschiedlichen Waffen gelernt hatten – mehr Sicherheit konnte man bei einer deutschen Gartenparty nicht erwarten.

Auf die gefühlte Sicherheit in den benachbarten Gärten mit Einfamilienhäusern hatte das jedoch keinen Einfluss. Die Nachbarn wussten nicht, was der immer noch gut gebaute Dreiundfünfzigjährige mit der *Gangsta*-Kappe und seine immer noch gut gebaute fünfundvierzigjährige Frau früher angestellt hatten, und ebenso wenig, dass er heute Chef einer Sicherheitsfirma war (deren Adresse und Namen des Chefs selbst Spezialisten nur mit erheblichem Aufwand herausfinden konnten). Während sie, wie es in dieser Wohngegend normal war, Haus und Kinder hütete; und einmal im Monat seine Firma betrat, um im Bunker, der sehr viel tiefer unter der Erde lag als die Leichen auf dem Friedhof, auf Zielscheiben zu schießen.

Die Nachbarn sagten über die beiden das, was man über den Psycho sagte, der im Keller zehn Frauen zerhackt und eingefroren hatte: sehr ordentlich, immer freundlich und hilfsbereit.

Robert Fallner stand neben seinem fünf Jahre älteren Bruder – »fuffzig ist ein echter Schnitt, ganz anders als vierzig, du wirst an mich denken, wenn du bald an diesem Abgrund stehst« – und hielt sich an einer Bierflasche fest, die ihm bei der Konversation behilflich war.

»Wie geht's ihr?«, sagte der Chef.

»Ich glaube, nicht schlecht«, sagte Fallner. »Aber sie ist immer noch ängstlich, sie hat Angst, dass wir sie eines Tages wieder bei ihrer bescheuerten Mutter abliefern, sie befürchtet immer, dass sie eine Belastung für uns ist. Ich weiß nicht, wie wir das aus ihr rauskriegen.«

»Weil du ein unsozialer Typ bist. Weil jeder merkt, dass du am liebsten deinen Scheiß für dich allein machst, ohne auf jemanden Rücksicht nehmen zu müssen.«

»Diesen Mist erzählst du mir seit vierzig Jahren, das ist völliger Blödsinn. Wir gehen viel zusammen raus, wir lernen mit ihr, wir laufen zusammen, Jaqueline nimmt sie ins Training mit, ich habe mit ihr die Glock zerlegt und ihr gezeigt, wie man sie hält, wir waren zusammen im Museum und auf Konzerten, wir waren bei Schulabenden und haben uns das verdammte Gequatsche von Idioteneltern angehört, ich werde täglich mit tausend Warum-Fragen zugeballert und gehe keiner Diskussion aus dem Weg. Nennst du das unsozial?«

»Mir kommen die Tränen.«

»Ich war mit ihr in der Kirche, obwohl ich nicht in die Kirche gehe, aber sie war noch nie in einer Kirche und wollte wissen, was das ist, also gehe ich mit ihr in die Kirche. Hast du sonst noch was auf deiner sozialen Wunschliste?«

Der Chef hob beide Arme, als hätte er den Befehl bekommen, sich an die Wand zu stellen, und sagte feierlich (und jetzt laut genug für alle): »Ich entschuldige mich, du hast mich überzeugt, mein Bruder, ich habe mich geirrt, ich habe dir Unrecht getan, ich gebe es zu und bereue!«

Den Frauen wurden von diesem Bekenntnis die Worte mitten im Satz abgeschnitten. Sie drehten die Köpfe.

»Gibt's Probleme in der Firma?«, fragte Jaqueline.

»Nichts Spezielles, soweit ich weiß«, sagte Susi. »Aber du hast recht, mit den ganz großen Gesten redet er, wenn er dich auf 'ne große Sache vorbereiten will, die alle ins Verderben stürzen könnte, wenn was schiefgeht.«

»Eine Sache, von der wir dann natürlich nichts mitbekommen werden.«

»Du sagst es, Schätzchen.«

»Ich werde es mitbekommen, darauf kannst du dich verlassen, *Schätzchen*.«

»Tut mir leid, das war keine Absicht, ist mir nur so rausgerutscht. Dafür wirst du mir gleich deinen neusten Blondinen-Witz erzählen.«

»Heute fahren keine Retourkutschen.«

»Und wie geht's Nadine?«

»Wie du siehst, ist sie glücklich, wenn sie hier ist, sie liebt deine Kinder. Wahrscheinlich wäre sie am liebsten immer bei euch, aber sie hat's noch nie gesagt. Ich glaube, sie hat einen Freund, aber das hat sie mir auch nicht gesagt. Obwohl sie mir viel erzählt und alles sagen kann. Kürzlich hat sie gesagt, dass sie niemals einen Freund haben will. Und heiraten sowieso überhaupt nie. Und sie hat mich gefragt, ob es stimmt, dass ihre Mutter eine Nutte ist. Aber ich musste ihr sagen, dass ich keine Ahnung habe. Sie weiß selbst, dass ihre Mutter eine dumme Nutte ist, auch wenn sie vielleicht keine richtige Nutte ist.«

»Die Nutte hat sie vielleicht nicht so wörtlich gemeint, die reden doch immer so. Du bist ein Hurensohn, du mutterfickender

Schwanzlutscher einer arschgefickten Fotze. Das haben sie von diesen Pseudogangstern und diesen Superkanaken, die dann in echt Blume oder Heinzelmännchen heißen. So einem würde ich wirklich gerne mal die Fresse polieren.«

»Trainierst du noch?«, fragte Jaqueline.

»Nicht genug, aber für die meisten von diesen Gangsterclowns würd's garantiert noch reichen.«

»Dann schau dir mal deinen Mann an, auch echte Gangster tragen Gangsta-Kappen. Natürlich nur, damit man denkt, sie sind nicht ganz dicht und nur kleine Angeber.«

Jetzt mussten sie beide kichern. Zwei kichernde Vollbusen-Blondinen: der Traum jeder Gartengrillparty, bei der man nicht über die neuesten Essays von Slavoj Žižek diskutierte; fehlte nur noch, dass sie auch den Rest auszogen und miteinander zu catchen anfingen.

»Was ist denn mit euch los, ihr Hühner«, sagte Fallner.

»Macht endlich schneller, ihr verdammten Grillmotherfucker«, sagte Susi.

Dann nahm sie Jaqueline an der Hand, und sie rannten zum Swimmingpool und sprangen rein, und die Kinder in der Hollywoodschaukel bekamen eine Menge Wasser ab und kreischten wie in einer Welt des tiefsten Friedens.

Eine Sache, über die sie reden mussten, sagte der Chef. Kompliziert, irre, schwer zu glauben. Wie ein nett verpacktes Riesenpaket, von dem man nicht genau wusste, was drin war – sollte man es annehmen oder ignorieren?

Er konnte es nicht durch die Firma posaunen, musste es zuerst nur mit den engsten Mitarbeitern diskutieren. Eine heikle Sache, ein Fahrstuhl zum Schafott möglicherweise.

»Denkst du deswegen darüber nach, was passiert, wenn du

morgen abgeschossen wirst?«, sagte Fallner. »Und was passiert, wenn –«

Sie wurden von den fast schon Verhungerten umringt und konnten nicht weiterreden.

Sie hauten rein und stürzten Gläser runter und um und schrien durcheinander und versauten die Tischdecke, und die Männer schauten sich an, und die Frauen bemerkten, dass die Männer sich so anschauten, und als die Männer das bemerkten, schauten sie wieder anders und dachten, das würde nicht bemerkt, weil alle so reinhauten und durcheinanderschrien und nie wieder aufhören wollten, um einen Tisch zu sitzen und die Decke zu versauen und Gläser umzuwerfen.

Was Fallner zu denken gab, war, dass sein Bruder, der Chef, bei Einsätzen kaum noch rausging, weil er hauptsächlich mit der Beschaffung von Aufträgen beschäftigt war. Allenfalls am Ende einer Aktion stieß er dazu, um die Müllabfuhr zu organisieren.

Wieso hatte sich ihm jetzt der Gedanke aufgedrängt, er könnte abgeschossen werden?

»Also gut, mehr Engagement«, sagte Fallner. Laut. Hatte er nicht beabsichtigt. Alle Köpfe drehten sich ihm zu und schwiegen. Hatte er sich ausgeklinkt? Führte er Selbstgespräche, um sich wieder einzuklinken?

Etwas, das ihm – seit wann, er wusste es nicht – öfter passierte. Kam ihm so vor. Sich in Gedanken entfernt zu haben und nichts mitzubekommen. Wie eine Entwicklung, die einem erst auffiel, wenn sie in Fahrt gekommen war. Und Jaqueline starrte ihn auf eine Besorgte-Ehefrau-Art an, wie sie es schon lange nicht mehr getan hatte. Er stellte sich ein großes Partygrinsen ins Gesicht, stand auf und hob sein Glas.

»Danket dem Herrn und allen Göttern, die es möglicherweise gibt, für dieses Mahl und haut endlich mit etwas mehr Engagement rein, Leute, sonst werde ich euch alle einbuchten, und diese verdammten Kinder zuerst!«

Rendezvous im Ring

Nadine war glücklich, wenn sie zuschlug. Ein Schlag nach dem anderen. Links-rechts, ein Sprung zurück und wieder vor und Bam-Bam-Bam ging's weiter. Wenn ihr Trainingsanzug durchgeschwitzt war und sie so lange zugeschlagen und sich dabei vor und zurück bewegt hatte, bis sie vollkommen ausgepumpt war.

»Sie würde am liebsten jeden Tag in die Halle gehen«, sagte Jaqueline Hosnicz zu Fallner, der neben ihr am Balkon im vierten Stock stand und in die Nacht schaute, zu den Sternen, zu den blinkenden Anlagen des Bahngeländes, zu den Fenstern der Wohnblocks.

»Wobei sie nur für sich selbst kämpft. Auch wenn sie gegen mich boxt. Sack oder ich, spielt keine Rolle. Sie ist noch nicht so weit, dass sie sich auf einen Gegner einstellt. Die Jungs stehen Schlange, aber wir haben bisher alle Einladungen zu einem Rendezvous im Ring abgelehnt ... Hey, *Rendezvous im Ring* klingt wie ein alter Boxerfilm.«

»Stimmt. Der aufstrebende Boxer schafft's nicht, weil seine Braut immer Party machen will.«

»Nadine war ganz nah dran, in ihrem Leben nie wieder Party zu machen, deswegen interessiert sie sich jetzt nicht für Partys, sondern für Kampf.«

Jaqueline beobachtete Nadine, wenn sie in der Halle waren, und sie war glücklich, erzählte sie, dass es der Kleinen so ging wie ihr. Dass ein Vierteljahrhundert und ein ganz anderes Leben in dem Fall keine Bedeutung hatten.

»Sie schlägt sich gut. Überall. Bei einem Mädchen, das so viel einstecken musste, kannst du nicht damit rechnen.«

»Sie ist jetzt eben deine Tochter«, sagte er.

»Ich weiß nicht, was das sein soll, was wir drei da machen«, sagte sie. »Findest du, dass wir Vater-Mutter-Kind spielen? Also ich brauch das nicht. Sie gehört jetzt zu uns, und wir passen auf, dass sie endlich mal was fürs Leben lernt, basta.«

Fallner nickte. Für ein Paar mit so vielen Narben und Tiefschlägen und Auszeiten schlugen sie sich nicht schlecht. Da musste man die Frage, ob sie immer noch ein richtiges Paar waren oder wieder eines werden sollten, nicht täglich durch- und ausdiskutieren. Fanden sie, wenn sie's mal ansprachen und für ein gerechtes Unentschieden plädierten.

»Jedenfalls haben wir sie nicht entführt und wir werden sie nicht verkaufen«, sagte der Ex-Polizist.

»Außer vielleicht an einen Manager, der Millionen aus ihr rausholt. Natürlich nur in ihrem eigenen Interesse«, sagte die Polizistin.

Nadine begleitete Jaqueline zweimal die Woche in die Trainingshalle. Sie hätte Jaqueline überallhin begleitet, aber damit schien sie genau das Richtige getroffen zu haben. Etwas, das ihr entsprach, ihre Leidenschaft geweckt hatte. Das sie voll und ganz einnahm, während sie es machte, und sie von Gedanken abhielt, die sie bedrückten. Etwas, das sie auch ohne die Begleitung ihres großen Vorbilds weitermachen würde.

»Zuerst dachte ich, sie findet nur die Leute gut«, sagte Jaqueline, »die laute Musik, die Action, tätowierte Jungs, das ganze

Bam-Bam-Bam. Aber das spielt keine große Rolle, es gefällt ihr, aber sie könnte auch darauf verzichten.«

Fallner hatte die beiden zu einer Boxveranstaltung begleitet. Die Kämpfe begannen um vierzehn Uhr mit den Jüngsten und Schwächsten, und es bereitete ihm Schmerzen, diesen Mädchen zuzusehen, die vielleicht grade mal Teenager waren. Sie tanzten nicht, sondern stolperten eher durch den Ring und versuchten scheinbar planlos mit ihren Boxhandschuhen, die riesig an ihnen wirkten, die Gegnerin zu treffen – aber die beiden Frauen waren begeistert. Diesen Weg würde Nadine einschlagen, und Jaqueline war sich sicher, dass keines dieser Mädchen eine Chance gegen sie hätte.

Nadine wollte das werden, was Jaqueline war, Polizistin. Eine Frau, die eine Waffe trug und zuschlug und Zuschlagen trainierte und zu jemandem sagen konnte, verlassen Sie diesen Raum sofort. War möglich, dass sie dachte, Boxen wäre eine Voraussetzung, wenn man zur Polizei wollte; das war es nicht, aber es war nützlich. Dass sie beide aus Deutschlands Osten kamen, verstärkte ihre Verbindung.

In ihrem bisherigen Leben hatte Nadine viel einstecken müssen, und es war gut, dass sie auf die Idee gekommen war, nichts mehr einstecken zu wollen. Nichts mehr hinnehmen zu müssen. Zuschlagen zu können, wenn sie jemand schlagen wollte.

Umso erstaunlicher, dass sie diesen Jungen, der sie in der Schule fertigmachen wollte, nicht einfach niedergeschlagen hatte. Fallner wusste, dass sie die richtigen Tricks kannte, mit denen sie ihn, selbst wenn er stärker und ein Schläger war, vermutlich geschafft hätte. Sie hatte (wie ihr Vorbild Jaqueline) eine Menge Erfahrungen auf der Straße gesammelt.

Sie war eine taffe Zwölfjährige, als Fallner ihr begegnete, die bei Männern, die das so sehen wollten, als Sechzehnjährige durchging. Ein Kind, das nur eine vage Ahnung davon hatte, was das bedeutete, aber die passenden Bilder im Kopf hatte, die ihr von ihrer Mutter geliefert wurden.

Als Fallner ihr das nächste Mal begegnete, konnte er kaum glauben, dass sie sich in eine eher zurückgebliebene Zwölfjährige verwandelt hatte, was ihr Verhalten betraf – sie hatten sie klein- und dann fast kaputtgemacht, ihre Mutter und die immer wieder neuen Freunde ihrer Mutter und dieser Freund, der ihr befahl, Papa zu ihm zu sagen, obwohl sie ihn erst eine Stunde kannte.

Sie war an einem Endpunkt angekommen, als sie von Zuhause flüchtete, und war schon in München angekommen, als sie Fallner anrief, der ein Jahr zuvor zu ihr gesagt hatte, sie könnte sich bei ihm melden, wenn sie einmal seine Hilfe benötigte. Sie haute ab in eine Stadt, die sie nicht kannte, ohne zu wissen, ob sie diesen Mann erreichen würde, den sie nur ein Mal und nur für einen halben frühen Abend lang getroffen hatte.

Sie befreite sich jetzt endlich langsam von den Tiefschlägen, die ihr ihre Mutter verpasst hatte. Sie schlug zurück, und wenn sie vollkommen ausgepumpt war, schlug sie noch ein paarmal zu. Aber das waren keine Wirkungstreffer gegen die Angst, die sie hatte: dass sie sie zurückschicken könnten, weil sie ihr Leben störte.

Die beiden lagen eng umschlungen auf dem Balkonsofa, als Nadine in der Tür stand – und sofort wieder abhaute, nachdem sie sie gesehen hatte. Und auch nicht zurückkam, als sie riefen, sie sollte zurückkommen.

»Sie denkt immer, sie würde uns stören, selbst wenn sie uns bei nichts stören könnte«, sagte Jaqueline.

»Ich weiß nicht, wie wir das abstellen«, sagte Fallner. »Könnte sein, dass man's nicht mehr abstellen kann.«

»Ich denke, man kann alles abstellen.«

»Ich weiß es nicht. Aber mein Gefühl sagt mir, dass es auch Dinge gibt, die man nicht mehr abstellen kann.«

Als Jaqueline schlafen wollte und zu der Kleinen ging, die darauf gewartet hatte, in ihre Träume begleitet zu werden, machte sich Fallner auf den Weg ins Haus gegenüber. Dort bereiteten sich die Nachtwächter auf die Geisterstunde vor.

Der Geist war schon erschienen. Er stand in der Mitte des Lokals *Bertls Eck*, das nur ein schmaler Gang mit Theke und zwei Ausbuchtungen am Anfang und Ende war, und sprach zu den wenigen Gästen durchdringend mit lauter Stimme.

Alle hatten sich ergeben und hörten zu. Außer die Frau, die am letzten Tisch an der Tür zu den Klos saß und eingeschlafen war.

»Hört endlich auf mit eurem Gerede«, sagte er in dem Moment, als die Tür hinter Fallner zugefallen war, ohne sich nach dem neuen Gast umzudrehen.

»Ihr habt doch keine verdammte Heimat, die euch jemand nehmen könnte. Eure Wohnungen werden sie euch nehmen, und zwar schon morgen. Weil ihr nicht aufpasst und weil ihr den Arsch nicht hochkriegt. Weil ihr nur auf die Ärsche hört, die euch mit ihrem Heimatgesülze dumm und dämlich vollquatschen, damit ihr nur noch Angst vorm schwarzen Mann habt und deshalb nicht merkt, wie sie euch hängen lassen und euch eure Wohnungen unterm Arsch wegnehmen, um sie dann für viel mehr Geld zu verkaufen. Und was macht ihr? Ihr sucht die Schuld bei anderen. Ich glaub's nicht, ich kann's nicht mehr hören. Der nächste, der mir mit so einem blöden Scheiß kommt, kann drei Kreuze machen, bevor ich ihn in die Hölle schicke.«

»Amen«, sagte Fallner.

Der Prediger drehte sich um. Er war Ende fünfzig, einsneunzig groß und wog über hundertdreißig Kilo. Eine schwere Kette hing ihm aus der Hose, er trug eine schwarze Lederjacke und hatte Metall und Ärger im Gesicht. Er musterte den Neuzugang und nahm einen großen Schluck Bier aus seinem Glas.

»Und du kommst mir grade recht«, sagte er, »was ist deine Heimat?«

»Meine Heimat ist das Meer«, sagte Fallner.

»Hier gibt's aber kein Meer.«

»Aber mehr Bier.«

»Ein Bier für den Seemann«, brüllte der Prediger.

Es stand schon auf der Theke. Fallner nahm es und ging nach hinten zu dem Tisch mit der schlafenden Frau. Sie schreckte hoch, als er sich neben sie setzte, und lächelte ihn an.

»Marilyn«, sagte er, »warum schläfst du nicht daheim?«

Sie schüttelte ihre Haare aus, trank aus seinem Glas und sagte: »Ich kann doch nicht schlafen, wenn er nicht da ist.«

»Aber du kannst schlafen, während dein Mann hier bedeutende Reden hält.«

»Hab ich doch alles schon gehört. Außerdem wollte ich nicht einschlafen. Aber wenn du neben mir sitzt, kann ich auch wieder nicht schlafen.«

»Wenn er das hört, wird er mich schlagen, dann kann wenigstens ich endlich schlafen.«

»Das würde ich niemals zulassen. Mein Süßer ist total abhängig von mir, aber das muss unter uns bleiben … Schau ihn dir doch an.«

Punk Armin, der Prediger, kam auf sie zu. Er ging vorsichtig rückwärts, weil er mit jemandem am anderen Ende der Theke redete, und machte große Kreise mit einem Arm. Sie konnten nicht verstehen, was er sagte, es war lauter geworden und er hatte seine Predigerstimme abgeschaltet. Er stellte ihr ein Viertel mit hellgrünem Inhalt hin, ohne sie und den Mann, neben dem sie nicht schlafen konnte, zu beachten, und ging vorwärts wieder dorthin zurück, wo seine Worte ankommen sollten.

Sie stießen an und sahen sich mit einem Was-willst-du-machen-Blick an, und dann stand Fallner auf, um die Jukebox anzuwerfen. Die Stille verführte zum Predigen. Er drückte Marilyn und Hans Albers und »Angie« und eine andere Schnulze, die er noch weniger ausstehen konnte, um ihr eine Freude zu bereiten.

»Ich möchte dich etwas fragen, Robert Fallner«, sagte sie, »bist du auch der Meinung, dass wir jetzt gleich, wenn wir nicht aufpassen, ein neues Drittes Reich haben?«

Während er mit diesem unvermittelten Schlag klarzukommen versuchte, besang Hans Albers die schöne Reeperbahn von damals, und er fragte sich, was hier passiert war, während sie auf dem Balkon gekuschelt hatten, während die Kneipe den Bach runterging, während die einen aufstiegen und die anderen runterfielen, während die einen absprangen, wenn sie oben waren, und die anderen liegen blieben, wenn sie unten waren.

Man musste bei schwierigen Fragen zuerst etwas Zeit gewinnen.

Wie kann man denn Zeit gewinnen? Man tut eben so rum, man bekommt eine Meldung auf dem Handy zum Beispiel.

»Hast du ihn das gefragt, und dann hat er zu predigen angefangen?«, sagte er.

»Das habe ich dich gefragt. Von mir aus kannst du auch predigen, wenn dir das gefällt. Du kannst auch Ja oder Nein oder Weißnicht sagen.«

»Das ist eine verdammt schwierige Frage um diese Uhrzeit. Nicht nur um diese Uhrzeit … Im Moment würde ich Weißnicht sagen. Oder kann schon sein. Oder gut möglich. Unter Umständen nicht ausgeschlossen.«

»Das ist doch schon was«, sagte sie. Hatte mehr von ihm erwartet, nicht dieses lahme Ausweichen. Für das er bezahlen musste.

»Für einen, der so lang bei der Polizei gearbeitet hat«, setzte sie drauf.

»Was meinst du eigentlich mit jetzt gleich? Wenn jetzt gleich morgen ist, würde ich Nein sagen, aber wenn jetzt gleich in einem Jahr ist, würde ich kann gut sein sagen.«

»Mach dir keine Gedanken, es war doch bloß wieder so eine Frage von einer gefärbten Blondine.«

Findest du, dass die Marilyn manchmal ein bisschen komisch ist? Oder ist die Frage gemein?

»Ich glaube, die Frage stellen sich zurzeit einige Leute. Es ist nicht so, dass ich mich das noch nicht gefragt hätte. Meinst du, es sind zu wenig Leute, denen das Sorgen macht?«

Sie sagte nichts zu diesem Manöver.

»Ist irgendwas passiert, habt ihr spezielle Probleme in dieser Richtung?«

»Ich weiß nicht genau.«

Sie spielte mit ihren Händen. Wusste nicht, ob sie es sagen sollte. Einem Ex-Polizisten, der noch wie einer von denen tickte, denen man immer misstrauen musste, das sagte ihre Erfahrung (mit den vielen Schwerstkriminellen mit zwei Gramm in der Tasche und so weiter). Aber er war auch ein Freund. Der sie noch nicht unterbrechen wollte. Der sie beobachtete, wie sie ihren persönlichen Prediger beobachtete.

»Der Armin hat so eine Andeutung gemacht, die mir nicht gefallen hat«, sagte sie. »Aber ich weiß es nicht genau, ich hab's irgendwie nicht verstanden, ich sollte es auch nicht verstehen, glaube ich, er hat es am Telefon zu jemand gesagt.«

Fallner wollte ihr sagen, dass sie doch wüsste, dass sie ihm bedingungslos vertrauen konnte, aber er beschloss, weiter abzuwarten.

Die Tür ging auf, und ein Pulk von jungen Leuten kam rein, drei und drei, Mitte zwanzig, es gab junge Leute, die es hier interessant fanden oder es zu schätzen wussten, dass es hier in einer der letzten Billiger-Zonen billiger war, und als die Tür zugefallen war, ging sie sofort wieder auf, und mehr junge Leute kamen rein, vier Männer und zwei Frauen.

Sie waren aufgedreht, wirkten aber nicht, als könnten sie Ärger machen. Schon eher, als würden sie den Prediger zu einer weiteren Predigt animieren. Er war der Meinung, dass die Jugend nicht mehr genug auf dem Kasten hatte und gab seine Erfahrungen gerne weiter, um ihnen dabei behilflich zu sein, den Arsch wieder hochzukriegen, sie sollten ordentlich auf den Putz hauen und den Reichen den Finger zeigen und dabei nicht immer nur an ihre verfickte Rente denken.

Der Prediger war wie sie etwas betrunken, aber er war kein alter Punk, über den man lachte, außer er drehte einem den Rücken zu. Er musterte den Pulk junger Leute ohne Scheu, hatte sich wie eine Art Platzanweiser in ihrer Nähe aufgebaut, und selbst wer zum ersten Mal in Bertls Eck gelandet war, erkannte sofort, dass der Schrank hier eine leitende Funktion ausübte. Nur Stammgäste wie Fallner wussten, dass er diese (auch etwas dämliche Position) nur einnahm, wenn er das Bedürfnis hatte und aggressiv genug war, Fremde einem Eignungstest zu unterziehen, mit dem sie an dieser Stelle nicht gerechnet hatten.

»Ich kriege langsam schlechte Laune«, sagte Fallner, »du weißt, dass du mir bedingungslos vertrauen kannst. Du solltest jetzt aufhören, mich wie irgendeinen Drecksbullen zu behandeln, oder gibt's einen Grund dafür?«

Er warf mehr Euros in die Musikmaschine und drückte eine

Serie, die ihm für die Jüngeren zu passen schien, Clash, Ramones, Ärzte und der eine Hit von den Fehlfarben. Das Eck lief nicht gut, man musste versuchen, sie zum Bleiben zu bewegen. Weshalb man auch ein Auge auf Punk Armin haben musste, damit er neue oder seltene Gäste mit seiner Predigernummer nicht verjagte.

Marilyn sah ihm zu, sie befürchtete – umgeben von Männern, die Probleme machten und sie weder zuhause noch hier im großen Wohnzimmer schlafen ließen –, dass er nicht zu ihr zurückkommen würde. So einfach wollte er ihr's dann doch nicht machen.

Er legte ihr den Arm um die Schultern und flüsterte ihr ins Ohr, sie sollte endlich auspacken, was erwartete sie von ihm, dass er vor ihr in die Knie ging? Konnte sie haben.

»Nur deshalb, weil's schwierig ist«, sagte sie, »nicht wegen dir, weil du Polizist warst, du spinnst.«

»Weiß ich doch«, sagte er.

»Ich bin mir nicht sicher, aber ich glaube, es hatte was mit Waffen zu tun.«

Das konnte sich Fallner nicht vorstellen, dass er am Telefon irgendwas von Waffen sagte. Oder dass er sich so leichtsinnig ausgedrückt hatte, dass sie vermutete, es könnte dabei um Waffen gehen. Sein Predigen war eine Sache, aber diese Art Verblödung wäre gefährlich.

Sie beobachteten ihn. Er stand friedlich an der Ecke der Theke und hatte schon einen der jungen Männer in ein Gespräch verwickelt. Er deutete auf die Jukebox, und die beiden lachten. Auch eine Methode, neue Gäste an die Kneipe zu binden.

»Glaube ich nicht«, sagte Fallner. »Würde er nie am Telefon drüber reden.«

»Hat er ja auch nicht so direkt. Sie ham zuerst über Nazis geredet, und dann ging's um Dinger, die man sich zulegen muss, und dann hatte ich den Eindruck, dass die Dinger Waffen sind.«

»Ich glaube, du hast – weißt du, ich glaube, wir sind alle ein bisschen paranoid, wenn es um diese Arschgeigen geht, und das –«

»Ach, ja?«

»Ich sage nicht, dass es völlig aus der Luft gegriffen ist, das nicht, aber –«

»Du meinst unter Umständen nicht ausgeschlossen?«

»Ist ja gut, Marilyn, ich hab's nicht so gemeint. Ich kümmere mich darum, ich werd's rauskriegen.«

Nachdem er sich ein paar Minuten dem Programm der Jukebox gewidmet hatte, um in Ruhe nachzudenken, und sich wieder zu ihr setzte, deutete sie auf die Tische am Eingang und fragte, ob er sie schon gesehen hätte.

Er sah rüber – für einen Moment bekam er's nicht auf die Reihe, was dort inzwischen geboten war: Nadine stand in Boxerhaltung vor dem Prediger und tat, als würde sie zuschlagen, und er hatte mit beiden Händen seine Deckung aufgebaut und schwenkte seinen Oberkörper hin und her, um ihren Schlägen auszuweichen.

Es war eins dieser Bilder, die man ein Bild für Götter nannte – der massige Punkprediger und das schlanke Mädchen. Und der Pulk junger Leute, die auf ihrer Entdeckungsfahrt durch die Stadt hier reingeflattert waren, als mitfieberndes Publikum, das diese originelle Pinte wie aus längst vergangener Zeit jetzt sicher endgültig ins Herz geschlossen hatte.

Saßen sie alle hier in einem Boot, das unterging, oder in einem Rettungsboot?

»Bleib ganz ruhig, du darfst ihr jetzt keine Predigt halten. Wäre ein ganz großer Fehler, glaub mir das«, sagte die Frau des Predigers.

Eine Marilyn über sechzig, die irgendwann in einem Lookalike-Rennen den dritten Platz gemacht hatte und schon davor so genannt worden war. »Du hast keinen Grund dazu, Dirty Harry.«

»Sie ist vierzehn, für die meisten Männer sieht sie aus wie achtzehn, es ist ein Uhr.«

»Du bist da, und wir sind da. Sie ist doch nur hier, weil sie wusste, dass du hier bist.«

»Weißt du, ob sie schon mal allein hier war? Ich weiß es nicht.«

»Wenn's so wäre, wüssten wir das. Stell dich nicht dümmer, als du bist. Du weißt, dass ich recht habe, sie ist ein gutes Mädchen.«

Warum hat sie Dirty Harry zu dir gesagt? Weil sie nicht ganz dicht ist.

»Ich habe nicht gesagt, sie ist ein schlechtes Mädchen. Sie ist inzwischen so gut, dass sie deinen Alten umschlagen könnte, wenn er einen Moment nicht aufpasst.«

Die beiden Boxer gaben sich jetzt die Hand, der Kampf war beendet, und Nadine tänzelte auf sie zu und umarmte die Frau, die nicht Marilyn hieß.

Sie sah Fallner in die Augen, als sie einen Schluck aus ihrem Glas nahm.

Vierzehn, ein Uhr, Alkohol. Und es gab einige Bullen, denen diese Adresse bekannt war.

»Alles in Ordnung?«, sagte er.

»Ich kann nicht schlafen«, sagte sie. »Kann ich hier bei euch bleiben?«

Streng vertraulich

Der Firmensitz von Safety International Security – Fallners Bruder hatte sich den Namen seiner Firma selbst ausgedacht und fand ihn deshalb brillant – war so unauffällig und für ein Gebäude in der Innenstadt in Bahnhofsnähe so aus der Zeit, dass es fast schon auffällig war. Man konnte die Abrissmaschinen sozusagen langsam näherkommen sehen und die Stimmen von Erste-Liga-Investoren hören, die meckerten, dass man aus diesem Grundstück eine Menge mehr rausholen konnte … wem gehörte denn diese Bude aus besseren Tagen und was wollte der Unterbelichtete dafür haben?

Mit einem detaillierten Gebäudeplan in der Hand hätten sie es verstanden. Die Bude war eine Burg und ein Bunker, und alles funktionierte optimal für eine Firma dieser Art; mit einer Kellerverbindung ins Haus auf der anderen Straßenseite (»falls uns Mister Bond mal besucht«). Eine Halle am Stadtrand wäre billiger gewesen, aber diese Basis war unbezahlbar.

Kein Passant konnte ein imposantes Firmenschild entdecken, an keiner Klingel ein Name. Hier war nichts, und niemand arbeitete hier. Außer ein Passant setzte sich ein paar Stunden ins Café gegenüber, um es sich genauer anzusehen.

In seinem Büro in der vierten Etage legte der Chef ein Foto auf den Tisch, ein schlechtes Foto von einem Mann mit einem Vollbart und einer dicken Brille.

»Der freundliche Herr ist zwei Millionen wert«, sagte er, »und es gibt ernstzunehmende Hinweise, dass er uns besuchen kommt, aber diese Information darf im Moment diesen Raum nicht verlassen.«

Fallner und Kollege Nico Koll sagten nichts dazu und sahen sich das nichtssagende Foto an, das nur einen unscharfen Mann präsentierte, der wie tausende andere Männer mit schwarzem Vollbart und dicker schwarzer Brille aussah.

»Ich spreche im Moment nur mit euch darüber, um eine Entscheidung zu treffen«, sagte der Chef. »Die Amerikaner bezahlen, wenn sie ihn in die Finger kriegen. Ein offizielles Papier gibt's dafür nicht. Die Angelegenheit existiert nicht, ich kann mich nicht erinnern, wer mir das gesteckt hat. Er organisiert Anschläge, man ist der Meinung, er hat genug gearbeitet und sollte sich zur Ruhe setzen.«

»Dafür gibt's Beweise«, sagte Nico.

»Dafür gibt's Beweise, die ich jedoch nicht beweiskräftig vorliegen habe und an die ich nicht rankomme«, sagte der Chef. »Und wenn du nicht rankommst, sollten wir es lassen.«

»Wenn ich nicht rankomme, gibt es keine.«

»Und deine Quelle ist streng vertraulich und du vertraust ihr vollkommen«, sagte Fallner.

»Es gibt außerdem diese vollkommen vertrauliche Information«, sagte sein Bruder mit der Stimme des Chefs und schlug mit der flachen Hand vor ihnen auf den Tisch. Ein gelber Zettel blieb kleben. Fallner nahm ihn, las die Notiz und gab ihn an Nico weiter.

»Die Adresse eines Cousins«, sagte der Chef. »Morgen bitte eure Überlegungen, danke, meine Herren.«

Nico machte mit seinem Rollstuhl eine elegante Drehung und glitt mit leisem Sirren zur Tür, die sich automatisch öffnete. Fallner verfolgte ihn in sein Büro, die Computerzentrale.

Sie durchquerten das Großraumbüro, in dem zu dem Zeitpunkt etwa zehn Leute arbeiteten. Nicht alle von ihnen waren fest angestellt, manche tauchten für spezielle Projekte auf und dann erst wieder in ein paar Wochen oder Monaten oder möglicherweise nie wieder; sicher war jedoch, dass man nicht so leicht einen Platz in dieser Spezialhalle bekam. Fallner hatte keinen Überblick und interessierte sich nicht für dieses komplizierte Beziehungssystem, von dem der Chef behauptete, es sei das eigentliche Rückgrat der Firma und seine Organisation eine Kunst für sich, was garantiert der Wahrheit entsprach. Sein kleiner Bruder sollte also mehr Engagement zeigen, hielt sich aber zunehmend raus – Fallner der Jüngere hatte keine Ahnung, wie viele SIS-Kämpfer im Moment draußen unterwegs waren (es gab Aufträge, für die zwei Tage lang dreißig Leute mit gestählten Körpern gebraucht wurden, die keine zwanzig Euro die Stunde bekamen, und andere Aufträge, bei denen drei Frauen antraten, die außerdem perfekt Russisch sprachen). Er bestand auf seinem Sonderstatus als Chefbruder, der sich seine Einsätze aussuchte, wie es ihm passte. Ausnahmen: Notfälle und Engpässe.

Sein eiserner Plan war nach einem Jahr immer noch, in diesem Großraumbüro nicht mehr Zeit als nötig zu verbringen; es fühlte sich zu sehr nach Polizei an, und von diesem Gefühl hatte er schon eine Überdosis gehabt und nur knapp überlebt. Obwohl das Arbeitsklima hier nicht schlecht war: Jetzt beobachteten alle, in welcher Verfassung Nico und er aus dem Chefbüro kamen, und das war nicht nur teilnehmende Beobachtung, sondern hatte auch einen Schuss Mitgefühl, natürlich überlagert von Neugier.

Fallner blieb stehen, hob beide Arme und verkündete mit Politiker-tritt-mit-klarer-Haltung-vor-die-Presse-Stimme: »Wir dürfen nichts sagen, Kollegen, aber so viel steht fest, eure Arbeitsplätze sind bombensicher, die Firma wird nicht an einen Konzern verkauft, der die Verfassung beschützen soll. Danke für Ihre Aufmerksamkeit.«

Die Reaktion hatte er nicht erwartet: Niemand lachte, kein dummer Spruch. Alle starrten ihn an, als hätte er das Gegenteil verkündet. Oder war er inzwischen so selten im Büro, dass sie sich fragten, wer dieser dämliche Angeber war, der zu ihnen mit dieser lächerlichen Ich-hätte-das-Zeug-zum-Führungspolitiker-Stimme gesprochen hatte?

Dass er die Glastür von Nico Kolls Büro zuwarf, machte es nicht besser. Er hatte nicht daran gedacht, dass seine Tür immer offen war. Und dass sie jetzt geschlossen blieb, gefiel den Kolleginnen und Kollegen noch weniger. Auch das erinnerte Fallner an sein Polizeileben – kein Wunder, denn die meisten hier waren Ex-Bullen.

»Was für ein Quatsch«, sagte der Behinderte, »mein Geld fliegt ja nicht zum Fenster raus, aber wir sollten den Chef vor diesem Quatsch beschützen. Es wird so gut wie keine belastbaren Informationen zu dieser Ami-Scheiße geben, das garantiere ich dir. Man muss ihm das ausreden.«

»Könnten wir versuchen«, sagte Fallner.

»Du weißt, wie sehr ich deinen Bruder schätze«, sagte Nico. »Ich würde für den Sack bis ans Tor zur Hölle fahren.« Ein Ausdruck, den er noch nie von ihm gehört hatte. »Sogar bis in die Hölle rein, wenn's sein muss. Aber er hat manchmal nicht alle Tassen im Schrank.«

Damit hatte er nicht übertrieben – oder war der Mann, dessen spezielle Kenntnisse zu einer eigenen, von ihm geleiteten Abteilung geführt hatten, die inzwischen wichtiger war als die Fähigkeiten von Ex-Polizisten wie Fallner, nur so sauer, weil er nicht zu dieser Gartenparty eingeladen worden war und nicht wusste, dass nur Familienmitglieder dort waren? Aber dann hätte er sich kaum zu diesen Höllen-Bekenntnissen aufgeschwungen. Oder doch? Um dem Chef durch den Bruder zu übermitteln, dass man ihn zur nächsten Gartenparty besser wieder einladen sollte?

»Du hast vollkommen recht«, sagte Fallner. »Wir werden nichts überstürzen und wir lassen uns auf nichts ein.«

»Du hast doch keine Ahnung, Mann, du bist doch kaum hier. Lass die Tür offen, wenn du rausgehst.«

Fallner beschloss, die Klappe zu halten und die Diskussion irgendwann später fortzusetzen, ehe er sich in der geöffneten Tür nochmal umdrehte.

»Fast hätte ich's vergessen«, sagte er, »also naja, diese Adresse.«

»Was ist mit der verdammten Adresse?«

»Ich kenne die Adresse.«

»Du kennst die Adresse, die er uns gegeben hat? Du hast doch selber nicht mehr alle Tassen im Schrank.«

Als wäre das ein Widerspruch.

Perfekte V-Männer

Punk Armin hatte bald sechzig Jahre geschafft und fand es immer noch normal, dass er in der Sonne vor einem Laden saß wie ein Lebenskünstler aus einem Bilderbuch, über das die Mittelschicht schon vor dem Ersten Weltkrieg gelacht hatte.

Der Laden lag auf dem Weg, den Fallner in der Regel einmal pro Tag zu Fuß ging, und wenn es früher Abend war, ging er dort vor Anker. Diskutierte mit dem griechischen Chef Jorgos oder Stammgast Armin, bekam einen Kaffee zur Zigarette, suchte was in den Kisten mit den Jazzplatten, die unter einem Tisch standen und nicht viele interessierten.

Jorgos Stathakos hatte mit Schallplatten angefangen, als Punk noch kein Hundebesitzerverein war, und sein Angebot verändert, als mit den Platten nichts mehr lief. Modisch-muntere Aquarelle und Drucke, Designgeschirr, exklusive Weine oder sauteure Bildbände und so weiter verkauften sich in dieser Ecke inzwischen nicht schlecht, während der exklusive Tonträger nur noch die Modelleisenbahn von heute für den distinguierten Schwanzträger war – eine Entwicklung, die er als Anarchist nur verachten konnte, »aber was machst du, wenn die verdammten Kinder jeden Tag wollen essen, die Familie ist der beste Sklave von Kapitalismus, mein Freund!«

Fallner holte für sieben Euro aus den Kisten am Boden eine Platte nach der anderen von Lee Morgan, Hank Mobley, Monk und Mingus und den anderen mehr oder weniger Vergessenen, und wenn er nichts rausholte, hatte er sich mit dem Griechen festgeredet – warum hatte Lee Morgans Alte ihn erschossen, warum war Mobley so früh ausgestiegen, war er von den Drogen oder von zu wenig Anerkennung aufgerieben worden? Und war Mingus aus dem Irrenhaus gesund rausgekommen oder noch kränker als zuvor, falls er jemals krank gewesen war, wofür es keine belastbaren Indizien gab, es sei denn die von Spießern, für die alles krank war, was anders war als sie. Und wie viele Nazis hatte Monk bei seinem Einsatz für die Résistance erschossen und würde er heute im Angesicht der germanischen Realität schon zu schießen anfangen oder noch abwarten?

Wer ist denn die Resi Stones? Das waren die Franzosen, die damals keine deutschen Nazis in ihrem Land haben wollten. Gibt's die noch?

Welche Kunst musste man wie betrachten, um mehr Licht in eine zunehmend vernebelte Gegenwart zu bringen? Das war doch wohl die entscheidende Frage.

Sie waren sich einig: Wenn man zu den traurigen Gestalten gehörte, die im Raumschiff von Sun Ra keinen Platz bekommen hatten, war das die Frage.

»Du kaufst bei mir diese Platten nur, weil du die Kriegsschulden der Deutschen bei den Griechen abtragen willst, sind fast dreihundert Milliarden, Alter, das ist eine gutes Projekt, du verhältst dich vorbildlich«, sagte Jorgos, »für einen Deutschen.«

Anarchisten wie er hatten diese Rechnung noch nicht abgeheftet. Fallner hörte die Anklagepunkte nicht bei jedem Besuch, aber immer wieder. Weil man davon ausgehen musste, dass die Deutschen auf diesem Ohr taub waren und inzwischen auch auf dem anderen Ohr immer weniger hörten.

»Eine Tage werdet ihr uns überfallen, weil wir behaupten, dass ihr Kriegsschulden bei uns habt, und ich möchte wetten, dass ich's noch erleben werde.«

»Fick dich«, sagte Fallner, »du willst mir nur das Geld aus der Tasche ziehen. Alle wollen doch immer nur an unser Geld ran, damit muss jetzt endlich Schluss sein.«

Manchmal stand Fallner neben sich und konnte nicht glauben, dass ein alter Punk mit großem Bauch (der jetzt in der Sonne saß und ihn nicht bemerkte) sein bester Freund war, ein Mann, der sich seit der ersten Sex-Pistols-Single nie dazu aufraffen wollte, den Kleidungsstil seiner Jugend aufzugeben – und das konnte einen Mann, der mehr als zwanzig Jahre dem deutschen Staat als Polizist gedient hatte, manchmal nachdenklich machen; er war schließlich nicht als verdeckter Ermittler an Armin herangekrochen, weil er in der undogmatischen Verbindung von Punks und Rockern eine Führungsposition hatte. Die Richtlinien btr. Kleidung waren allerdings nicht besonders locker.

Das kannst du dir nicht aussuchen und genauso kannst du auch nichts mitnehmen, pflegte Armin zu sagen. Falls ihn jemand mit einem gewissen Unterton darauf ansprach oder ihn deswegen nicht für voll nahm, sagte er nur fuck it (oder natürlich fuck you), falls er diesem menschlichen Abschaum, der es wagte, auf ihn runterzuschauen, nicht mehr Aufmerksamkeit widmen wollte.

Der Eindruck von einem in weiter Vergangenheit stehen gebliebenen No-Future-Romantiker war eine Täuschung: Er hatte keinen Hund (nie einen gehabt), eine solide Allgemeinbildung (in der frühe englische Punk-Singles ein eher unwichtiges Detail waren) und die Fähigkeit, sich (in Nullkommanichts) auszudrücken wie ein Professor, der aus seiner behüteten Universität sein Leben lang nicht rausgekommen war. Außerdem konnte er sich in die Deutsche Bank einhacken und sie (wenn er den Rest seines Lebens in einer Irrenanstalt verbringen wollte) angeblich sogar zerhacken. Fallner hatte nicht die Kenntnisse, um das zu überprüfen – aber er hatte genug mitbekommen, um es ihm abzukaufen.

Die Summe ergab Folgendes: Armin hätte der perfekte V-Mann sein können. Ein Gedanke, den Fallner auch schon ausgesprochen hatte.

»Du wärst der perfekte V-Mann, weißt du das?«
»Genau deshalb lache ich mich jetzt kaputt.«
»Genau das meine ich, du lachst dich glaubwürdig kaputt, und jeder würde zu mir sagen, dass ich komplett übergeschnappt bin.«
»Fallner, du selber wärst der perfekte V-Mann, ist dir das klar?«
»Ich werde es eines Tages rausfinden und dich im Unklaren lassen.«
»Eines Tages machen wir diese verdammten Schweine fertig.«
»Ich falle nicht drauf rein, dir zuzustimmen. Obwohl ich weiß, dass du nicht verkabelt bist, so blöd sind wir schon lange nicht mehr.«
»Wollte dich der Verein schon mal anheuern?«
»Ich sage nichts mehr ohne meinen Anwalt.«
»Du bist paranoid.«
»Wer ist nicht paranoid, seit –«
»Du wiederholst dich, Mann, du –«
»– Millionen von Menschen ermordet wurden, weil eine Jungfrau ein Kind bekommen hat.«
»– baust ab, sie werden dich rausschmeißen, und ich werde dir nicht helfen können.«
»Weil du dann deine Deckung aufgeben würdest.«

Und so weiter – todsicher war nur, dass sie beide keinen Beweis für irgendwas hatten.

Den Mann, der auf dem Stuhl neben Armin saß und ebenfalls eine Tasse Kaffee auf dem Oberschenkel balancierte, hatte Fallner noch nie gesehen. Er hatte hellschwarze Haut, war viel jünger (hätte vielleicht sogar schon der Punkenkel sein können, wenn der Punk mit achtzehn ein Kind gezeugt hätte, das mit achtzehn den jungen Mann gezeugt hätte), und er war offensichtlich a) dem Punk freundschaftlich verbunden und b) noch nicht von dessen Punksignalen infiziert und kam c) aus einem anderen Land. Er sah aus, als wäre er übers Meer gekommen und als würden ihn die Bullen suchen, um ihn ins Meer zurückzuwerfen. Außerdem sah er so aus, als würden es zwei normale Bullen nicht schaffen, ihn auch nur bis zur nächsten Straßenecke abzuschieben.

Der alte Punk und der junge Boxertyp wurden von zwei Frauen Mitte dreißig flankiert, die ihre Kaffeetassen in der Hand hielten, um ihre schicken Strümpfe nicht zu ruinieren, wenn was passierte.

Alle vier Personen, die vor Jorgos' Geschäft saßen, beobachteten konzentriert ihre Handys und beachteten die Person nicht, die vor ihnen stehen blieb.

Dann sah die Frau links Fallner an und sagte nach einer Sekunde kritischer Musterung: »Er hat nichts getan.«

Dann sah die Frau rechts auf und Fallner an und sagte: »Das kann ich bezeugen.«

Dann sagte der junge Mann, der nicht im Meer ertrunken war, ohne aufzusehen: »Nicht getan.«

Dann sah der Punk Fallner an und sagte: »Er ist kein Polizist, er war nur mal Polizist. Und er ist außerdem mein guter Freund Fallner, also bleibt ruhig und glotzt weiter in eure scheiß Handys.«

»Euer Leben möchte ich auch mal haben«, sagte Fallner.

»Wir können gerne mal tauschen«, sagte die Frau links.

»Ich glaube nicht, dass er eine Frau sein möchte«, sagte Armin, »was nicht heißt, dass er was gegen Frauen hat.«

»Wenn du reingehst«, sagte die Frau rechts zu Fallner, »kannst du bitte meine Tasse mitnehmen?«

»Darf's sonst noch was sein?«, sagte Fallner.

»Fünf Bier und ein Stuhl für dich«, sagte Armin.

»Soll ich dir vorher oder nachher einen blasen?«, sagte Fallner.

»Ich möchte gern vorher bedient werden«, sagte die Frau links.

»Wieso kenne ich diese beiden Früchtchen nicht?«, sagte Fallner zu Armin.

»Weil du einer von diesen Männern bist, die sogar Frauen über dreißig immer noch Früchtchen nennen.«

»Ich dachte, nur ältere Frauen, denen langweilig ist, kümmern sich um Scheinasylanten«, sagte Fallner.

»Er hatte in Racial Profiling 'ne Eins«, sagte Armin.

»Ich Frau nie getan«, sagte der junge Mann, der nicht im Meer ertrunken war.

»Das kann ich leider bezeugen«, sagte die Frau rechts, »er könnte mehr tun.«

»Ich habe dieser Frau nichts getan, heißt das korrekt«, sagte Armin.

»Ich haba diese Frau nie getan«, wiederholte der junge Mann, der ein Boxer sein musste.

»Findest du, dass ich nicht mehr vorzeigbar bin?«, sagte Fallner zu Armin. »Seit wann redest du schlecht über mich? Du weißt, dass ich Frauen nicht Früchtchen nenne, das war nur wegen ihrem T-Shirt.«

»Ich habe dieser Frau nichts getan, heißt das – nichts is nothing, nie is never«, belehrte Armin.

»Ich haba diese Frau nicht getan, abba Früchtchen kannta mehr getan.«

»Das ist schon sehr gut, aber du darfst nicht Früchtchen zu einer Frau sagen, Früchtchen is a little fruit, but no good word for a woman, Früchtchen is a little bit something like slut, but more in a friendly way, but don't say that, eine Frau ist kein Früchtchen. Hast du das verstanden?«

»Ja. Haste verstanden.«

»Der Junge will Profiboxer werden«, sagte Armin zu Fallner, »aber er will trotzdem Deutsch lernen.«

Jorgos kam jetzt mit einem Tablett mit sechs Flaschen Bier aus der Tür. Er lebte seit der ersten Clash-Single in Deutschland, war so alt wie Armin, sah aber viel jünger aus und kannte erheblich mehr Punkplatten als der Punk, obwohl er schon seit Jahrzehnten nicht mehr wie ein Punk aussah und sich das Zeug nicht mehr reinzog. Sogar seine Kinder sollten ihm damit nicht mehr kommen.

»Wo hast du dein kleines Mädchen gelassen, Fallner?«, sagte er.

»Welches kleine Mädchen?«, fragten die beiden Frauen.

»Ist sein Schützling«, sagte Jorgos, »sie ist von zu Hause abgehauen und wohnt bei ihm, aber er nimmt seine Vaterpflichten nicht ernst, deutsche Männer eben! Letzte Woche waren die beiden mal wieder zusammen hier, und was muss ich feststellen, die junge Dame Nadine ist vierzehn und hat sie noch nie von Reggae gehört. Junge Menschen müssen Bildung bekommen, das ist das Wichtigste, würde ich behaupten. Alle Frauen, ob Teenager oder älter, lieben Reggae, die Ausnahmen kann ich an meine Finger zählen.«

»Jetzt aber mal langsam«, sagte der alte Punk. »Ich werde dir –«

»Davon hast du keine Ahnung«, stoppte ihn der Grieche. »Also gebe ich ihr für Anfang eine Jackie-Mittoo-Single, damit kannst du nichts falsch machen. Was hat sie dazu gesagt, Fallner?«

»Das klingt aber komisch, hat sie gesagt.«

»Du lügst, du hast sie im Keller eingesperrt, gib's zu, du verdammter Polizist.«

»Ich habba ni getan, Mista Polizei«, sagte der Boxer, den sie ins Meer zurückzuwerfen vergessen hatten.
»Er ist doch nur ein Ex-Polizist«, sagte die Frau links.
»Ich habe nichts getan, Herr Polizist, heißt das.«
»Ich haba nicht getan, Herr Polizist.«
»Jeder hat eine zweite Chance verdient«, sagte die Frau rechts.
»Was willst du eigentlich hier?«, sagte der Grieche. »Du bist doch nicht da, um schon wieder eine Jazzplatte zu kaufen, das sehe ich. Hausdurchsuchung, Razzia – die Zeiten sind vorbei. Die Deutschen haben dem Griechen oft genug ausgenommen, damit ist Schluss, sag das deinen Freunden. Ab jetzt wir schießen zurück, egal wie spät.«

Fallner sah die Straße runter und fragte sich, warum sich der größte Teil seines Lebens in diesen Nebenstraßen abspielte. Und wann und wo und warum er irgendwann falsch abgebogen war. Und warum er nicht mit seinem Bruder im Garten von Millionären saß, die viel Geld dafür bezahlten, dass ihre Häuser nicht von jungen Männern besucht wurden, die nicht im Meer ertrunken waren. Er sah die Straße runter und an der Kreuzung dreißig Meter weiter einen Mann mit einem Gehstock und einer braunen Einkaufstasche. Er stand neben einem Abfallkorb und schaute sich um, dann vorsichtig in den Abfallkorb rein, als würde jeden Moment etwas herausspringen. Ließ den Stock mit einem Ruck durch die Hand nach oben gleiten und stieß ihn in den Abfallkorb. Holte eine Plastikflasche heraus, die er genau untersuchte, ehe er sie in seine Einkaufstasche steckte.

»Ich brauche vielleicht deine Hilfe«, sagte er wie nebenbei zu Armin. Zu leise, um das Geplätscher des Geplappers der anderen zu durchdringen, und er hatte sofort wieder zu große Zweifel, um es mit Nachdruck zu wiederholen.

Er ging auf die Toilette, um aus dem Fenster zu sehen. Seine Vermutung war richtig, er hatte die Adresse, die sein Chef-Bruder als Verbindung zu dieser Zwei-Millionen-Belohnung bekommen hatte, bestens im Blick. Eine Frau, die wie eine Nonne aussah, trug Gemüsekisten in den Hinterhof. Sie stellte eine ab und trug eine andere rein.

Fallner machte Fotos. Ein Stapel Fotos für einen Ordner mit Unsinn. Aber falls der Mann, der angeblich auftauchen würde und gefunden werden sollte, bereits hier war und sich gern als Frau verkleidete, waren die Fotos vielleicht zwei Millionen wert. Angeblich war es manchmal ganz einfach, zwei Millionen zu machen. Natürlich nur mit ein bisschen Glück.

Wir interessieren uns nicht für Fotos, hörte er eine Stimme in seinem Kopf. Und dann Gelächter und Stimmen, die er nicht kannte. Und die er nicht kennen wollte.

»Könnt ihr in eurer Firma keinen guten Boxer gebrauchen?«, sagte Armin. »Ihr müsst ihm auch keinen großartigen Vertrag geben, es kann passieren, dass sie ihn morgen wieder in seine nette Heimat zurückjagen.«

»Er ist gut«, sagte Jorgos, »er passt jetzt bei mir am Wochenende immer auf, dass diese verdammten Teenager nicht so viel klauen.«

»Er ist pünktlich und ordentlich«, sagte die Frau links.

»Er ist sehr interessiert und immer freundlich«, sagte die Frau rechts.

»Wie soll das gehen, wenn er keine Arbeitserlaubnis hat?«, sagte Fallner.

»Falls du's noch nicht weißt, normale Menschen müssen leider auch ohne Arbeitserlaubnis arbeiten«, sagte der Grieche.

»Guta Tag, ich Muhammad sucht Arbeit«, sagte der junge

Mann, der nicht im Meer untergegangen war, und stand auf und hielt ihm die Hand hin.

»Guten Tag, ich heiße Muhammad und suche Arbeit«, sagte der Punk.

»Guten Tag, ich heißa Muhammad, abba ni Muhammad Ali«, grinste der Boxer.

Besprechungen

»Ich glaube, wir sollten die Finger davon lassen. Ein Haufen Arbeit und wir wissen nicht, ob wir am Ende bezahlt werden.«
»Du glaubst – das heißt, du bist nicht ganz sicher, verstehe ich das richtig?«
»Nein. Das ist nur eine diplomatische Formulierung. Ich bin mir sicher.«
»Ich habe den Eindruck, du hast einfach nur eine Tonne Zweifel im Kopf.«
»Der Eindruck ist richtig. Eine Tonne Zweifel ist eine Menge, deshalb bin ich mir sicher.«
»Ich habe auch eine Tonne Zweifel im Kopf, aber das kommt daher, dass wir im Moment nur vage Angaben haben. Und genau diese wenigen Angaben müssen wir zuerst überprüfen. Wenn wir dann immer noch diesen Berg Zweifel haben, dann lassen wir die Finger davon. Ich denke, das wäre ein normaler Vorgang. Ist doch nichts Neues.«
»Das klingt erstmal logisch.«
»Finde ich nicht.«
»Du hast Zweifel, aber du hast nicht den Mumm, der Sache so genau nachzugehen, dass sich die Zweifel bestätigen oder nicht. Aber genau das ist unser Job.«

»Normalerweise werden wir für diese Überprüfung bezahlt, falls du dich erinnern kannst. Egal, was –«

»Mir kommen die Tränen.«

»– am Ende dabei rauskommt. Aber in dem Fall werden wir für gar nichts bezahlt, außer wir kriegen den Typen. Und uns –«

»Ist das eine irre Neuigkeit für dich? Gute Nacht, Mann, aber ehrlich.«

»Ist es nicht, aber –«

»Das freut mich, Bruder, ich habe schon angefa –«

»Aber, und das ist der Punkt, unsere Chance, den zu kriegen, ist bestenfalls knapp über Null.«

»Und wir haben nicht mal 'ne Garantie, dass wir dann bezahlt werden, das ist für mich der springende Punkt, oder hab ich was falsch verstanden?«

»Das hast du vollkommen richtig verstanden. Aber er kapiert das nicht.«

»Ihr redet eine Tonne totalen Müll, meine Herren, und das nach einem Tag Bedenkzeit, ich habe euch beauftragt, konstruktiv über die Angelegenheit nachzudenken. Resultat: null. Ihr habt den Arsch nicht in der Hose, sondern im Hirn, und deshalb arbeitet das nicht richtig. Ihr solltet mal zum Doktor gehen, ehe ihr nur noch aus einem einzigen großen –«

»Jetzt kommen mir langsam auch die Tränen.«

»Vielleicht sollten wir einfach mal eine Frau dazuholen, damit das etwas sachlicher wird, und dann müsst ihr vielleicht weniger rumflennen.«

»Vielleicht sollte ich euch beide rauswerfen und mir bessere Leute suchen.«

»Wir hätten aber viel zu erzählen, wenn wir rausfliegen und auf der Straße sitzen und nichts mehr zu fressen haben und von unseren Erinnerungen langsam aufgefressen werden.«

»Wir hätten verdammt viel zu erzählen.«
»Außerdem gibt's bessere Leute nicht wie Sand am Meer.«
»Falls es die überhaupt gibt.«
»Viele glauben, dass sie was Besseres sind, aber wenn du dann nachsiehst, ob die überhaupt 'nen Arsch in der Hose haben, dann geht ihnen gleich der Arsch auf Grundeis.«
»Ärsche mit Ohren – teuer und nichts dahinter.«
»Ganz genau, wir lassen uns nicht verarschen, Bruder, ich meine Chef, entschuldige.«
»Ihr macht mich noch wahnsinnig.«
»Das würden wir niemals zulassen.«
»Unter keinen Umständen.«
»Wir wollen nur mehr Geld.«
»Mehr Geld, bessere Waffen, mehr Frauen im Team.«
»Und bessere Jobs. Wir sind nicht bereit, für so einen irren Job unser Leben zu riskieren, und am Ende bezahlt uns keine Sau und die Firma geht pleite und wir sitzen alle auf der Straße.«
»Außer wir kriegen mehr Geld.«
»Außer wir kriegen mehr Geld.«
»Wir sind behinderte Spacken, aber wir sind nicht ganz blöd.«
»Ihr solltet zum Zirkus gehen.«
»Wir sind beim Zirkus.«
»Aber trotzdem nicht blöd.«
»Ich hab's kapiert, ihr Arschgeigen.«
»Mir kommen die Tränen.«
»Weil er's nicht kapiert hat.«
»Weil er es nicht kapiert hat. Und weil es unwahrscheinlich ist, dass er es jemals kapieren wird.«
»Das ist jetzt übertrieben – Chef, haben Sie's kapiert oder nicht? Jetzt mal ganz ehrlich.«
»Ich mache euch zwei Superhelden ein Angebot, obwohl ihr

das nicht verdient habt, möchte ich betonen. Nur, weil ich weiß, dass ihr in der Vergangenheit nicht nur schlecht gewesen seid: Wir starten unser Gespräch nochmal bei null, und ich vergesse den ganzen Scheiß, den ich mir anhören musste.«

»Ich hab's dir gesagt.«

»Du hast es gesagt, und ich wollte dir von Anfang an glauben, aber ich wollte es mir nicht eingestehen.«

Nico und Fallner verließen das Büro des Chefs und diskutierten das Angebot weiter. Sie verstanden den Reiz, den die Millionen ausübten. Dass der Chef in diesem Nebel einen realistischen Auftrag erkannte, war ihnen jedoch ein Rätsel.

»Es riecht wie Fake«, sagte Fallner. »Aber ich kann keinen Sinn erkennen.«

»Für mich sieht's wie eine Falle aus«, sagte Nico. »Jemand will uns benutzen, und wenn's schiefgeht, hält man sich an uns.«

»Und du meinst, er sieht das nicht? Willst du behaupten, mein Bruder ist blind?«

»Kann ich mir nicht vorstellen. Schon eher, dass wir beide der Blinde und der Lahme sind. Aber eigentlich kann ich mir im Moment alles vorstellen. Was ich mir nicht vorstellen kann, ist, dass die einen Fake konstruieren, bei dem wir sofort an Fake denken.«

»Also ein Fake, der nur wie ein Fake aussehen soll. Eine Fake-Falle, die dich von der echten Falle ablenken soll. Die allerdings so schlau konstruiert sein muss, dass du sie für die echte Falle hältst, weißt du, was ich meine?«

»Weißt du, was ich glaube? Wir halten sie für schlauer, als sie sind.«

»Also doch kein Fake.«

Als die Sonne nur noch wenige Minuten diesen Teil des Planeten bestrahlte, ging Fallner aufs Dach, um zu rauchen und Rotwein zu trinken und etwas mehr von der Welt zu sehen. Das SIS-Flachdach wirkte auf den ersten Blick, als würde es nie jemand betreten, außer um ausgedientes Zeug abzulagern, für das es keinen anderen Platz gab. Möbel, Kisten, sperrige Gegenstände – die andererseits eine Menge Schaden anrichten konnten, wenn man sie von der siebten Etage auf die Straße warf.

Ein Hubschrauber konnte landen, ohne dass das Dach einbrechen würde. Es gab genug Sitzgelegenheiten, wenn man sich mit Arbeitskollegen mal in Ruhe an der frischen Luft betrinken wollte, und einen Bretterverschlag mit Schlafmöglichkeit, wenn man es nicht mehr nach unten schaffte, mit einem Kühlschrank, wenn die Nacht nicht enden wollte.

Was ist denn eine Nacht, die nicht enden will? Wenn keiner heimgehen will, weil es so schön ist.

Von außen war dem Bretterverschlag nicht anzusehen, dass die maroden Bretter einen massiven kleinen Betonbau verkleideten. Elf Tage lang hatten sie hier mal einen alten bösen Mann sicher verwahrt.

Er hatte auf seine alten Tage eine unermessliche Angst davor bekommen, er würde in die Hölle fahren, um dort seine Taten, die er auf Erden begangen hatte, bis in alle Ewigkeit zu büßen, falls er nicht alle seine Mittäter benannte, an die er sich erinnerte (es waren einige), damit sie noch zu Lebzeiten nicht von fantastischen, sondern irdischen Mächten aus dem Verkehr gezogen werden konnten.

Selbst wenn seine ehemaligen Freunde ihn gefunden hätten, wären sie nur mit echtem Aufwand durch die Stahltür aufs Dach gekommen, und das waren Typen, die auch das ganze Haus gesprengt hätten, um den alten Mann zu erledigen. Unterm Strich war es eine großartig simple Aktion, die viel schmutziges Geld in die Firma gespült hatte.

Was ist schmutziges Geld? Wenn du dafür bezahlt wirst, ein menschliches Monster zu beschützen. Aber kann man trotzdem damit bezahlen? Kann man.

Er war gespannt, ob ihm jemand aufs Dach folgen würde, um ein paar interessante Sätze zu sagen oder nur um festzustellen, dass die Sonne unterging. Was dann immerhin eine Aussage wäre, die der Wahrheit entspräche und die er bestätigen könnte.

Und warum geht die Sonne gleichzeitig unter und auf? Tut sie nicht, sie wandert nur weiter. Sie wandert? Könnte sie auch woandershin wandern? Besser nicht. Was heißt das?

Er dachte auch über seinen Bruder nach. Nicht, weil er Lust dazu hatte, sondern weil er sich in seine Gedanken drängte.

Wie jemand, der die Tür eintritt. Um Fallner daran zu erinnern, dass er schon oft eine Art Schutzengel für ihn gewesen war. Für den er sich ebenfalls ins Feuer geworfen hätte – was die persönlichen Dinge betraf, was die Familie betraf, ihren Vater ausgenommen.

Was die anderen Dinge betraf, vertraute er ihm nicht. Er vertraute ihm meistens, aber nicht immer, und in diesem Fall nicht. Etwas stimmte nicht. Im Hintergrund lief etwas ab, das er ihnen nicht sagte, das war sein Eindruck. Den er nicht genau benennen und durch nichts bestätigen konnte und auch nicht ausschließen, dass er sich täuschte ... Diese verdammten Gefühle, dieses Bauchgefühl und diese verblödeten gefühlten Statistiken aufgrund gefühlter Erkenntnisse, die zersplitterten und sich auflösten, wenn man sie packte, um ihnen endlich auf den Zahn zu fühlen.

Besser sachlich weiterdenken: Er hatte keine genauen Kenntnisse über den Zustand der Firma. Lief sie schlecht und waren diese angeblichen zwei Millionen überlebenswichtig? Sein Bruder war ein Familientier: Man konnte ihm fast alles zutrauen, wenn die Familie existenziell bedroht war. Die Firma gehörte zur Familie: Wenn die Firma draufging, war die Familie in Gefahr, so sah das sein Bruder, das war sicher. Im Interesse der Firma/Familie (und nicht weil er geldgierig war) hatte der Chef bereits einige unsaubere, wenn nicht sogar illegale Aufträge durchgezogen (die für sein Gefühl natürlich eine gute und keine miese Sache waren). Dass er seinen Traum vom großen Kopfgeld nur mit zwei seiner engsten Mitarbeiter besprochen hatte, war ein Anzeichen für eine krumme Tour.

Man musste mehr aus ihm rausbekommen. Und man musste mehr Rotwein trinken, um auf einen anderen Dreh zu kommen, mit dem sich dieser Auftrag oder halluzinierte Auftrag oder Wunschdenken-Auftrag anders betrachten ließ.

Keine irre Idee: Es ging dabei um was anderes. Also nicht darum, diesen Brille-Vollbart-Mann zu fassen, sondern um mit den Leuten, von denen die Information kam, eine Verbindung aufzubauen. War eine Möglichkeit. Hätte er ihnen doch offenlegen können, beziehungsweise: Warum hatte er das nicht getan?

Eine bessere Idee: Abwarten. Den Chef in seinem unsinnigen Saft schmoren lassen, bis es ihm zu blöd wurde und er auspackte. Wurde zu oft vergessen, dass das Abwarten eine der besten Aktionsformen war, die sich ein weiser alter Samurai-Krieger jemals ausgedacht hatte (jedenfalls war es ein gefühlter Samurai).

Eine andere Idee: Er sollte das arrogante Nichtauspacken des Chefs zum Anlass nehmen, endlich aus der Firma auszusteigen, die ihn hauptsächlich mit Arbeiten umklammerte, die ihm auf die Nerven gingen oder ihn langweilten.

Würdest du dich dann um den Hund kümmern, den ich nicht kriege, weil sich niemand von uns richtig um den Hund kümmern kann und Kinder schnell die Lust verlieren, sich um einen Hund zu kümmern?

Keine schlechte Idee: Er würde den Rest seines Lebens auf diesem Dach verbringen. Sich das Essen mit kleinen Fluggeräten liefern lassen und nachts die Lichter der Stadt mit dem Fernglas vergrößern. Und winken, wenn am Ende der Hubschrauber kam.

Eine schlechte Idee: Abwarten, sich dabei von ihm vollquatschen lassen und sich dann auf diesen unsinnigen Auftrag einlassen, um endlich nicht mehr vollgequatscht zu werden.

Eine gute Idee: Alles so machen, wie es der Chef sich vorstellte. Er würde sich dann in der Stadt frei bewegen können und hätte dabei immer die nicht überprüfbare Behauptung zur Verfügung, er würde daran arbeiten.

Die Sonne war fast untergetaucht, nur noch ein paar Strahlen kamen über den Rand gekrochen.

Vögel kreischten – flirrende schwarze Flecken am noch nicht ganz schwarzen Himmel.

Von unten das Zischen und Sirren der Autos, die im Stau weichgekocht wurden. Einige von ihnen hupten, um einen Rettungswagen um Hilfe zu rufen, der auch nicht durchgekommen wäre, wenn er sie gehört hätte.

Ein kühler Wind kam auf.

Er war nicht laut genug, um das Klicken der sich schließenden Dachtür zu übertönen.

»Jetzt pass mal auf, es ist keine wahnsinnig wichtige Sache, ich möchte einfach nur, dass ihr euch das mal genau anseht, das ist alles.«

Fallner sagte nichts und machte nur ein Habe-verstanden-Geräusch. Der Chef holte ein Glas aus dem Jackett und hielt es ihm hin.

»Ich bin deiner Meinung, dass das wahrscheinlich nichts für

uns ist, aber ich möchte, dass es überprüft wird.« Er stieß mit seinem Glas an Fallners Glas. »Was ist daran falsch? Wenn du so willst, ich setze auf den Zufall, unser Einsatz ist dabei gering, ein paar Arbeitsstunden, ein paar Tage vielleicht. Der Zufall spielt manchmal mit, und du bist der Mann für die Zufälle, falls du dich erinnern kannst.«

Eine Anspielung auf eine absurde Ansammlung von glücklichen Zufällen, die es Fallner ermöglicht hatten, einen Gesuchten festzunehmen, der ihnen viel Geld eingebracht hatte. Viel für nichts – und nichts, das man als Beispiel benutzen konnte; aber etwas, mit dessen Erwähnung er gerechnet hatte. Denn wer Glück gehabt hatte, fing an, mit dem Glück zu rechnen.

»Ich meine diesen Zufall, der nicht jedem passiert, sondern jemandem, der mit dem richtigen Instinkt aufgrund der richtigen Erfahrungen in die richtige Richtung geht.«

So hörte es sich an, wenn sein Bruder baggerte, und die nächste Flasche holen würde, um weiterzubaggern, bis er mit Erfolg alles weggebaggert und jemanden zugebaggert hatte.

»Können wir so machen«, sagte Fallner. Es war immerhin ein Job, bei dem er durch die Gegend laufen würde (während Nico an seinen Computern saß und ihn begleitete). »Aber das ist nicht das Problem.«

»Es gibt kein Problem, Bruder, das ist doch alles, was ich wollte.«

»Was ich will, ist –«

Die Stahltür zum Dach konnte so leise sein, dass man nichts hörte, wenn man sich unterhielt. Und wenn jemand darauf achtete, waren auch seine Schritte nicht zu hören.

Wie aus dem Nichts stand die Assistentin des Chefs bei ihnen. Assistentin war eine schwache und in die Irre führende Bezeichnung für Theresa Becker. Die Vierzigjährige entsprach den Klischees einer mütterlichen Frau, die zu einer etwas altmodischen Firmenleitungsassistentin passten, die deshalb auch als das eigentliche Herzstück des Betriebs angesehen wurde, diese gute Seele, ohne die nichts geht.

Im Moment war die Ex-Polizistin jedoch ein Bild für Kriegsgötter – sie hatte ein Schnellfeuergewehr aufs Dach getragen, das sie jetzt in den Armen hielt wie ein Baby. Wenn sie eine Model-Schönheit gewesen wäre, hätte sie eine Karriere in Katalogen und Kalendern hinlegen können.

»Wir kaufen keins von diesen Dingern«, sagte sie, »die taugen nichts.«

Fallner fragte sich, wofür die Dinger was taugen sollten – er hatte nichts von einem derartigen Auftrag mitbekommen.

Sie kam offensichtlich vom Schießstand im Keller, und wenn sie sagte, dass diese neuen Modelle von Killermaschinen nichts taugten, dann stimmte es. Kein Kommentar von den Männern. Diese mütterliche Frau hatte die beste Trefferquote und die besten Waffenkenntnisse von allen, die Zugang zum Schießstand hatten.

»Ich wollte nicht stören«, sagte sie, »ich bin schon wieder weg.«

»Du störst nicht«, sagte der Chef.

Er ging zum Bretterverschlag, der keiner war, und kam mit einem Glas für sie zurück. Seine Theresa störte nie. Noch ein Punkt, den man beachten musste, dachte Fallner.

»Rede weiter«, sagte sein Bruder, »Theresa ist über alles informiert.«

»Ganz was Neues«, sagte Fallner.

»Ich bin über alles informiert, aber ich habe keine Ahnung«, sagte sie.

»Ich werde mich beim Betriebsrat für dich einsetzen, das ist eine unzulässige Einschränkung.«

»Und ich werde mich für einen Betriebsrat einsetzen, das ist ein zulässiges Arbeitnehmerinnenrecht.«

»Wir haben gute Chancen, weil der Chef nämlich mein Bruder ist. Aber ich möchte dich bitten, dass du keine Ahnung davon hast, obwohl du informiert bist.«

»Das hab ich mir schon immer gedacht, dass an dem Gerücht was dran ist – siehst du (sagte sie zu dem Baby in ihren Armen), die Mutti hat's dir gesagt, dass mit den beiden was läuft.«

Sie hatte eine Menge von diesem Charme, den man sich nicht kaufen kann und gegen den eine Menge schönere Frauen einpacken konnten, und alle waren gern in ihrer Nähe. Außer sie hatten was gegen intelligente Frauen mit großer Klappe, die sich nicht herumschubsen ließen. Außer wenn sie wütend war, dann wollte ihr niemand näherkommen.

»Du wolltest mich vorhin was fragen«, sagte der Chef zu Fallner.

»Ich hab's vergessen, war wohl nicht so wichtig. Wie gesagt, wir sind uns einig, wir machen eine Testbohrung und entscheiden dann.«

»Wenn ich besonders sensibel wäre, hätte ich jetzt das Gefühl, euch zu stören«, sagte Theresa. »Kommt bei Frauen in meinem Alter oft vor.«

»Das tust du nicht – also pack schon aus.«

»Ich wollte dich fragen, ob du erpresst wirst«, sagte Fallner.

»Oh«, sagte die Assistentin. »Aber du meinst doch nicht mich damit?«

»Noch nicht«, sagte sein Bruder.

Ob/abservieren

Der Regen trommelte seit Stunden auf das Autodach, als wollten die Regentropfen vorführen, wie sich drei Schlagzeuger aufführen würden, die einige Medikamente eingenommen hatten, um besonders lange tatkräftig zu bleiben. Fallner jedoch saß um 03:28 Uhr in einer Blechkiste, die er nicht verlassen durfte, und hatte die Medikamente, die im Kampf gegen den Schlaf helfen, vergessen – weil auf jeder To-do-Liste irgendwas fehlt.

Positiver Aspekt, wenn man stundenlang in einer Blechkiste eingesperrt ist: zwanghaftes Nachdenken. Fallner hatte die Erkenntnis, dass das Leben nichts als eine gigantische To-do-Liste war ... und wenn du ans Ende deiner Liste kommst, fällt dir auf, dass du den Fährmann, der dich ins Jenseits rudern wird, vergessen hast. Und du sagst zu ihm, hey, guter Mann mit dem Kahn, Sie stehen nicht auf meiner To-do-Liste, Sie können wieder weiterziehen, was nicht auf meiner To-do-Liste steht, werde ich nicht erledigen.

Der Fährmann schweigt – und du sagst zu ihm, lassen Sie sich einen Termin geben, wenn wir aus dem Urlaub zurück sind, aber das kann dauern, warten Sie lieber nicht, kümmern Sie sich erstmal um die anderen. Sie wissen doch, wie's läuft: Wenn man einen Punkt auf der Liste nicht abhaken kann, erledigt man die nächsten Punkte, bis die richtige Zeit gekommen ist, sich diesen Punkt vorzunehmen, den man ausgelassen hat. Wenn's so weit ist, melden Sie sich wieder bei mir.

Der Fährmann hat jeden Quatsch schon tausendmal gehört und schweigt – und Fallner überlegt, ob es was ändern würde, wenn der Fährmann eine Frau wäre. Würde sie schweigen wie der Mann? Musste auch der Fährmann in diesen Tagen bei seinem Chef antanzen, der ihm verkündete, es wäre jetzt an der Zeit, dass eine Frau seinen Posten einnahm?

Das Problem war doch (das wird Fallner jetzt endlich klar), dass der Fährmann unsichtbar war und nur für die Person, die er transportieren sollte, im Moment der Abholung sichtbar wurde. Das heißt, wenn du erkennst, dass der Fährmann kein alter Mann mit tiefen Falten und kaputten Zähnen ist, sondern inzwischen durch ein Callgirl in Hotpants ersetzt wurde, das dich mit einem schnellen Motorboot ins Jenseits befördert, ist es zu spät, um diese für viele Menschen tröstliche Nachricht mitzuteilen.

Er würde zu ihr sagen, hey, gute Frau, Sie stehen nicht auf meiner To-do-Liste, aber ich will jetzt nicht drauf rumreiten, mit Ihnen würde ich sogar in die Hölle fahren. Krieg ich vielleicht einen Gin Tonic auf Ihrem schicken Boot, ehe Sie mir Ihre Hotpants ins Gesicht werfen?

Und anders als dieser verdammte alte Fährmann würde sie den Mund aufmachen: Aber sicher doch, mein Süßer.

Es gab sicher auch Menschen, die sich gefreut hätten, mit diesem Traumjob bei diesem Wetter in einem Traumjobauto sitzen zu können, das mit allem ausgestattet war, was man von einem Apartment erwartete. Aber er hatte nichts davon, sogar Fernsehen war verboten. Es war ein Sich-im-Auto-zu-Tode-langweilen-Job verbunden mit der Ehrensache, ihn sauber durchzuführen.

Fallners Problem war, dass er nicht bei der Sache war. Ihn beschäftigte dieser andere Job, von dem sie nicht genug wussten. Der Bartmann mit der Brille, hinter dessen Foto angeblich zwei Millionen bereitlagen. War doch klar, dass sich dieser Scheiß ins Gehirn bohrte wie eine Schraube, die sich langsam immer weiterdrehte. Während er hier einen Kranken observierte, den man verdächtigte, gesund zu sein. Eine banale Observation, für die alte Ex-Bullen wie Fallner und Landmann erheblich überqualifiziert waren. Allerdings konnte man einen Haufen Fehler machen, wenn man es wie einen banalen Job behandelte, und deshalb waren sie eingeteilt.

Der Klient war ein Konzern, den man melken konnte. Diese Typen hatten dermaßen viel Geld, dass sie einfach nur die teuerste Sicherheitsfirma haben wollten. Natürlich hatte der Chef recht, wenn er sagte, dass man sich das Geld von denen holen musste, die es hatten. Dafür bekamen sie die sauberste Arbeit, die sie sich vorstellen konnten. Und natürlich hatte der Chef auch damit recht, dass es nicht zum Auftrag gehörte, festzustellen, ob der Konzern diesen Mitarbeiter einfach nur abzuschießen versuchte.

Als Kollege Landmann um 03:38 Uhr einstieg, um Fallner abzulösen, hatte er Zigaretten und einen Flachmann dabei und offensichtlich mit mehr Sorgfalt an seiner To-do-Liste gearbeitet.

»Ich würde bei dem Wetter das Haus nicht verlassen«, sagte Landmann. »Was wir hier machen, ist reine Zeitverschwendung, wenn du mich fragst, und die Kohle läuft auch, wenn wir nicht hier sind. Kriegen wir ihn heute nicht, haben wir ihn morgen.«

»Ich glaube, das Wetter gefällt ihm, falls er so gesund ist, wie seine Vorgesetzten vermuten«, sagte Fallner.

»Er ist so gesund, wie seine vorgesetzten Vollärsche vermuten, und deshalb bleibt er schön zu Hause«, sagte Landmann.

Fallner blieb sitzen. War zu müde, um sofort den Posten zu verlassen. Als wäre endlich alles egal und er könnte genauso gut bleiben. Hinten im Transporter schlafen oder aufpassen, dass Landmann keine Leuchtraketen abfeuerte, weil das hier Zeitverschwendung war.

»Ich will dich was anderes fragen, Kollege«, sagte Fallner. »Sind wir so auffällig, dass wir ihm aufgefallen sein könnten?«

»Wieso das denn? Hast du dir immer schön lässig Feuer gegeben? Hallo, Leute, im Auto mit den dunklen Scheiben gibt's ein Feuerchen? Ich schätze, du hast draußen gepinkelt, du Held. Ich werde dir jetzt mal erklären, was man unter einer Observation versteht und welche Möglichkeiten es –«

»Ganz ehrlich, Landmann, ich spreche nur vom Auto.«

»Keine Ahnung. Wenn er ein sozialer Typ ist, kennt er jedes Auto in seiner Scheißstraße, aber ich schätze, er ist kein sozialer Typ, dem geht das alles hier am Arsch vorbei. Diese Typen können überall wohnen. Ich möchte hier nicht wohnen, das steht fest. Auch nicht mit seiner Alten, besuchen ja, wohnen nein. Ich würde sie 'ne Weile sogar jeden Tag besuchen, gebe ich zu, und mich sogar um den Garten kümmern, wenn's nicht anders geht, also auch um den Garten hinter dem Haus, meine ich. Der dreht das Ding nur wegen ihr, darauf kannst du wetten, der kriecht vor ihr auf dem Boden und knabbert an der Hundeleine.«

Landmann war nicht immer so gesprächig und hatte oft Theorien, mit denen man mehr anfangen konnte als mit seiner Theorie über den Mann, den sie observierten, damit er abserviert werden konnte. Er war Ende fünfzig, zehn Jahre älter als Fallner, auf den ersten Blick das Klischee des verbitterten und durch nichts mehr zu überraschenden Ex-Polizisten. Ob er den zynischen Drecksack nur präsentierte oder tatsächlich verkörperte, konnte Fallner nicht mit Sicherheit sagen, er wusste auch nicht, ob er ihn mochte oder nur gut mit ihm klarkam. Er hatte nichts gegen verbitterte Ehemalige, die sich irgendwann entschlossen hatten, mehr Geld verdienen zu wollen, während andere Gerüchte behaupteten, man hätte sie rausgeschmissen, weil sie mehr Geld verdient hatten als die anderen in ihrer Besoldungsgruppe.

Wenn er bei einem Einsatz die Wahl hätte, würde er Landmann immer zuerst als Partner wählen. Auch wenn einem die gesprächige Landmann-Version auf die Nerven gehen konnte – wer konnte das nicht? Partner, die einem weniger auf die Nerven gingen, aber weniger fiese Tricks als Landmann kannten, waren bei einem Einsatz keine größere Hilfe.

Fallner wusste wenig über ihn, kannte die Wohnung nicht, die zu seiner Adresse gehörte, und wusste nichts von Kontaktpersonen. Er konnte sich eine dicke Frau Landmann vorstellen, mit der er sich leidenschaftlich laut stritt, während sie in großen Töpfen Suppe rührte und mit Motörhead brüllte, bedrängt von vier Kindern zwischen sechs und sechzehn, denen er ein liebevoller Vater war, der nur in der Firma mit Sex-and-Crime-Sprüchen protzte, um nicht als gemütlicher Familienvater dazustehen. Und er konnte ihn sich auch in einer trüben Ein-Zimmer-Küche-Dusche-Wohnung vorstellen, in der einmal im Monat eine stark geschminkte Betrunkene auf dem ungemachten Bett landete, deren Namen er am nächsten Tag vergessen hatte ... Die Zeit war gekommen, endlich alles über den Kollegen herauszufinden ... Dieser Landmann war doch schwul, jetzt kapierte er es endlich, und hatte das Problem, dass er in seinem Bild vom harten Mann, der gegen das Böse kämpft, auf keinen Fall homosexuell sein durfte ... Typisch Berufssoldat, ein Söldnertyp ... Fallner wachte auf, als er einen Schlag gegen das Knie bekam.

»Wir haben ihn«, sagte Landmann.

Ihr Opfer war um 04:04 Uhr aus der Haustür gekommen,

stand an seiner Garage und wartete, dass das Tor weit genug hochgefahren war. Landmann machte etwa hundert Fotos pro Sekunde.

»Die Fotos sind garantiert nicht gut genug«, sagte Fallner. »Und Punkt zwei könnte sein, er fährt nur zu seinem Arzt. Es reicht nicht, wir müssen dranbleiben.«

»Das möchte ich aber schriftlich haben«, sagte Landmann, schnallte sich an und gab Fallner den Fotoapparat. »Sonst gibt es wieder Gerüchte, dass ich übereifrig bin.«

»Das werde ich nicht zulassen, Ehrensache.«

»Ehrensache ist gut, auf die Ehrensache falle ich immer rein.« Der schwarze BMW-X6 rollte aus der Einfahrt und dann an ihnen vorbei – und jetzt würden sie gleich erfahren, wie gut sich der IT-Spezialist in seiner Nachbarschaft auskannte, sagte Landmann. Er ließ den BMW abbiegen, ehe er auf die Tube drückte und sie zwei Sekunden später feststellten, dass er es nicht eilig hatte und ihr Transporter nicht unangenehm aufgefallen war.

»Gehn Se ran, gehn Se ran, gehn Se ran an die Madame«, sang Landmann leise vor sich hin, »sieh dir diese Glocken an und dann geh ran an die Madame.«

»Du meinst, im Auto ist die Frau, die sich als ihr Mann verkleidet hat?«

»Dieser Mann ist keine Madame, sieh dir doch die Muschi an.«

»Ich wusste nicht, dass du eine poetische Ader hast.«

»Du weißt nichts von mir, Fallner, so sieht's aus. Du hältst mich für einen korrupten Ex-Bullen, der's im Puff nur mit achtzehnjährigen Thai-Transen bringt.«

»Ich hätte auf siebzehn getippt, ich geb's zu.«

»Von mir aus müssen wir das nicht korrigieren, ich bin da ganz schmerzfrei.« Ihr Abstand zum Opfer war perfekt, und falls es inzwischen nicht nervös geworden war, würden sie ihm trotz der leeren Straßen nicht auffallen. »Andere Frage«, sagte der Söldnertyp, »worum ging's denn bei eurer Besprechung im Chefbüro?«

»Kann ich dir nicht sagen.«

»Das war schon die zweite Sonderbesprechung, wurde mir berichtet.«

»Das muss der Chef entscheiden, du weißt doch, wie das läuft. Ich kann dir nichts dazu sagen, es ist jedenfalls im Moment keine große Sache, das kann ich dir sagen.«

»Ich verstehe, weil ich weiß, wie's läuft. Ich weiß übrigens auch, wie's nicht läuft.«

Sie fuhren mit einem Du-vertraust-mir-also-nicht-Schweigen weiter, und Fallner fragte sich, ob er sich an die Anweisung des Chefs hielt oder ob er Landmann misstraute. Beides. Er hätte nicht genau benennen können, warum er Landmann nicht hundertprozentig vertraute. Vielleicht sollte er mit Landmann noch heute Nacht zu dieser Kontaktadresse fahren, um zu testen, ob der Zufall schon bei der Arbeit war; er würde auf das Haus deuten und sagen, dass das im Moment ihr einziger Anhaltspunkt war, weil der Laden einem Cousin des Mannes gehörte, auf dessen Ergreifung zwei Millionen ausgesetzt waren, und Landmann würde sagen, interessant, oben drüber wohnt meine Schwester. Oder was der glückliche Zufall sonst zu bieten haben könnte. Er musste herausfinden, warum Landmann irgendwas an sich hatte, weswegen er ihm nicht vollkommen vertraute. Nur so ein diffuses Gefühl wahrscheinlich – es war viel wichtiger, ihn mit im Team zu haben.

»Was macht übrigens 'ne Blondine, die einen Verräter zum Sprechen bringen soll?«, sagte Landmann.

»Du redest schon wie meine Jaqueline. Ihr könntet euch mal treffen, um Blondinenwitze auszutauschen – bist du wahnsinnig!«

Landmann stellte sich an einer roten Ampel genau neben den

BMW und erklärte, man würde mit Chuzpe besser durch's Leben kommen, hatte der Kollege überhaupt eine Ahnung von Chuzpe? Fallner dachte nur daran, dass sein Fenster offen war und ihr Opfer ihm direkt ins Gesicht glotzen konnte.

»Wir sind ihm vorher nicht aufgefallen, deshalb beachtet er uns jetzt nicht«, sagte Landmann. »Wenn wir hinter ihm wären, würden wir ihm jetzt auffallen, verstehst du? Chuzpe ist, wenn du jetzt zu ihm rübersiehst und ihm zuwinkst.«

Er blieb zurück, als der SUV losfuhr, und täuschte vor, er würde abbiegen. Schaltete dann das Licht aus und ließ ihm genug Vorsprung, ehe er sich wieder an ihn hängte, ohne das Licht wieder einzuschalten.

»Wenn wir Pech haben, war's das«, sagte Fallner, »und du kannst dir mit deiner Chuzpe einen runterholen.«

»Wenn wir Pech haben, setzt er seine Karre an die Wand und geht drauf, und ein Zeuge behauptet, wir sind schuld, weil wir ihn verfolgt haben.«

Der SUV fuhr langsam, und Landmann war trotz seines Laberns aufmerksam geblieben und hatte ausreichend Abstand gehalten.

»Was will er denn hier?«, sagte Fallner.

»Was kann der Mann mit der Hundeleine in dieser scheiß Bahnhofsgegend wollen?«, sagte Landmann. »Kann uns egal sein. Aber ich kann hier nicht ohne Licht weiterfahren. Wenn unsere Polizeifreunde irgendwo nicht schlafen, dann hier.«

Der BMW-X6 bog langsam in eine der schmalen Nebenstraßen ein. Landmann fuhr nur so weit in die Kreuzung, dass sie sein äußerstes Rücklicht sehen konnten. Zentimeter für Zentimeter schoben sie sich weiter und pressten ihre Köpfe an die Scheibe. Dann leuchtete die gesamte Rückfront des X6 auf wie ein Feuerwerk, und Landmann musste ein Stück in die Straße reinfahren.

Der X6 stellte sich schräg in eine Einfahrt, Entfernung fünfzig Meter, und wurde dunkel. Aber die Einfahrt war gut beleuchtet, ihr Mann stieg aus und präsentierte sich im hellen Licht. Landmann sagte: »Das sieht hier nicht gut aus.« Und als Fallner ausstieg, um näher ranzugehen und die benötigten Fotos zu schießen, forderte er ihn auf, vorsichtig zu sein.

Fallner arbeitete sich auf der anderen Straßenseite vor, beschützt von parkenden Autos, bis er sich fast gegenüber dem Opfer befand, das nur auf sein iPhone konzentriert war. Unwahrscheinlich, dass er seinen Arzt benachrichtigte. Nach ein paar Sekunden hatte er genug Fotos, um den Mann ab- und zu einem neuen Job rüberzuschießen. Diese Männer aus den oberen Etagen hatten doch schneller einen gleichwertigen neuen Job, als jemand *gefeuert* sagen konnte.

Fallner wollte sich auf den Weg zurück zum Transporter machen, als sich die Toreinfahrt öffnete und zwei Männer herauskamen. Die beiden sahen sofort die Straße rauf und runter, und Fallner ging hinter den Autos tiefer in Deckung. Mit den beiden wollte er nicht diskutieren, welche Gründe er hatte, um diese Uhrzeit Fotos zu schießen. Durch die Autoscheiben konnte er erkennen, dass die drei stehen blieben und miteinander redeten. So leise, dass er bloß ein Säuseln hörte. Kein Streit, keine Probleme. Um diese Uhrzeit konnte man sich auf der Straße im Bahnhofsviertel endlich in Ruhe verständigen. Zeugen unerwünscht. Weshalb der Zeuge nicht wusste, wie er zu seinem Transporter zurückkommen sollte, ohne entdeckt zu werden. Die beiden Kontakte seines Opfers würden ihn bemerken, wenn er sich zurückschlich, das war sicher, sie würden jeden Schatten bemerken, der so klein war wie ein Schamhaar der Jungfrau.

Was tun? Sich an die alte Regel halten: Wenn du nichts tun kannst, fängst du was an.

Er kroch zum nächsten Hauseingang, trat gegen die Tür, stand auf, als würde er aus der Tür kommen und brüllte in den Fotoapparat, den er sich wie ein Telefon ans Ohr hielt. Er ging brüllend los in Richtung des Transporters, ohne das Trio auf der anderen Straßenseite zu beachten, was interessierte es ihn, was in der regennassen Straße um diese Uhrzeit vor sich ging, er hatte genug eigene Probleme. Er hielt die Linse auf gut Glück in ihre Richtung und drückte drauf, und erst mit genügend Abstand drehte er sich, um zu sehen, was sie machten: Sie beobachteten ihn, standen aber immer noch in der Toreinfahrt, und einen Moment später stieg er, immer noch in ein Telefon brüllend, an dem niemand zuhörte, in den Transporter, der ihm schon entgegenkam.

Landmann fuhr schnell an ihnen vorbei, man musste nichts riskieren. An der nächsten Kreuzung steckte er die Pistole weg, die im Schoß lag, und sagte: »Nicht schlecht.«

»Für jemand, der aus der Übung ist«, sagte Fallner, der am ganzen Körper schwitzte.

»Jede Wette, dass die Fotos mit den beiden Typen Extrageld bringen. Hier haben Sie Ihren kranken Mann, der nicht krank ist, und wir hätten da noch ein paar Leute, die er besucht hat, so wie's aussieht, um ihnen was zu verkaufen. Aber das ist nur eine Vermutung. Wir können das exakt recherchieren, wenn Sie das wünschen.«

»Du meinst, sie wollen den kranken Mann loswerden, aber sie wissen nicht, dass es eigentlich um Informationsverkauf geht?«

»Falls es so ist, haben wir den einen Job erledigt und dabei den nächsten aufgerissen. Sollte man sich ansehen. Was ich nie verstehen werde, ist, dass ein Typ wie der, der wirklich Asche macht, sich auf so einen Scheiß einlässt. Und zu dumm, um's richtig zu drehen. Was will er? Noch mehr Geld, und nach einem Jahr sitzt er in der nächsten Firma und dreht das nächste idiotische Ding, verstehst du das?«

»So läuft's eben, er will mehr. Weiter nach oben und immer mehr. Und we are only in it for the money.«

Landmann schlug aufs Lenkrad und lachte. Sie fuhren ein paar Minuten schweigend. Ließen ihre Denkapparate verarbeiten.

»Die Stadt wird langsam wach«, sagte Landmann. »Die Letzten kippen weg, die Ersten stehen auf. Gefällt mir immer wieder.«

In der Nähe der Psychiatrischen Klinik der Universität fuhren sie an einer Gruppe von Jugendlichen vorbei, die eine Batterie Flaschen aufgestellt hatten. Vielleicht ein Geschenk für Sammler.

»Hätte ich jetzt fast vergessen, du hast mich vorhin von der Pointe abgelenkt. Also die Blondine, die einen Verräter zum Reden bringen soll, die macht –«

»Keine Macht für Niemand«, unterbrach ihn Fallner, der jetzt keinen Unsinn hören wollte.

»Das ist eine andere Geschichte«, sagte der Fahrer, »hat aber auch mit Beinarbeit zu tun, da gebe ich dir recht.«

»Bist du müde oder geht's noch?«, sagte Fallner.

»Für richtige Beinarbeit bin ich zu müde, aber ein Glas am Ende der Nacht würde noch gehen.«

»Ich möchte dir einen Laden zeigen, ein Haus, ist nicht weit von hier. Mich würde interessieren, was du davon hältst.«

»Dann machen wir das. Das ist die einzige Zeit, zu der du hier noch Autofahren kannst, wir sollten solche Jobs nur noch nachts machen. Ich werde mit dem Chef reden, dass ich am Tag nicht mehr arbeiten werde, jedenfalls nichts mit Auto.«

»Du sprichst mir aus der Seele.«

»Ich habe generell keine Lust mehr auf den Job. Ich hab's satt. Die ganze Zeit Leute beschützen, beobachten, einkassieren. Seit vierzig Jahren. Es reicht jetzt, ich will meine Ruhe haben.«

»Mir geht's genauso. Vorschlag: Wir ziehen noch eine große Sache durch und dann setzen wir uns zur Ruhe.« Fallner sah Landmann an, gespannt, wie er's aufnehmen würde. »Wie klingt das für dich?«

»In einem Mafiafilm würde ich langsam auf die Idee kommen, dass du den Auftrag hast, mich auszuschalten.«

»Und ich würde brüllen vor Lachen und sagen, das muss ich Toni sagen, der wird sich totlachen, die Jungs werden sich kaputtlachen, wenn ich ihnen sage, dass du gedacht hast, du sollst abgemeldet werden.«

»Und mir würde jetzt einfallen, dass ich auf der letzten Gartenparty vom Boss nicht eingeladen war. Obwohl ich immer eingeladen war, seit ich in der Firma bin.«

»Da waren diesmal nur Familienmitglieder eingeladen, niemand aus der Firma.«

»Scheiß auf die Familie.«

»Die Familie ist alles.«

»Die Firma ist wie eine Familie für mich.«

»Freut mich zu hören. Das freut uns alle. Wir haben nie an deiner Loyalität gezweifelt. Du bist eine Säule der Firma, das wissen alle.«

»Sind wir hier richtig? Verdammt einsam hier.«

Es gab keinen Parkplatz in Sichtweite, aber es war kein Problem, um diese Uhrzeit auf der Straße stehen zu bleiben. Die Straße war so schmal, dass nur ein Auto zwischen den parkenden Autos durchkam; eine Stunde später, wenn die Stadt richtig wach war und loslegte, hätten sie keine Minute gehabt, bis eine andere Blechkiste sie verjagt hätte.

Fallner deutete auf den Gemüseladen, in dem man an ein paar Tischen auch essen und trinken konnte, wenn man's nicht zum Mitnehmen haben wollte. Betrieben von einem älteren Ehepaar.

»Pakistanisch, libanesisch, afghanisch – so in etwa die Richtung, ich weiß es nicht genau, ich war nur zwei- oder dreimal drin.«

»Und das will jemand kaufen? Oder übernehmen? Und wir sollen rausfinden, was man den Leuten anhängen kann, damit sie das Ding freimachen?«, fragte Landmann.

»Könnte sein. Das Interesse ist nicht klar. Die Frage ist, ob uns das interessieren sollte. Eigentlich eher nicht. Wie meistens.«

»Verstehe. Wegen was sind wir *eigentlich* hier?«

»Ist dir die Adresse schon mal untergekommen?«

»Könnte mir einfallen, wenn du mir sagst, worum's bei der Sache geht.«

»Dazu bin ich nicht berechtigt.«

Landmann lachte leise in sich rein, und Fallner wusste, was ihm am Arsch vorbeiging, er lachte über *berechtigt* – Mann, seit wann handelten sie aufgrund von Berechtigungen.

Sie überlegten beide, wie es einen Schritt weitergehen könnte. So ähnlich wie die Unterhändler von Politikern verfeindeter Länder, die ihr Gesicht nicht verlieren durften, wenn sie sich den kleinen Finger gaben.

»Es hat mit dem Gespräch zu tun, zu dem uns mein Bruder reingeholt hat. Ich musste versprechen, nicht darüber zu reden«, sagte Fallner.

»Dachte ich mir schon«, sagte Landmann. »Also gut. Im Moment hab ich keinen Hinweis für dich, aber wenn das mit der Herkunft der Leute zu tun hat, kann ich einen Kontakt anbieten, der uns vielleicht mit 'ner Information aushilft.«

»Könnte nützlich sein«, sagte Fallner. »Die Richtung stimmt jedenfalls.«

Ein paar Autos vor ihnen sperrte ein Mann, der einen knielangen schwarzen Mantel trug und eine gelbe Mütze aufhatte, einen weißen Kleinwagen auf. Er zögerte einen Moment, als er die Tür geöffnet hatte, und sah den schwarzen Transporter an, der die Einbahnstraße blockierte, obwohl er in die andere Richtung fahren musste.

»Ich wünsche mir auch so eine gelbe Wollmütze«, sagte Landmann, »selbstgestrickt von meiner kleinen Tochter. Jede Wette, dass er sie im Wagen liegen lässt.«

»Hast du eine Tochter?«

»Nicht dass ich wüsste. Keine Kinder, keine nennenswerten Rücklagen, keine Vorstrafen. Und keine Hoffnung, dass wir hier was zu trinken kriegen. War's das?«

»Es geht um einen Typen, der mit einiger Wahrscheinlichkeit in diesem Laden auftauchen wird.«

»Wann, heute, morgen, in zwei Wochen?«

»Keine Ahnung. Wir haben mehr Informationen über den Mann mit der gelben Mütze. Und (Fallner zögerte, ob er sich so weit aus dem Fenster lehnen sollte) es könnte sein, dass es keinen Auftraggeber gibt.«

Landmann sagte nichts dazu. Ließ sein Fenster runter und warf die Zigarette raus. Drehte sich zu Fallner und sah ihm in die Augen.

Als würde er in ein brennendes Haus gehen und den Kollegen bitten, seiner Frau einen Gruß zu bestellen, falls er den Rückweg nicht schaffte.

»Klingt doch gut«, sagte er dann. »Das Dumme ist nur, dass wir jetzt unser bestes Auto benutzt haben. Gut, wir könnten ihn weiß machen. Trotzdem zu auffällig. Hättest du dir vorher überlegen müssen. Sonst noch was?«

»Ja. Ich wollte dich mal fragen, ob du 'n gläubiger Jude bist.

Oder nur so ein halber, so wie ich nur so 'n halber Ex-Katholik bin, wenn du weißt, was ich meine.«

»Jetzt pass mal auf, du Held: Ich bin Ex-Bulle. Ex-Mann, Ex-Bulle, Ex-Träumer, Ex-Ringer, Ex-Trinker, nein, das stimmt nicht. Lass mich überlegen, was noch, ich nehme deine Frage sehr ernst.«

Fallner ging in den Wohnbereich des Transporters und holte zwei Biere aus dem Kühlschrank. Sie stießen an, und hinter ihnen beschwerte sich ein großer schwarzer SUV.

»Immer mit der Ruhe«, sagte Landmann. »Wir sind nicht nur größer als du, wir sind sogar größer, als du denkst.«

»Chuzpe wäre, wenn wir jetzt reingehen und fragen, wann der Mann ankommt, den wir gerne sprechen würden«, sagte Fallner.

»Nein«, sagte Landmann, »das wäre nur unglaublich dumm.«

Eine Art Virus

Wieso hatte er einen Brief in seinem Briefkasten? Er bekam keine Briefe mehr. Nur steinalte Leute, verdrehte Kinder und Psychos schrieben Briefe. Psychos, Anwälte und andere Einrichtungen, mit denen man nichts zu tun haben wollte. Psychos und andere Rechnungen.

Name und Adresse standen handgeschrieben auf dem Kuvert, und jemand hatte beim Schreiben viel Druck gemacht. Jemand, der kaum oder kaum noch schreiben konnte oder die Hand benutzte, mit der er kaum schreiben konnte, weil er immer mit der anderen Hand schrieb. Normales weißes Kuvert, Postkartengröße, nichts auf der Rückseite.

Fallner drehte das Kuvert hin und her, als gäbe es eine geheime dritte Seite. Der Stempel auf der Briefmarke war verwischt, unleserlich. Konnte die Person auch selbst gestempelt haben, um sicherzugehen, dass der Stempel unleserlich war, und dann persönlich in seinen Briefkasten eingeworfen.

Beschwerde eines Rentners, war die erste Assoziation ... *Wenn Sie diese KGB-Zuhälter-Agentensau aus dem ersten Stock nicht baldigst zur Räson bringen* oder sowas ... Aber der einbeinige kriegsversehrte Rentner aus dem zweiten war endlich gestorben. Von ihm hatte Fallner (in seiner Eigenschaft als inoffizieller Hausmeister) alle paar Monate so ein Schreiben bekommen. Der Einbeinige war der Einzige, der ihm noch Briefe geschrieben hatte, und er hatte ihm nie zurückgeschrieben. Aber er hatte ihn, mit seinem Brief in der Hand, immer sofort persönlich aufgesucht, um ihm klarzumachen, dass er sein gehässiges Maul halten solle, egal, ob er es schriftlich oder akustisch aufriss. Einer dieser vielen Nazis, die der Entnazifizierung durch die Amerikaner entkommen waren und die sich besonders freuten, wenn sie ihr pseudoanständiges Gequatsche einem Polizeibeamten anhängen konnten, von dem sie dachten, er sei verpflichtet, sich ihren Dreck anzuhören.

Er ging mit dem Brief auf die Straße, dachte darüber nach, hatte ihn immer noch nicht geöffnet. Konnte vorkommen, dass jemand mieses Pulver in einem Brief verschickte – wenn du keine Briefe mehr im Kasten hast, bekommst du allenfalls mal einen Brief, den du lieber nicht bekommen hättest.

Er blieb stehen und schlitzte ihn mit dem Fingernagel auf. Ein Blatt, kurzer Text, wieder mit der falschen Hand ins Papier gepresst.

Seine erste Reaktion war, sich nach allen Seiten umzusehen. Als müsste die Person noch in der Nähe sein und eilig verschwinden oder ihn dabei beobachten. Wieder lesen und sich wieder umsehen – denn du hast falsch gelesen und nicht genau hingesehen. Jemand wollte ihn verarschen. Was aber nur Spaß machte, er konnte sich erinnern, wenn man ihn dabei beobachtete. Wie er sich hin- und herdrehte und jemanden in die Finger kriegen wollte. Ein weißer Mann Ende vierzig, dessen Leben mit ein paar Worten einen Riss bekommen hatte.

Irgendwo eine Kamera, möglicherweise.

Es war so, wie er es dem Mädchen erklärt hatte: Die Worte waren ein Virus, der sich in wenigen Sekunden in seinem Kopf festgefressen hatte und den ganzen Körper beeinflusste. Es gab keinen Grund dafür, aber er brachte dieses anonyme Angebot, einen Auftrag auszuführen, sofort mit ihrem dubiosen Zwei-Millionen-Belohnung-Fall in Verbindung.

Alles Unsinn, er wusste, dass es nur Spaß war – wie schreibe ich ein Angebot, das die Wirkung eines Drohbriefs hat? Obwohl es nicht dieses Angebot war, das man auf keinen Fall ablehnen konnte. Er konnte es ablehnen. Er konnte den Brief sofort wegwerfen. Und ihn sofort vergessen. Eine einfache Geschichte, die niemanden interessierte.

Er wusste, dass es kein Spaß war. Der Brief ging in Flammen auf, als er ihn in die Tasche steckte.

Er ging zurück in die Wohnung. Nicht um eine andere Jacke anzuziehen, sondern um seine Waffe aus dem Safe zu holen.

Dann ging er neben sich – ein ruhiger Mann, der über den Mann lachte, der neben ihm ging, weil er Gespenster sah.

Schlechter Platz

Fallner hatte Bruno seit Monaten nicht mehr auf der Straße gesehen, vielleicht ein Jahr. Jetzt stand er da am Tag nach dem Brief, nur zwei Häuser weiter, spielte Akkordeon und sang ein Lied dazu. Auf dem Asphalt vor ihm ein Plastikschälchen für das Geld. Neben ihm eine braune Ledertasche und eine Plastiktüte voller Plastikflaschen. Bruno war ein Mann mit mehreren Jobs. Wahrscheinlich hatte er die letzten Monate in einer Geschlossenen gearbeitet, wo Männer mit Erfahrung immer gesucht waren; ein sicherer Job, man verdiente zwar nicht viel, konnte es aber auch nicht aus dem Fenster werfen.

Fallner grüßte ihn, Bruno schien ihn jedoch nicht mehr zu kennen. Sein Blick ging in die Weite, die von keiner Häuserfront begrenzt werden konnte. Oder er war einfach nur vollkommen auf seinen Vortrag konzentriert.

Er sang vorsichtig, doch mit großer Hingabe: »Nach der Heimat möcht ich geh'n, in der Heimat gibt's ein Wiedersehn.«

Es waren schlechte Zeiten für Straßensänger, die an einem verregneten grauen frühen Abend dick angezogen von einer Heimat träumten, die sie irgendwann irgendwo verloren oder nie gehabt hatten und bis ans Ende ihrer Tage vermissten. Die paar dunklen Münzen in seinem Plastikschälchen hatte er selbst reingelegt.

Er stand an einer schlechten Stelle, abseits der belebten Plätze, und es waren keine guten Zeiten für Straßensänger, die Angst vor Straßen und Plätzen hatten, wo viele Menschen unterwegs waren.

»Lange nicht gesehn, ich hab dich schon vermisst, Bruno«, sagte Fallner, als er sein Lied beendet hatte. »Wo warst du denn immer?«

»Der Bruno ist dort gewesen, wo es zu den festen Tageszeiten was zu essen gibt. Das Haar wird gekämmt, und das Licht wird gelöscht, wenn die Nacht kommen tut. Dagegen gibt es auch nichts zu sagen.«

»Klingt ja fast wie Urlaub. Und warum bist du wieder ausgezogen?«

»Der Bruno hat keinen Alkohol getrunken. Weil der Teufel den Schnaps gemacht hat.«

»Ich weiß«, sagte Fallner, »ich kenne den Teufel. Und ich kenn auch seine Frau, seine Mutter und seine Freunde.«

Bruno rieb sich die Hände und rückte seine Kappe mit den Ohrenschützern zurecht, die noch nicht in den Herbst passte, die er jedoch immer trug, im Bett nicht ablegte und nicht beim Essen, und die ihn, wenn die Zeit gekommen war, in seine Heimat ausfliegen würde – letzte Ehre für einen Frontsoldaten, den sie, so sah er aus, im November 1918 vergessen hatten.

Fallner hatte nie herausgefunden, wo genau Bruno unterkam, wenn er hier in der Gegend war. Wo sein Zimmer war, die Ecke, das Loch, der Unterschlupf, der Unterstand. Irgendwo zwischen Bahnhof und Westend jedenfalls, irgendwo in der Nähe der Theresienwiese, wo im November 1918 Tausende Menschen eine Revolution entbrannt hatten. Da lagerte der Bruno noch einen Koffer und eine Tüte und vielleicht ein Fahrrad. Es musste hier irgendwo sein, denn wenn Fallner ihn sah, nachdem er ihn länger nicht gesehen hatte, dann sah er ihn öfter.

»Wohnst du jetzt wieder hier?«, fragte er ihn und versuchte, nicht nach Polizei klingen, und Bruno machte einen Laut, als hätte ihn ein Witz amüsiert. »Ich frag nur, weil ich hätte ein paar gute Sachen bei mir rumliegen, die du vielleicht gebrauchen kannst, also die sind noch gut in Schuss, die könnte ich dir vorbeibringen.«

»Der Bruno hat alles, was der Mensch gebrauchen kann«, sagte er und verzog eine Schulter, um das Akkordeon abzulegen und dann auf den Rücken zu nehmen.

Wenn der Straßensänger von den Passanten vollgelabert wurde, war es Zeit, einzupacken und weiterzuziehen. Wenn sie dachten, er könnte sich an jeden Arsch erinnern, der ihm mal zugehört hatte, waren sie auf dem falschen Dampfer. Wenn sie wissen wollten, wo er wohnte, waren sie Diebe oder Bullen.

»Jetzt mach doch mal langsam, Bruno, ich will dich doch nicht vertreiben. Ich wollte dich nur was fragen, ich zahle zwanzig für eine ordentliche Auskunft nach bestem Wissen und Gewissen, du weißt, dass ich ein ehrlicher Mann bin.«

Bruno ging einen Schritt zurück an die Wand. »Du warst bei den tätowierten Zuhältern und ihren Weibern und hast gesagt, der Bruno soll die Schnauze halten.«

Seine Personenbeschreibung war etwas übertrieben, aber seine Erinnerung täuschte ihn nicht. Bruno hatte spätnachts (in einer Café-Bar am Bahnhof) am falschen Ort die falschen Männer auf seine Bruno-Art angequatscht, und Fallner hatte ihn vehement am Weiterquatschen gehindert, damit er keine aufs Maul bekam (und ihm bei einer Ermittlung nicht weiter in die Quere kam).

»Ich wollte dir nur helfen, du warst nämlich nah dran, mit einem der Typen Ärger zu bekommen, und weil du das selber nicht bemerkt hast, dachte ich, dass ich besser mal dazwischengehe.«

»Der Zuhälter verkauft die Frau, der Bruno hält die Schnauze, weil du ein Polizist bist. Das ist die Auskunft, die aus meinem besten Gewissen kommen tut, Grüß Gott.«

»Ich bin aber schon lange kein Polizist mehr, nehmen Sie das bitte zur Kenntnis, Herr Liedermacher«, sagte Fallner und holte den Brief raus. »Ich möchte nur, dass du da kurz einen Blick drauf wirfst. Jemand hat mir das in den Briefkasten geworfen, aber es war nicht die Postbotin, die hier unterwegs ist. Erste Frage, hast du hier jemanden gesehn, der dir aufgefallen ist? Jemand, der mit einem Brief in der Hand bei uns an der Tür war?«

Bruno starrte ängstlich den Brief an, als wäre er an ihn gerichtet und würde ihm Unheil verkünden, und schüttelte den Kopf.

»Zweite Frage: Hast du diese Handschrift schon mal gesehn?«

Er hielt ihm den Brief verkehrt herum hin, damit er ihn nicht lesen konnte, und erklärte ihm, dass man das so machte, wenn man die Schrift identifizieren wollte, denn wenn man sie lesen konnte, wurde man vom Inhalt abgelenkt. Bruno betrachtete die Schriftzeichen, aber sein Misstrauen wurde dadurch gesteigert. Fallner spürte, dass er ihn weiterhin als Polizist einsortierte, vermutlich als Mitglied einer Spezialtruppe, die mit verschlüsselten Zeichen operierte. Es war nicht normal, dass man den Bruno in solchen Angelegenheiten konsultierte, es war ein Sozialarbeiter- oder-Bullen-Scheißtrick, um ihn von der Straße zu verjagen.

»Ich habe diese verkehrte Schrift noch nicht gesehn«, sagte er. »Das ist die Auskunft, die ich geben tun kann.«

»Wie versprochen«, sagte Fallner und gab ihm den Zwanziger in die Hand.

»Das sieht nicht gut aus«, sagte Bruno.

»Was meinst du damit?«

»Das ist mit einer großen Wut geschrieben. Das sieht der Bruno. Er hat selber schon viele Briefe geschrieben. Was tut der Brief sagen? Das ist meine Frage an die Polizei.«

»Ich sehe hier keine Polizei. Oder hat jemand gesagt, du darfst hier nicht spielen? Ich habe damals nur deshalb gesagt, du sollst die Schnauze halten, weil sie dich sonst verprügelt hätten, kapier das endlich. Es kann manchmal verdammt wichtig sein, zu erkennen, dass man in diesem Moment besser die Klappe hält, ist dir das vielleicht noch nie passiert? Mann – ich bin kein Polizist, ich bin ein Freund.«

»Der Bruno stellt eine Frage und bekommt von dem Freund keine Antwort.«

»Jesus, Mensch. In dem Brief bietet mir jemand an, einen Job zu erledigen. Ich würde gerne wissen, wer mir den Job anbietet.«

»Einen Job erledigen tut heißen Geld.«

»Das heißt es. Aber das ist nicht der springende Punkt.«

Was ist denn ein springender Punkt? Dass es auf zu viele Fragen keine befriedigenden Antworten gibt, das ist ein verdammter springender Punkt.

»Der Bruno hat in seinem Leben die Erfahrung gemacht, dass das Geld immer ein springender Punkt sein tut.«

»Wenn ich dir nur einen Cent gebe, dann tut das doch kein springender Punkt sein.«

»Wenn ein Cent zu einer Flasche Wasser fehlt, heißt es, die Augen offen halten.«

»Ich habe dir zwanzig gegeben.«

»Das ist richtig, und es ist ein wichtiger Brief, das sieht der Bruno. Könnte sein, ein Brief auf Leben und Tod.«

»Pass mal auf, mein Freund, es ist einfach nur ein Auftrag, den ich, falls ich Zeit und Lust dazu habe, übernehmen könnte.«

»Weil du die Polizei bist.«

»Nein, im Gegenteil, jemand will mir den Job geben, gerade weil ich nicht die Polizei bin.«

Bruno sah ihn mit großen Augen an.

Seine Augen waren so groß, dass Fallner den Weg zur Hölle genau erkennen konnte.
Der Weg war lang.
Und mit guten Absichten gepflastert.
Und das Pflaster war voller Geldscheine.

Untergrund

Am verlängerten Ende eines weiteren Tages, der nicht viel gebracht hatte außer zähe Gespräche (in Endlosschleife ratternd im Kopf wie Akkordarbeit in einer überhitzten Aluminiumhalle), ging Fallner durch den weitläufigen und unübersichtlichen Untergrund des Hauptbahnhofs, der sich bis zum Anfang der Fußgängerzone ausbreitete, eine tatsächlich fast eine Meile lange Einkaufsmeile oder bei Regen ein riesiger Regenschirm.

04:13 Uhr: Eine gewaltige Leere. Wie erschaffen nur für ihn.

Gewalttätig hell ausgestrahlt – ein Wochentag, da konnte diese Leere passieren, die man nicht gewohnt war. Die einen umhaute mit der Erkenntnis, dass eine Leere einen gewalttätigen Eindruck machen konnte, weil es eine Leere war, der man nicht trauen durfte. Eine Leere wie das leere Haus, das dir Angst macht. Und die Stumme, die auf die Tür deutet. Und die Stille, die vom Tod erzählt.

Unten gelandet, fragte er sich, warum er so gedankenlos und dumm gewesen war, die Strecke in dieser Technoleichenhalle zu gehen und nicht oben in den leeren Straßen. Weil er sich Hoffnungen machte – ein blinder Mann mit einer Pistole würde ihm einen Sack voll Geld übergeben? Warum nicht, wenn es nur noch um Geld ging. War doch eine vergleichsweise realistische Hoffnung, wenn man bedachte, dass sich die meisten Menschen viel abgedrehtere Hoffnungen machten – auf eine Welt in gemütlichem Frieden oder auf eine Lottomillion in einem angenehmen Klima oder auf ein Leben in Deutschland allein unter Biodeutschen mit immer genug volksdeutschen Bratwürsten oder dass auch der nächste Querschläger an ihnen vorbeigehen und die Familie von nebenan treffen würde.

Ein paar Schritte weiter bekam er eine noch bessere Antwort auf die Frage, was er um die Zeit hier zu suchen hatte: die halligen Klänge eines Saxophons. Eine Art Belohnung für seine diffuse Neugier, ob es am Ende eines sinnlosen Tages im Untergrund etwas Unterhaltung geben würde. Diese Sirene war zu weit weg, um die damit verbundene Person erkennen zu können, und er ging weiter in die Richtung, aus der der Sound zu kommen schien. Denn wie schon in der Bibel geschrieben stand: Du sollst immer dorthin gehen, wo der Sound ist.

Um Geld konnte es dem Spieler um die Uhrzeit nicht gehen. Das interessierte ihn, vielleicht eine Aktion, um Sicherheitsleute abzulenken? Immer diese Verdachtsmomente, das war nicht mehr normal, es war wie eine Krankheit ... Aber kamen die Töne von einem Mensch oder einer Maschine? War ein Saxophon eine Maschine oder eine Menschmaschine, und war die Maschine beschlagen und zerbeult oder aus Plastik?

Fallner mochte den Sound von Saxophonen. Er dachte an die toten Saxophonisten, die er zu Hause hatte. Er wurde von dem Klang angezogen, und es war eine klare Sache: Der blinde Mann, der das Saxophon im Untergrund spielte und vor sich neben dem Hut garantiert eine Pistole liegen hatte, war der Geist von Albert Ayler, und in dem Sack, den er ihm übergeben wollte, war ein Haufen Geld – war es nicht fantastisch, was man um diese Zeit downtown erleben konnte? Während er sich dem geisterhaften

Sound näherte, drehte Fallner sich immer wieder um sich selbst. Nicht um zu sehen, wo die Kameras waren. Sondern weil es nicht sein konnte, dass in dem riesigen Untergeschoss keine einzige Menschenseele herumirrte. *Warum nicht?* Als wären die alle vor wenigen Minuten blitzartig abgehauen. Nur er und der blinde Saxophonist mit der Pistole hatten nicht mitbekommen, dass man besser verschwinden sollte. Falls nicht die Pistole des blinden Saxophonisten der Grund fürs große Abhauen war. *Warum nicht?* Falls es keine Saxophonistin war, fiel ihm jetzt ein.
Warum nicht?

Ein paar Säulen weiter sah er den Mann an der Wand sitzen. Er war eine große Enttäuschung. Kein Hut, keine Pistole, kein Sack mit irgendwas dabei. Die Realität wieder ein Tiefschlag. Nicht mal ein Hund lag neben ihm, nicht mal ein Koffer für das Instrument. Ob er blind war, konnte Fallner nicht feststellen, jedenfalls reagierte er nicht auf die Ankunft des Publikums.

Er hatte es bis in die Jahre zwischen sechzig und siebzig geschafft, trug langes weißes Haar, ein dunkelblaues Hemd aufgeknöpft bis zum kleinen Bauch, schwarzer Anzug, rote Plastiksandalen, keine Strümpfe.

Fallner dachte beim ersten Hinsehen automatisch *schmutziger, abgetragener* Anzug – ehe er bemerkte, dass das nicht stimmte.

Man sah zuerst immer das, was man zu sehen gewohnt war oder sehen wollte, und wenn man dann sofort wieder wegsah, glaubte man das, was man zuerst falsch gesehen hatte. Das war automatisches Sehen: Deshalb konnte man sich auf die meisten Zeugen nicht verlassen – die meisten Zeugen hätten behauptet, dass dieser Bettler ein verbeultes und verrostetes Saxophon in seinen verdreckten und rissigen Händen hatte, einen an vielen Stellen zerrissenen schmutzigen Anzug trug und mit seiner dunklen Haut garantiert aus einem Land stammte, dessen Leute die Deutschen überfielen und ihnen das letzte Stück Brot wegfraßen, ehe sie sich an ihre Auslöschung machten, Syrien wahrscheinlich ... Syrien oder sonst eine Irgendwas-mit-Islam-Ecke, das sieht man doch schon, ich möchte eine Anzeige machen, Herr Kommissar, weil die den deutschen Frauen immer so unverschämt auf die Titten gucken, aber selber immer mit Kopftuch, also auf dem Kopf, also die Frauen natürlich, ist das denn immer noch nicht verboten, Herr Kommissar?

Die Sonne hatte seine weiße Haut stark gebräunt, die aufgrund seiner weißen Haare noch dunkler wirkte, und sein Gerät sah so brandneu aus, dass Fallner die Flammen aus dem Trichter schießen sah. Der Anzug ließ eher die Theorie zu, dass der Mann wütend eine Hotelbar, in der ein trockener Martini 28,50 kostete, verlassen und den Koffer für das Spitzenteil vergessen hatte.

Automatisches Sehen: Das Problem waren nicht die Zeugen, sondern die Bullen, die sich nicht für automatisches Sehen interessierten und noch weniger für Saxophone und todschicke rote teure Plastiksandalen.

Nur dies war sicher, noch bevor sich Fallner mit angemessenem Abstand neben den Musiker gesetzt hatte: Er war nicht der Geist von Albert Ayler.

Er spielte ruhig und beruhigend, er blies klare Töne, die er so lange wie möglich hielt. Nicht leise, nicht laut, ohne Anstrengung. Er schien jeden Ton zu üben, als hätte er keinen anderen. Als wollte er nur den einen Ton hören und nie wieder einen anderen. Und so wie er die Töne blies und hinbekam, hatte er schon sehr viel geübt. Er hatte in seinem ganzen Leben selten etwas anderes getan – er spielte an einer Wand im menschenleeren Untergrund, als würden die Manager der Berliner Symphoniker seit Stunden verzweifelt alle Psychoanstalten im Süden der Republik anrufen, ob er bei ihnen eingeliefert worden war.

Der Musiker hatte die Augen geschlossen. Er fühlte sich sicher in der großen leeren Leichenhalle. Fallner wagte nicht, ihn anzusprechen. Wozu auch, in einer Leichenhalle, deren Frieden man nicht trauen konnte, nahm man hin, was man geboten bekam. Fallner konnte die Augen nicht schließen, er fühlte sich nicht sicher, obwohl es ein gutes Gefühl war, dass das Mädchen, das ihn mit Warum-nicht-Fragen eindeckte, in Sicherheit war; sie lag jetzt eng umschlungen mit Jaqueline zu Hause auf dem Sofa und schlief, nachdem sie sich Boxkämpfe oder Mittelalter-Kriegsfilme angesehen hatten – Jaqueline und Nadine, diese Ostbräute mit ihren Namen! »Bräute sagt man nicht mehr«, sagte Jaqueline, »in meinen Kreisen schon, und man sagt das nicht respektlos«, sagte Fallner, »aber du sagst auch nicht Bräutigam«, sagte Jaqueline, »weil das schon immer blöd klingt«, sagte er, »deswegen sagt man auch nicht Braut«, sagte sie, »von mir aus, du Bullenfrau«, sagte er, »das ist ungenau, meinst du damit die Frau des Bullen oder die Frau als Bulle?«, sagte sie, »ich meine damit nur genau dich, du Sprachforscherpolizeinutte«, sagte er, worauf sie dann nur noch sowas wie »oho« sagen würde, um wie immer das letzte Wort zu behalten ... Er vermisste sie in dieser unheimlichen Halle, er vermisste sie oft, und er fragte sich, ob er sie in die beiden Explosionen, denen er zur Zeit ausgesetzt war, einweihen sollte, oder ob er sie einweihen musste.

Oder durfte er sie auf keinen Fall einweihen? *Warum nicht?*

Er ließ sich von den langen einsamen Tönen nur ein wenig einlullen – er spürte immer noch, wie der Brief, den er vor drei Tagen in seinem Briefkasten gefunden hatte, in seiner Tasche brannte.

Was in dem Brief stand, brannte wie die Hölle, es schickte Feuerstöße in seine Gedanken, seit er es gelesen hatte.

Er wusste nicht, was er davon halten sollte, und er wusste nicht, mit wem er darüber reden konnte. Er hatte vorgehabt, mit seinem Bruder und Chef darüber zu reden, aber dann hatte er keine Möglichkeit gefunden, und nebenbei in zwei Minuten ging's nicht. Er hatte vorgehabt, mit seinem Freund Armin darüber zu reden, aber dann hatte er keine Möglichkeit gefunden, und nebenbei in zwei Minuten ging's nicht.

Zuerst dieser Brief und dann das Gespräch mit dem Chefbruder und dem Kollegen Nico, in dem es um etwas Ähnliches ging. Was für eine teuflische Zusammenballung – als wollte ihn der Satan persönlich sprechen … Also wenn ich vielleicht mal was sagen dürfte, da gibt es Leute, die gefunden werden sollten, um sie zu töten, und das ist auch besser so, sagte der Satan, das wäre wirklich sehr viel besser für viele Menschen, aber ich möchte nichts gesagt haben, ich kann das nicht entscheiden, das ist nur ein guter Rat … So ungefähr stellte er sich das vor, und er holte den Brief raus, um ihn wieder –

»Klingt so gut hier«, sagte der Saxophonist.

Fallner sah ihn an und zuckte zusammen, weil ihn diese Augen von einem anderen Planeten herab anstarrten.

»Sind Sie oft hier?«, sagte er.

»Nicht so oft, wie ich möchte.«

»Wo spielen Sie sonst?«

Fallner verstand die von outer space kommende Antwort nicht, weil er sich in dem Moment von dem Spieler abwandte und den Kopf zur anderen Seite drehte, als er Stimmen hörte, die schnell lauter wurden, und Schritte von mehreren Leuten, die rannten. Dann verstummten die Schritte, und es wurde gebrüllt. Zu weit weg, um etwas verstehen zu können.

»Bin gleich wieder da«, sagte er, und lief los, um festzustellen, ob es sich um eine gute Party handelte.

Als er in einen Nebengang abbiegen musste, der zur U-Bahn führte, und zurückschaute, ging der Saxophonist in die andere Richtung davon.

Unten an der Rolltreppe ging er sofort in Deckung. Sie standen etwa in der Mitte des Bahnsteigs, vier gegen eine, die weißen Männer gegen die schwarze Frau. Was für eine sensationelle Konstellation, es war kaum zu fassen, das hatte die Welt noch nicht gesehen.

Die vier Jungs um die sechzehn bis achtzehn in sportlichen Klamotten (gewaltige Turnschuhe, knielange Hosen, Basecaps) schrien die etwas ältere Schwarze an, der niemand irgendein Kleidungsstück klauen würde. Sie hatte sichtbar aufgegeben, vor ihnen zu flüchten. Fallner konnte nichts verstehen. Außer dass sie kurz davor waren, sie anzugreifen, und sie machte nicht den Eindruck, als könnte sie ihnen damit drohen, dass sie zwei von ihnen mit ins Krankenhaus nehmen würde (oder in die Leichenhalle), obwohl sie kräftig-sportlich war und eine gigantische Wut ausstrahlte.

Die schwarze Frau hatte einen deutschen Rentner überfallen, und die tapferen Jungs hatten sie nach einer fast schon aussichtslosen Verfolgungsjagd gestellt. War doch auch möglich. *Warum nicht?*

Fallner blieb hinter den Säulen, als er sich vorsichtig näherte und auf die Signale achtete, mit denen es losgehen würde. Er öffnete an einem Schuh die Schnürsenkel, zog an einer Seite das Hemd aus der Hose und fing zu hinken an. Zog aus der Jacke die Glock14, die er zum Glück ausnahmsweise aus der Firma mitgenommen hatte (weil dieser Brief in seinem Kopf brannte), und steckte sie hinten in die Hose. Tippte die Notrufnummer ins Telefon und schob es in die Hemdtasche, falls es auf der anderen Seite eine langweilige Nacht war, konnte man mithören. Holte einen Fünfziger aus dem Portemonnaie und nahm die Jacke so in die andere Hand, dass sie am Boden schleifte. Hätte gebetet, wenn er noch beten würde.

Zwanzig Meter vor ihnen ging er raus in ihr Sichtfeld – ein betrunken torkelnder alter Idiot, der »hey, Kameraden!« brüllte.

Sie standen ziemlich gleichmäßig in einer Reihe vor der schwarzen Frau (die, von Fallner aus gesehen, hinter ihnen stand), und sie schwenkten nur die Köpfe in seine Richtung und veränderten ihre Positionen nicht, als er auf sie zu schwankte. War günstig für ihn, falls sie so stehen blieben, wenn sie sich verteilten, hatte er schlechtere Karten. Aber warum sollten sie sich wegen diesem Penner, der kaum noch gehen konnte, verteilen?

»Hey, Männer!«, brüllte er und winkte mit dem Geldschein. »Möchtich nicht stören, nur ganz kurze Frage. Für 'ne Antwort, hier die Fuffzich, also einfache Sache, ganz kurz.«

Er musste sich darauf konzentrieren, nicht schneller zu gehen und weiter dumm zu grinsen. Noch zehn Meter, und er konnte kein Misstrauen bei ihnen entdecken. Nur einer beobachtete ihn, die anderen waren stärker an der Frau interessiert.

»Wo krieg ich 'n hier noch wassu trinken, Männa – ihr kennt euch doch aus, und ich bin dann –«

»Mann, hau ab, du Penner!«, schrie der, der ihn beobachtete, ohne viel Druck zu machen.

Fallner torkelte stärker, ein Mann, der nicht mitbekam, was hier ablief. Nahm jetzt den Schein in die Hand, mit der er die Jacke hielt und streckte sie vor.

»Issoch klar«, lallte er, »hau ich ab, wo kann ichn dann – hey, Leute, leicht verdientes Geld hier, wenn ich wo, also ihr wisst schon.«

Die beiden, die ihm am nächsten standen, standen genau richtig, nur ein guter Meter zwischen ihnen, und der von den beiden, der ihn beobachtete, wollte den Schein haben, dieses leicht verdiente Geld. Keine zwei Millionen, aber schnelles Geld.

»Du drehst dich um und gehst die Treppe wieder rauf, und jetzt gib her und hau ab«, sagte er und hielt die Hand auf.

»Geht klar«, sagte Fallner, streckte ihm den Schein entgegen und machte den letzten nötigen Schritt.

Er zog seine Pistole, die er bereits im Griff hatte, und rammte ihm den Lauf mit aller Kraft frontal gegen die Schulter, und als das Metall den Knochen zertrümmerte, hatte er schon das Knie des Jungen links von ihm anvisiert und trat zu und traf ihn genau.

Die beiden kippten fast gleichzeitig um und brüllten. Die beiden anderen rannten los, nachdem sie in der Schrecksekunde Fallners Waffe gesehen hatten.

Die Schwarze blieb einfach stehen und fragte sich, ob sie eine Halluzination hatte. Sie war völlig durchgeschwitzt und zitterte, schien aber nicht verletzt zu sein. Fallner fragte sie, ob sie in Ordnung sei, und sie nickte nur und starrte die Verletzten am Boden an.

»Tu das nicht«, sagte Fallner, »bleib ganz ruhig, du bist sicher, es ist vorbei.«

»Kein Polizei«, sagte sie.

»Das kann ich dir nicht versprechen«, sagte Fallner, »die sind wahrscheinlich schon unterwegs, wegen der Kameras, die haben sicher alles mitbekommen.«

Er erinnerte sich an sein mithörendes Telefon, zog es aus der Hemdtasche und sagte *hallo*. Aber der Freund und Helfer, der dran sein sollte, hatte keine Lust mehr gehabt, sich die Sache anzuhören und sich zu fragen, worum's da ging.

Der Junge mit der kaputten Schulter raffte sich auf und lief los in die Richtung, in der seine Freunde geflüchtet waren. Die Schwarze ging ihm aus dem Weg, sie taten beide nichts, um ihn aufzuhalten.

»Warum waren sie hinter dir her?«, sagte Fallner.

»Deutsch nicht gut«, sagte sie. Ging rückwärts von ihm weg und winkte mit einer Hand. Sagte merci und rannte in die andere Richtung.

»Besser, du bleibst hier bei mir«, rief ihr Fallner nach, »das ist besser, als wenn sie dich oben allein erwischen, glaub mir.«

Aber die schwarze Frau lief weiter, so schnell sie konnte. Während der Junge mit dem kaputten Knie wimmerte und nur ein paar Meter von ihm weggekrochen war. Falls er hier rauswollte, musste er sich mehr anstrengen.

»Warum wolltet ihr sie verprügeln?«

»Die wollte uns einen Scheiß verkaufen, die Nutte, ehrlich.«

»Dann müsst ihr das der Polizei melden, ehrlich.«

»Bringen Sie mich ins Krankenhaus, ich muss ins Krankenhaus, bitte!«

»Weißt du, was? Ich bring dich nach Hause, und dann kannst du deine Mutter ficken.«

»Sie können mich nicht hier liegen lassen!«

»Wenn die Bullen kommen, sagst du ihnen einen Gruß von mir, Fallner ist mein Name, vergiss es nicht.«

Er ging in die Richtung, in die die Schwarze gelaufen war, und der Junge, der hierbleiben musste, rief ihm nach, er sei ein mieses Dreckschwein. Kurz vor der Rolltreppe blieb Fallner stehen und winkte in die Kamera, und erst jetzt fiel ihm auf, dass er die Glock immer noch in der Hand hatte.

Er zeigte sie ihnen, wackelte hin und her damit, und machte dann mit der anderen Hand das V. Sein Gesicht gut sichtbar eingerahmt von V und Glock. Er ging weiter, ohne Eile, aber auch ohne Hoffnung, an diesem Morgen noch ein Fachgespräch mit ehemaligen Kollegen führen zu können.

In der Einkaufspassage im Untergrund über der U-Bahn waren inzwischen die ersten Leute auf dem Weg zur Arbeit oder hatten angefangen zu arbeiten. Eine alte Frau suchte in den Müllkörben nach Flaschen und essbaren Essensresten. Es gab sie noch, die fleißigen Deutschen, die sich von keinem Sozialsystem bevormunden ließen.

Es war 05:30 Uhr, als er auf der Erdoberfläche ankam. Er machte sich entschlossen auf den Heimweg, er war bedient, als er in den Augenwinkeln ein blaues Flimmern bemerkte – die schwarze Frau, die Glück gehabt hatte und seinem Rat nicht gefolgt war, bei ihm zu bleiben, hatte jetzt eine weiße Hand auf dem Kopf, die aufpasste, dass sie sich nicht am Kopf verletzte, als sie in den Streifenwagen geschoben wurde. Manchmal war es besser, auf einen weißen Mann zu hören. Aber es war verdammt schwer zu erkennen, wann das der Fall war.

Sie sahen sich noch kurz in die Augen, ehe die Tür zufiel.

Das Gesicht von Jaqueline war verzerrt, als er ihr aus dem Untergrund erzählte. Weißes Zeug sabberte aus ihrem Mund, und sie gab unverständliche Laute von sich. Sie stand breitbeinig am Waschbecken im Bad und putzte sich die Zähne. Untenrum war sie mit festen Schuhen und Hose dienstfertig gekleidet, obenrum nur mit einem weißen Büstenhalter.

Er stellte sich hinter sie und nahm ihre Brüste in die Hände. Presste sich an ihren wackelnden Hintern. Befahl ihr, ihn ins Bett zu bringen, ehe sie das Haus verließ.

Sie spuckte aus und betrachtete sich selbst und ihn im Spiegel. Bewegte immer noch den Hintern, an den er sich presste.

»Hör auf, mir diesen Quatsch zu erzählen«, sagte sie. »Die Kollegen waren bereits hier, um dich zu befragen. Ich hab ihnen versichert, dass du dich so schnell wie möglich auf der Dienststelle melden wirst. Sonst wären sie immer noch hier. Also zisch ab.«

Den Teufel würde er tun. Sie wühlte in ihrem Arsenal von Lippenstiften und behauptete das Gegenteil. Das konnte sie vergessen, er musste zuerst sofort schlafen.

Sie entschied sich für blasses Rot (die Karrierefrau, die nicht aggressiv rüberkommen wollte). Sie bemalte ihre Lippen, drehte sich um und schlug seine Hände weg, als er sie wieder auf ihre Brüste legen wollte.

»Warum musst du dich immer wie ein Idiot benehmen?«

Er sah in den Spiegel und sagte: »Warum musst du dich wie ein Idiot benehmen, wenn Mutti zum Dienst muss?«

Sie ging zur Tür und sperrte ab.

»Aber zuerst werde ich dich intensiv befragen. Dann kannst du dich von den Kollegen ficken lassen. Wenn sie mit deiner Schokodealerpussy fertig sind.«

»Du bist eine miese Rassistin.«

»Aber du findest mich trotzdem ganz nett«, sagte sie mit ihrer Hand zwischen seinen Beinen.

Fortschritt

Zentimeter für Zentimeter eine harte Probe, sich Zentimeter für Zentimeter fortzubewegen. Nicht mehr flott gehen und laufen zu können. Nicht mal mehr das Bein schnell anwinkeln und ausfahren können, um jemanden zu treten.

Ja, Gott ist groß – doch er hilft nicht gern den Beladenen, Verladenen, Verschobenen, den Verraten-und-Verkauften und Verlassenen.

Zentimeter für Zentimeter mit einem Stöhnen und mit einem Blick in eine Zukunft, den man nicht riskieren möchte, ehe man eines Tages dazu gezwungen ist. Und mit einem Blick auf Hände, die sich an genoppten Plastikgriffen verkrampfen und auf Füße, die mit einem schlurfenden Geräusch mitzukommen versuchen.

Gott ist groß und Allah womöglich noch größer, aber mit gesunden Füßen ist leicht groß sein. Falls diese besonders mächtigen und verehrten Warlords nicht nur Geistwesen waren, sondern echte Füße hatten. Das war nicht wahrscheinlich, doch wer wusste das schon so genau?

Nichts war sicher.

Außer dass dieser verfluchte und elende Rollator die Pest und der Verräter und der Alptraum des fortgeschrittenen Fortbewegungszeitalters war. Und egal, wohin man ihn steuerte, er zielte immer auf den nächsten Friedhof. Ließ einen immer an die letzten Meter denken, die man in mühseligem Leid zurücklegen musste – vor allem, wenn man ihn wie Fallner benutzte, ohne ihn zu benötigen.

Er war völlig ausgepumpt, als er sich mit tippelnden Schritten seinem Zielort näherte. Hatte sich schon in einen verzweifelten alten Mann verwandelt und musste nur noch einen Härtetest überstehen, um die Aktion für den Moment als tauglich einzustufen.

Er hatte sich im Büro aufgehalten und Berichte überprüft und korrigiert, ohne sich darauf zu konzentrieren, und dann scheinbar ohne einen Impuls die Idee gehabt. Vermutlich war der Impuls die Lust auf einen Angriff. Rausgehen und machen.

Und dann kam der Rollator aus dem Nebel langsam herangerollt (als hätte ihn einer dieser Warlords angestoßen), und Fallner unterzeichnete den Bericht, stand auf und fuhr in die zweite Kelleretage, ohne sich abzumelden oder jemanden zu informieren, was er plante.

Auf die technische Ausrüstung wurde penibel geachtet, eine Abteilung in der vierten Etage, die mit jedem Tag bedeutender und von Spezialisten geführt wurde. Fallner war der Meinung, dass diese Abteilung a) überbewertet wurde, b) von dort aus schon bald Roboter das Kommando übernehmen und c) sie dann alle ausschalten und d) die Firma in eine Terrorzelle umbauen würden. Außer dem ebenfalls veralteten Ex-Bullen Landmann war niemand seiner Meinung.

Die Abteilung für sogenannte sonstige Ausrüstung steckte jedoch weit unten im Keller, wurde vernachlässigt und war für die Technikverseuchten nur eine Schrott- und Klamottensammlung, durch die man sich eventuell wühlte, wenn man keine Idee hatte.

Fallner fand den Rollator dort, wo er ihn irgendwann gesehen hatte, und zerrte ihn raus ins Neonlicht. Putzte ihn und schoss Öl in die Gelenke und erklärte ihm, dass seine Phase, in der er eine ruhige Kugel schieben konnte, hiermit endete.

Er holte sich aus den Schränken mit den Klamotten einen dunkelbraunen Anzug aus kräftigem Stoff, der ihm zu groß war, und einen schwarzen Mantel, der fast seinen ganzen Körper verunstaltete. Außerdem klobige abgetragene Bergstiefel, mit denen man nicht normal gehen konnte, eine Brille mit absurd dicken Fenstergläsern und eine Fellmütze mit Fellohrenschützern, die vermutlich jemand bei der Schlacht um Stalingrad geklaut hatte und die ihn sich fragen ließ, ob Bruno der Einzige war, der ihn erkennen würde.

Einen Spiegel konnte er nicht entdecken. Er sah an sich runter und fand sich in Ordnung – ein alter Mann, der sich nicht mehr schick machte, wenn er rausmusste, und als Penner endete, wenn er noch ein paar Gramm mehr Pech hatte. Aber rasiert. Daran ließ sich nichts ändern. Nur gut, dass sich die Fellohrenschützer mit einem Knopfdruck unter dem Kinn verbinden ließen.

Fallner trainierte die fünfzig Meter bis zum Aufzug. Kleine Schritte, gebeugter Rücken. Stoppen: Handy rausholen, Handy ausschalten. Der Ring konnte am Finger bleiben, aber seine Hände kamen ihm zu sauber vor. Er kniete sich hin, um sie am Boden dreckig zu machen. Dreck ins Gesicht kam ihm übertrieben vor (aber es war immer schwer zu entscheiden, wann man es den einen Tick übertrieb, der einen verraten würde).

Als sich die Aufzugtüren öffneten, stand Theresa vor ihm. Starrte ihn höchstens eine halbe Sekunde lang geschockt an, in der sie bereit war, sich auf ihn zu stürzen.

Dann atmete sie aus und sagte: »Und ich war schon fast so weit, mich in dich zu verknallen, Fallner.«

»Ist doch nur Spaß«, sagte er.

»Ja, das seh ich«, sagte sie. »Lass wenigstens dein Handy eingeschaltet.«

Er hatte sich von der Firma bis zur U-Bahn am Hauptbahnhof gearbeitet. Es war vier Uhr nachmittags und trotz des Regens aus einem grauen Himmel kamen immer mehr Menschen raus und wollten möglichst schnell wieder irgendwo rein. Für viele war der langsam angeschobene Rollator ebenfalls eine Behinderung. Fallner rammte ihn mehrmals in Hinterteile, wenn er aus allen Richtungen bedrängt wurde.

An einem Kiosk im Untergeschoss kaufte er sich eine 0,2-Flasche Korn und nahm sofort einen Schluck, den er lange im Mund behielt.

Sein neues Ich übernahm die Führung wie automatisch, er musste nur dem Rollator folgen. Man fasste das Ding an und war im Bann des Geräts und ein anderer Mensch. Die einzige Gefahr, aus der Rolle zu fallen, war die Geschwindigkeit. Er musste sich darauf konzentrieren, nicht in sein normales Schritttempo zu verfallen. Gebeugt zu gehen war kein Problem, denn es ging nicht anders.

Die Bahn war sehr voll, er sah keine Möglichkeit, sich in Sicherheit zu bringen. Der Rollator würde den Gebrechlichen hin und her schleudern, die Bremsen an den Handgriffen würden das nicht verhindern. Er überlegte, ob er einen Sturz hinlegen sollte (»Ich dachte, besoffene Penner dürfen nicht mehr in die U-Bahn?«). Was ein Problem werden könnte, wenn ihm jemand Sanitäter auf den Hals hetzte (»Wir rufen einen Arzt, keine Widerrede, zur Sicherheit, jetzt geht es Ihnen wieder gut und in zehn Minuten kippen Sie wieder um, das kann ich nicht verantworten, Sie werden schon nichts verpassen, ich warte mit Ihnen, das ist doch selbstverständlich«).

Eine elegante junge Frau winkte ihm zu und machte ihren Sitzplatz für ihn frei. Sie kam sogar zu ihm und hielt ihn mit beiden Händen am Oberarm fest. Er stotterte ein gerührtes »G-G-Gott schütze Sie, junge Frau«, und hauchte ihr seine Schnapsfahne ins Gesicht, aber sie blieb freundlich nah an ihm dran.

Der Mann rechts von Fallner, noch keine vierzig, Typ Angestellter (ziemlich sicher beim Ordnungsamt, meldete sein Bulleninstinkt) mit einem hellgrünen Büchlein in der Hand, rückte sofort von ihm weg, und er entschloss sich, eine Sprechprobe mit diesem Etepetete-Meister zu machen (der ziemlich sicher Alkohol am Rollator als Ordnungswidrigkeit eingestuft sehen wollte).

In harter Arbeit presste er Wort für Wort in seine Richtung: »Was liest du da, mein Sohn?«

Als er keine Reaktion bekam, rückte er an ihn ran und hielt ihm seine Brille nah ins Gesicht: »Das sieht mir nach Kafka aus, aber keine Angst, mein Sohn, ich verfolge dich nicht.«

Der Mann kippte seinen Oberkörper nach der anderen Seite, so weit von Fallner weg wie möglich: »Wie bitte?«

»Früher war ich Polizist, aber das glaubt mir heute ja niemand mehr.«

Der Idiot sah ihn einfach nur entgeistert an.

Fallner zog seine Flasche und hielt sie ihm hin und sagte: »Du darfst Kafka nicht so ernst nehmen, mein Sohn.«

Der Mann stand auf und ging davon. Wie konnte man solchen Leuten helfen?

Zurück auf der Erdoberfläche mit dem Gefühl, dass er mit dem Rollator nach drei Stationen im Untergrund (im Gedränge und auf Rolltreppen, deren Schwierigkeitsgrad er unterschätzt hatte) auf einem guten Weg war, was die Tarnung betraf, überquerte er dann die nächste Straße besonders langsam, um sich in eine

Kampfsituation zu begeben. Er hatte die Mitte der ersten beiden Spuren der vierspurigen Straße erreicht, als die Autos grün bekamen, und er blieb so stehen, dass er eine Fahrtrichtung komplett blockierte.

Ein schwarzes Sport Utility Vehicle beschützte ihn, blieb so nah vor ihm stehen, dass er fast die Motorhaube küssen konnte. Die Maschine war so massiv, dass die kleinen Kisten hinter ihm Sprengstoff gebraucht hätten, um freie Bahn zu schaffen. Ein Hupkonzert fing an, das im Verbund mit den zischenden Reifen auf der nassen freien Gegenfahrbahn einen herzkranken Rollatorgänger umgehauen hätte. Heavy Metal Westfront 1918 Endphase Overdrive … Ausschaltung des gegnerischen Soldaten durch ihn komplett umgebendes Stahlgewitter … Der Soldat hat die Hände an den Kopf gepresst und ist zu keiner Bewegung fähig … Nur der schwarze Panzer vor ihm blieb ruhig.

Fallner konnte hinter der SUV-Frontscheibe nichts erkennen. Neben ihm gab der rote Kleinwagen Vollgas im Leerlauf, die Frau am Steuer tobte auf der Hupe herum, hatte die Schnauze voll und riss die Tür auf, eine Dreißigjährige mit kurzen schwarzen Haaren stürmte auf ihn zu, Unverständliches brüllend und mit bunter Freizeitkleidung alle Klischees der friedfertigen Ökofrau erfüllend. Ein Mann sprang aus dem SUV, sportlicher Fuffziger mit Militärfrisur und blauem Anzug alle Klischees des eiskalten Managers erfüllend, nahm ihn in Schutz und brüllte die Frau an, die er um viele Köpfe überragte und mit einer Hand aufs Dach ihres Spielzeugautos werfen konnte.

Fallner nutzte die Gelegenheit, weiter ins Gelände reinzugehen. Alle hatten wieder rot. Er war sich sicher, dass er sich eines Tages lieber erschießen würde, als mit einem Rollator in den Kampf zu ziehen. Ein starker Arm legte sich um seine Schultern. Der SUV-Manager gab ihm Begleitschutz, ließ sein eigenes Gerät einfach stehen. Wenn ihm einer drauffuhr, würde er eine Armee von Anwälten auf ihn hetzen.

»Keine Angst, ich bring Sie rüber«, sagte er. »Aber diese blöde Fickmaus hat natürlich recht, dass Sie hier nicht alleine die Straße überqueren sollten. Können Sie mich verstehen? Wissen Sie, wo Sie sind? Brauchen Sie einen Arzt?«

Auf der sicheren Seite angekommen, schob der Panzerfahrer ihm was in die Tasche und befahl ihm, für den Rückweg ein Taxi zu nehmen.

Fallner sah ihm nach, als er zu seinem Superjeep zurücklief. Ein guter Mensch! Aber auch ein Arsch, der sein Weltbild verwirrt hatte: Der Jeepkiller hatte ihm geholfen, die Ökofrau (die er Fickmaus nannte!), hatte ihn killen wollen. War das nicht verrückt?

Der verfluchte Rollator brachte alles durcheinander. Er musste die Höllenmaschine vorsichtig einsetzen. Und er sollte den Hunderter in seiner Tasche natürlich nicht sofort versaufen.

Er war ausgepumpt und wollte eigentlich genervt abbrechen, als er sich endlich dem Ziel näherte. Aber sie hatten ihn jahrelang trainiert, auf keinen Fall aus derartigen Gründen eine Aktion abzubrechen. Es gab nur zwei Entwicklungen, die eine Aktion beenden konnten: a) Das Ziel war ausgeschaltet, oder b) man selbst war vor die Hunde gegangen. Das hatten ihre Ausbilder nicht so deutlich gesagt, um keine Gesetze zu brechen, aber man musste dumpf und taub sein, wenn man's nicht raushörte.

Jaqueline sagt, dass du immer alles furchtbar übertreiben musst, damit du gut dastehst, stimmt das? Pass lieber auf, dass ich dir nicht den Hals umdrehe.

Er hielt vor der Accessoires-Boutique des Griechen, um sich noch einem Test zu unterziehen. Steckte sich eine Zigarette in den Mund und schlug mit der Faust an die Tür.

Es war der Boxer, der nicht im Meer ertrunken war, der die Tür öffnete und zuerst einen Gruß an Gott äußerte.

Fallner deutete nur auf seine nicht angezündete Zigarette.

»Mann Feuer!«, rief der Boxer in den Laden.

Jorgos Stathakos tauchte neben ihm auf, musterte Mann und Rollator und sagte: »Kriegst du an Schnaps, komm rein, Opa, ist kalt, Mann, in deine Deutschland ist sogar in Herbst so scheißkalt wie in Winter, kein Wunder, dass ihr so durchgeknallt seid.«

Das war zu gefährlich, und Fallner machte nur N-n und zeigte auf die Zigarette.

»Aber fackel mir meinen Laden nicht ab, das bringt nicht, schlechte Versicherung, verstehst du?«

Er gab ihm Feuer, Fallner hielt den Kopf nach unten. »Der Laden ist klein, aber ich habe in der richtigen Zeit Programm umgestellt, früher Plattenladen, jetzt schöne Sachen, verstehst du? Altersvorsorge. Wie alt bist du, Kamerad? Ich denke, noch nicht so alt, du kannst wieder gesund sein, bleib dran, Mann.«

Fallner ging weiter, ehe er in Versuchung geriet, ihn zu fragen, was er mit diesem Unsinn meinte, oder sich sein Weltbild schon wieder verwirren zu lassen. Mit einem Rollator musste man mit allem rechnen: Dass man nächste Woche aufwachte und Rollatoren waren der neue Trend für kreative Twens, oder dass der Boxer ein islamistischer Attentäter war, der Grüß Gott sagte, oder dass der ehemalige Plattenhändler Millionär wurde, weil er sich auf Rollatoren mit vorgebautem Plattenspieler verlegte, oder dass er selbst sich in kurzer Zeit so an das Gehgerät gewöhnte, dass er ohne nicht mehr leben konnte.

»Nichts zu danken«, rief ihm Jorgos nach, und Fallner hob ein wenig die Hand, die ihn vielleicht verdächtig jung gemacht hatte. Er blieb stehen, als müsste er Luft holen. Hatte bemerkt, dass er zu schnell geworden war.

Das Problem war, dass es immer ein Detail gab, an das man nicht gedacht hatte. Und das größere Problem war, dass ein Testlauf nichts daran änderte.

Der Geruch in Aymen's Imbiss & Delikatessen war überwältigend, es roch nach einem Zuhause, in dem man sich vor der ganzen Welt gut behütet fühlte, es roch nach dampfenden Töpfen und Frauen, die umrührten und wussten, was man essen musste, wenn man sich krank fühlte.

Es war warm, weil der Gemüseladen auch eine Küche war. Für die die Bezeichnung Restaurant viel zu groß gewesen wäre. An vier kleinen Holztischen waren Sitzplätze für nicht mehr als zehn Personen, die beim Essen einen guten Ausblick auf die Straße hatten, und drei weitere konnten sich an ein in Brusthöhe angebrachtes Brett neben der Tür stellen. An der linken Wand des schmalen, etwa zehn Meter langen Raums standen Kisten mit Gemüse und Obst auf und unter Blechgestellen. Als Raumteiler in der Mitte dienten schmale Holztische, die mit Flaschen, Dosen und Schalen vollgestellt waren und an einer kleinen Theke endeten, auf der eine bescheidene Kasse stand.

Fallner blieb vor der mittleren Tischreihe stehen, hatte kaum Platz für sich und den Rollator, beachtete die Leute nicht, die an den Tischen rechts saßen (registrierte nur, dass alle Tische besetzt waren), und startete seinen Rundgang an der Gemüsewand. Der Gang war exakt so bemessen, dass er mit seinem Wagen durchkam, den er zum ersten Mal auch als Nutzfahrzeug einsetzte, als er in den Drahtkorb eine Tomate legte. Ein Mann wie er aß nicht mehr viel (stellte er sich vor), er durfte nur in Kleinstmengen denken.

Zentimeter für Zentimeter schlich er sich vorwärts, musterte das Gemüse links und den hübschen Kleinkram auf den Tischen der Mittelreihe, Essig, Öl, Wein, Würste in Schalen, gefüllte Weinblätter in Dosen. Dabei konzentrierte er sich vor allem auf das, was in den Augenwinkeln zu erkennen war, und ermahnte sich selbst permanent, sich nicht aufzurichten und nichts und niemanden anzustarren.

Wenn er geradeaus weitersteuerte, würde er durch eine Tür gehen und auf einen Mann treffen, der an einem weißen Klapptisch saß und telefonierte. Dunkelgrauer Anzug, weißes Hemd, rote Wollmütze, etwa fünfzig, klein, breite Schultern, stattlicher Bauch. Er sprach sachlich ins Telefon, es klang nach einer Bestellung, Fallner erkannte die Sprache nicht. Der Mann sah ihm zu, wie er sich mühsam vorarbeitete, oder er sah die Tomate an, die von ihm geschoben wurde, das konnte er nicht genau erkennen.

Als er endlich ans Ende des Gangs kam, erhob sich die Frau hinter der Kasse und kam zu ihm. Er dachte zuerst, sie wollte ihn daran hindern, aus Versehen in das Büro weiterzugehen, in dem der Mann telefonierte, aber sie wollte ihm helfen. Sie war ebenso klein und rundlich, trug eine bunte Schürze über einem weißen Umhang, ein leuchtend blaues Kopftuch, Pantoffeln. Als sie ihre Hände auf den Rollatorkorb legte, sah er viele Ringe, sogar an jedem Daumen trug sie einen Ring.

Sie lächelte ihn an und sagte: »Sie setzen sich an Tisch, ich bringe alle Sachen, gut?«

»Das ist sehr freundlich von Ihnen«, sagte er, und sie lenkte ihn zu dem einzigen jetzt freien Tisch neben dem Kassenbereich, stützte ihn, als er sich auf den Stuhl setzte (und spürte, dass es für jeden, der einen Rollator benötigte, ein Kraftakt wäre).

»Meine Vater auch Rollator«, sagte sie.

»Ich muss mich etwas ausruhen«, sagte er und hätte fast seine bescheuerte Kappe abgenommen.

Er bestellte Kaffee und »irgendeinen« Kuchen und betonte, dass er Geld hatte. Eine Kaffeemaschine fing zu kreischen an. Als er den Kaffee bekam, waren alle Leute an den Tischen vor ihm gegangen, keine Minute später waren alle Tische wieder besetzt. Ein Mann von Mitte dreißig mit rot-braunen Haaren und auffallend dicken Koteletten nickte ihm freundlich zu.

»Ich bin aus Versehen zu weit gegangen«, erklärte Fallner der freundlichen Chefin. »Kenne mich hier nicht so gut aus.«

»Kein Problem, ausruhen«, sagte sie und ließ sich nicht aus der Ruhe bringen, als sich vor ihrer unmodernen Kasse eine dreiköpfige Schlange bildete. Die Stimmung hier war gemächlich, obwohl die Leute schnell einkauften oder schnell aßen und schnell wieder draußen waren: Deutsche Einkaufsmaßarbeit – anders als in den vielen Gemüseläden zwei U-Bahnstationen weiter in den Straßen am Bahnhof, in denen die Deutschen schon lange nicht mehr das Bild bestimmten.

Die Speisekarte stand handgeschrieben auf einem kleinen weißen Blatt. Von den vier Gerichten war eines durchgestrichen, und als die Frau wieder vorbeikam, strich sie das nächste aus, von jedem Blatt an jedem Tisch.

»Alle Töpfe bald leer«, sagte sie zu ihm im Vorbeigehen und blieb einen Moment stehen.

»Sie haben einen sehr schönen Laden«, sagte er. Und widerstand der Versuchung, nach dem Mann im Büro zu fragen und ihr tausend andere Fragen zu stellen, und nahm stattdessen die Frage, die ihr immer gestellt wurde. »Woher kommen Sie?«

»Irak«, sagte sie. »Aber Deutschland ist schon besser. Aber viel Arbeit.«

»Ich würde lieber arbeiten, aber es geht nicht mehr.«

»Sehr viel Miete, sehr schwierig. Stadt sehr teuer, das ist sehr großes Problem.«

Der Mann rief von hinten, und sie zog mit ein paar lauten Worten ab.

Fallner arbeitete sich vom Tisch hoch, um diese erste Phase zu beenden, und schob sich mit dem Rollator zur Kasse. Legte noch eine Plastikschale mit schwarzen Oliven und eine Tüte Nüsse in den Rollatorkorb neben die Tomate. Jetzt konnte er sehen, dass der Mann an einem großen Blechtopf stand und mit einer Kelle zwei Teller füllte, die die Frau neuen Gästen servierte.

Als sie Fallner die Tür öffnete, kamen zwei Kinder schreiend reingelaufen, ein Junge und ein Mädchen, der Junge etwas kleiner, dreizehn oder vierzehn. Sie klammerten sich an die Mutter und bauten sich dann vor dem alten Mann mit dem Rollator auf, der ihnen den Weg zum Vater in der Küche versperrte. Glotzten ihn an wie ein Gespenst mit Fellkappe und dicker Brille, ehe sie schreiend umdrehten und in den anderen Gang rannten.

»Geht das, sicher Sie kommen nach Hause?«, sagte sie. »Sonst sage ich meinem Mann, er kann Sie fahren.«

»Danke, aber es geht schon, jetzt kenne ich den Weg, jetzt ist es leichter. Auf Wiedersehen.«

Es regnete, es war dunkel und kalt. Er hatte sie belogen, es war nicht leichter geworden. Und er hatte sich nur hundert Meter weiter durchgekämpft, als er von Scheinwerfern geblendet wurde und taumelte. Sie hatten ihn im Visier.

Theresa Becker stieg aus einem der kleineren SIS-Transporter, der mit einer riesigen Aufschrift für einen Hausmeister-Service bedruckt war, der wegen Überlastung nie einen neuen Kunden annehmen konnte.

»Komm ins Warme, Opa«, sagte sie, stützte ihn beim Einstieg und verstaute den Rollator im Laderaum.

Der Opa sagte nichts. Sie fuhr ein paar Straßen weiter und

parkte in einer Einfahrt. Meldete sich im Mutterschiff und behauptete, alles sei in Ordnung. Nico wollte wissen, ob Fallner interessante Informationen bekommen hätte, aber der Opa blieb schweigsam.

»Du bist perfekt, Fallner, erschreckend perfekt«, sagte Theresa. »Hast du noch einen Schluck von dem Schnaps für mich? Wir hatten dich schon vor der U-Bahn, dann unten am Bahnsteig. Die Show an der Straßenkreuzung war der Hammer. Danach haben wir keine Kamera mehr gefunden, aber es war klar, wo ich dich abholen kann. Wie viel hat dir denn dieser nette SUV-Fahrer gegeben?«

Der Opa schüttelte nur den Kopf, als hätten sie ihn bei einem für sein Alter unpassenden Film erwischt.

»Was ist los? Du hast doch nicht im Ernst geglaubt, wir würden dich hier schutzlos rumlaufen lassen.«

»Es gibt nichts Interessantes.«

»Ich fahre seit einer Stunde um den Block. Ich bin illegal bewaffnet, weil ich den Ausweis vergessen habe. Ich bin hungrig. Ich habe ein paar Streicheleinheiten verdient.«

Fallner gab ihr die halb volle kleine Flasche und sagte: »Der Mann hing anscheinend die meiste Zeit am Telefon, im Raum hinter dem Verkaufsraum, Küche, Lager, aber ganz genau konnte ich's nicht mitbekommen. Und nichts verstehen. Sie kommen aus dem Irak, sagt die Frau. Sieht so aus, als würde sie den Laden schmeißen. Und zwei Kinder, Junge und Mädchen, der Junge vielleicht dreizehn, das Mädchen etwas älter, islamische Sexbombe. Ich würde sagen, die beiden sind gut für uns.«

»Mehr als gut, wir sind im Team der Meinung, dass die lieben Kleinen unsere Eintrittskarte sein könnten. Nico hat sie schon auf Facebook.«

»Der Arsch hat wahrscheinlich inzwischen mehr rausgefunden

als ich. Dieser Rolliarsch kann wahrscheinlich auch die Eintrittskarte in meiner Unterhose sehen, wenn er Lust hat.«

»Bei mir sollte er das wahrscheinlich besser nicht riskieren. Womit ich nicht sagen will, dass ich schmutzige Unterwäsche trage, so –«

»Er wird eines Tages die Firma übernehmen und uns alle durch Roboter ersetzen.«

»– kalt ist es noch nicht.«

»Damit ist nicht zu spaßen. Jedenfalls ist der Typ wahnsinnig gut, ich weiß es, das musst du mir nicht erklären, ohne ihn können wir einpacken.«

»Er müsste aber endlich rausfinden, von wem der Hinweis kommt. Das wäre wichtig.« Sie redete, als hätte sie sein Gespräch mit Landmann gehört. »Ich traue der Sache nicht, diese Belohnung taucht nirgendwo offiziell auf. Normal wäre, wenn sie den Typen voll an die Wand stellen, damit ihn alle Welt sieht.«

»Könnte bedeuten, dass es nicht die Amerikaner sind.«

»Das könnte es bedeuten, sehr richtig, und außerdem kann es etwa hundert andere Sachen bedeuten, von denen wir noch keine Ahnung haben. Der Chef sagt, die Information kommt von jemandem, der sie anonym bekommen hat.« Sie sah ihn an. »Und ich glaube dem Chef.«

Jetzt nichts Falsches sagen, sagte sich Fallner. Und sagte nichts dazu.

»Und unser Chef sagt, er hat absolutes Vertrauen zu seiner Quelle.«

Dazu fiel ihm etwas ein: »Mir kommen die Tränen.«

»Ich weiß, dass du ziemlich paranoid bist, aber damit kommen wir im Moment nicht weiter.«

Das war eine interessante Idee: Weiterkommen durch Paranoia. Sie war klasse, auf die Idee musste man erstmal kommen.

Findest du sie gut? Sie ist verdammt intelligent. Findest du sie deswegen gut? Auch. Und was noch? Sie schießt besser als jeder andere. Deswegen findest du sie gut? Auch. Und was noch? Sie kann fliegen.

»So paranoid wie ich wirst du sicher nie werden«, sagte er.

»Freut mich zu hören. Wir sollten herausfinden, ob wir uns darauf einlassen wollen ... können ... und am besten, bevor wir damit in die Luft fliegen.«

»Was hältst du von dem Vorschlag, dass Landmann ins Team kommt?«

»Habe ich heute geregelt, er ist im Team. Er wollte dich abholen, aber ich wollte mir auch mal den Laden ansehen. Er war ja schon mit dir hier.« Sie grinste. »Es reicht nicht immer, einfach nur sein Handy auszuschalten.«

»Danke für den Hinweis.«

Sie startete den Transporter und fuhr langsam auf Nebenstraßen Richtung Bahnhof. Der Verkehr war ruhiger geworden, die Straßen waren etwas weniger dicht als total dicht. Wer glaubte, einen Parkplatz gefunden zu haben, war auf eine Fata Morgana reingefallen.

Fallner spürte die Erschöpfung; er würde diese anstrengende Nummer mit dem Rollator nur wiederholen, wenn es nicht anders ging.

»Was machen wir denn jetzt mit dem angebrochenen Abend?«, sagte sie.

»Der Mann, der mir über die Straße geholfen hat, gab mir einen Hunderter. Wir könnten was essen, wenn du willst.«

»Wir hauen den ganzen Schein voll auf den Kopf«, sagte sie und haute aufs Lenkrad, als sollte ihm das gute Laune verpassen. »Wir trinken was, bis wir die Wahnsinnsidee haben.« Jetzt verpasste sie ihm einen Schlag mit dem Ellenbogen, und er dachte, dass sie vielleicht noch mehr zu erzählen hätte.

Fallner schaltete sein Handy ein, um bei Nadine nachzufragen, ob sie den Abend ohne ihn verbringen konnte. Sie war bei Jaqueline in guten Händen, sie würde mit ihr zu ihrer Freundin gehen (bei der sie immer ein Zimmer hatte) und dort übernachten. In dieser Villa mit Sportgeräten und Schwimmbecken im Keller. Er riet ihr, sich nicht daran zu gewöhnen und wünschte ihr viel Spaß.

»Was hast du vorhin damit gemeint«, sagte Theresa, »womit ist nicht zu spaßen?«

»Mit der Kälte«, sagte er. »Die Nächte werden jetzt kalt, das unterschätzt man. Also lieber dicke Unterwäsche.«

»Ich möchte lieber nicht draußen essen«, sagte sie.

Alte Rechnungen

»Mich würde interessieren, wer mehr Leute gekillt hat, die Christen oder die Moslems.«

»Gute Frage. Wieso haben wir keinen Anthropologen in der Firma? Eine Abteilung für Anthropologie und Militärgeschichte, so ungefähr jedenfalls. Hat doch garantiert jeder Verbrecherverein wie Blackwater. Ein paar Fachidioten, die keine Ahnung haben, was mit ihrem Wissen passiert.«

»Die keine Ahnung haben *wollen*, weil sie es nicht fassen können, dass sie so einen tollen Job bekommen haben.«

»Papi ist kein mieser Killer, Papi ist nur ein Forscher, der nichts Böses im Sinn hat.«

Fallner und Landmann standen am frühen Nachmittag an einem Stehtisch vor einem Café, eine Straßenkreuzung von ihrem Basislager entfernt. Im Geschäft nebenan für neue und gebrauchte elektronische Kleingeräte war wie immer auch am überdachten Eingang viel los. Während im marokkanischen Imbiss ein Haus weiter, scheinbar wie immer, nichts los war; auf die Frage, warum sie dort nie reingingen, hatten sie keine Antwort.

»Also wenn man die ganze Geschichte nimmt und alles zusammenzählt«, sagte Fallner. »Wie viele Nazis, die im Grunde ihres Herzens brave Christen waren, haben wie viele Leute gekillt? Da kommt einiges zusammen. Nur in dem kleinen Zeitraum. Von den Jahren Null bis dahin mal ganz abgesehen. Und den Jahren danach.«

»Es geht um Gleichstand – das lassen wir uns nicht bieten, dass diese Schweine mehr Punkte auf dem Konto haben als wir.«

»Es geht immer auch um alte Rechnungen. Besonders lustig, wenn sich auf der anderen Seite niemand mehr an die alten Geschichten erinnern kann. Wir sind doch nicht verantwortlich für die Killer vor uns, haben die uns um Erlaubnis gefragt?«

»Kolonialisierung ist langsam nur noch ein Märchen aus Tausendundeiner Nacht. Aber dann kommen die anderen Irren und sagen, Moment mal, Freunde, jetzt ist Schluss mit eurer Märchenstunde, wir haben 'ne offene Rechnung gefunden, ihr habt die Vorväter unserer Urgroßmütter gekillt, Mord verjährt nicht, wir halten uns nur an eure eigenen Gesetze. Peng.«

»Warum gehen die Juden eigentlich nicht los und killen Andersgläubige? Ich rede nicht von Notwehr. Sondern Losgehen und mit Sprengstoff die anderen bekehren oder auslöschen«, sagte Fallner.

»Die sind froh, wenn man sie in Ruhe lässt. Passiert leider selten. Leute, die ihre Ruhe haben wollen, neigen dazu, andere in Ruhe zu lassen. Ist meine Theorie«, sagte Landmann.

»Du meinst, dass deswegen so viele Leute sie nicht leiden können? Weil's eine starke Provokation ist, von anderen zu fordern, dass sie dich und andere in Ruhe lassen sollen, fuck off und mind your own business? Und die anderen sagen, wir sind verantwortlich dafür, dass du in den Himmel kommst. Wenn wir dich in deinem Unglauben hängen lassen, werden wir von Gott dafür bestraft, unterlassene Hilfeleistung, also können wir nicht anders.«

»Andererseits haben die Juden in der amerikanischen Mafia in den frühen Jahren sehr viel geleistet. Arnold Rothstein war der erste Boss in New York. Kontrollierte in den Zwanzigern fast alles, Drogen, Schmuggel, Glücksspiel, Spitzname ›Das Hirn‹ wohlgemerkt, und nicht ›Machine Gun Arnold‹ oder sowas. War der Erste, der das Drogengeschäft professionell aufgezogen hat, mit eigenen Vertriebswegen über drei Kontinente, weit seiner Zeit voraus, ein Gentleman, mit der Erkenntnis, dass das Drogengeschäft auch nur ein Bankgeschäft ist. Jetzt muss der passende Spruch von dir kommen.«

»Der Jude ist immer nur an Geldgeschäften interessiert?«

Woher weißt du das? Hat schon mein Alter oft gesagt, das ist ein uraltes Stereotyp. Was ist ein Stereotyp? Ein behämmertes Vorurteil, das niemand mehr aus der Welt schaffen kann.

»Sehr gut, Fallner. Rothstein hätte allein schon für seine Ausbilderqualitäten lebenslänglich bekommen müssen, aber er saß nicht einen Tag im Knast, als er von Jesus 1928 einberufen wurde. Halt dich fest, wer bei ihm Lehrling oder angestellt war, nämlich Dutch Schultz, Frank Costello und ganz besonders Lucky Luciano. Erst nach Rothstein kommen die Arschgeigen, von denen du schon mal gehört hast. Auf Rothstein geht die tiefe Itakker-Juden-Freundschaft zurück, auf die du heute aber keinen mehr lassen solltest.«

»Ist das dein Hobby, Geschichte der amerikanischen Mafia?«

»Der spezielle Witz kommt jetzt: Erst durch die Nazis bekamen die tapferen Spaghetti-Ehrenmänner die Vorherrschaft im Drogengeschäft, weil die jüdischen Verbindungen in Europa vernichtet wurden, Kollateralschaden könnte man sagen. Wundert mich, dass noch niemand die These aufgestellt hat, dass die Nazis eigentlich nur die jüdischen Drogengeschäfte stoppen wollten und es dabei sozusagen etwas übertrieben haben. Aber wahrscheinlich gibt's die These schon und sie muss nur noch sorgfältig überprüft werden, bei dem Thema möchte sich der Deutsche nicht den geringsten Fehler erlauben.«

»Jetzt wirst du ein wenig zynisch, Landmann.«

»Das habe ich nicht gewollt, Fallner.«

»Sind damals Leute von dir ermordet worden?«

»Niemand, den ich persönlich kannte.«

»Das war nicht die Frage.«

»Die Antwort lautet: Wir wollten nur kurz draußen 'nen Kaffee trinken und zusehen, wie flotte Weiber im Regen den Hintern schwingen, und du machst meinen stolzen Ständer kaputt mit deinen kranken Nazigeschichten.«

»Fick dich.«

»Mit der da drüben würd's besser gefallen.«

»Die ist viel zu jung für dich, die ist vielleicht grade mal vierzig.«

»Ich werde dir keine Tipps geben, vergiss es. Auf dem Gebiet sind gute Ratschläge immer für'n Arsch. Ich finde, sie sieht etwas einsam aus. Einsame Frauen sind mein zweites Hobby.«

Landmann öffnete seinen eleganten blauen Mantel, überprüfte den Sitz seines kleinen schwarzen Huts und ging rüber zur Haltestelle, an der die Frau auf die Straßenbahn wartete. Fallner erkannte an seinen Handbewegungen den genialen Trick, mit dem er einen Kontakt herstellte: Er war neu in der Stadt und wusste nicht, wie er sein Ziel erreichen sollte. Und sie sagte nicht, er sollte vielleicht einfach in seinem mobilen Gerät nachsehen und sie in Ruhe lassen, sondern interessierte sich für den charmanten Fremden mit dem kleinen Problem.

Diesen hinreißend freundlichen Landmann hatte Fallner noch nie gesehen; ein Beweis mehr, dass er gefährlich war.

Als die Straßenbahn die beiden verdeckt hatte und dann weitergefahren war, standen sie immer noch da. Unterhielten sich angeregt, sahen sich irgendwas in Landmanns iPhone an und scheuten sich nicht vor körperlicher Nähe – ach was, die gingen sich doch schon fast an die Wäsche. Die Frau, die einsam gewirkt hatte, wirkte jetzt wie eine Frau, die einsame Männer munter machen konnte, wenn sie in Stimmung war.

Womit hatte Landmann sie eingeseift? Mit dem NS-Dokumentationszentrum möglicherweise, in das sie ihn begleiten könnte, um seine Nerven zu stärken, es war nur ein paar Straßen weiter. Natürlich würde er ihr auf dem Weg dorthin erklären, dass es für diese Art Horror, mit dem er persönliche Geschichten verbinden müsse, der falsche Tag wäre.

Falls diese Frau den Auftrag hatte, am Schutz der Verfassung mitzuarbeiten, war sie perfekt. Hatte einen Ex-Bullen im Netz, der behauptete, nicht einmal seiner Mutter zu vertrauen; hatte ihn nicht nur observiert, sondern ihn dabei ganz zufällig an sich gezogen wie ein Magnet.

Der Gedanke war nicht nur irre Spekulation, sondern kranke Wahnvorstellung – die jedoch dazu passte, dass sie bei ihrer Jagd nach dem Kopfgeld möglicherweise die Drecksarbeit für jemanden erledigen sollten, der sich einen Dreck für das Kopfgeld interessierte. Weil er genug Geld, aber nicht diesen Kopf hatte. Oder dem der Kopf abgerissen würde, wenn das rauskam.

Wie auch immer, Fallner beobachtete den Flirt noch einige Minuten, ohne dass sich die Lage veränderte, und ging dann allein zur Firma zurück.

Er sah den Kollegen an diesem Tag nicht mehr und konnte ihn telefonisch nicht erreichen – das waren die Fakten: eine Menge Fakten, wenn man sich klarmachte, dass sie sich ohne Orientierung in einem totalen Nebel bewegten; so viele harte Fakten, dass es fast ausgereicht hätte, um sich an einem guten Tag einen Hauch von Hoffnung zu machen. Falls man einen Dachschaden hatte.

Kein halber Mensch

Er war mit einem diffusen Gefühl von Angst aufgewacht, ein Betonblock auf der Brust, eine Monsterratte im Herz, ein stinkender Schweineschädel auf dem Schwanz, er kam sich vor wie gelähmt, ausgesaugt, ausgeblutet, abgehängt, ausgemustert und war unfähig aufzustehen, rauszugehen, irgendwohin, irgendwas zu tun, es zu ignorieren, dagegen anzukämpfen, gegen was eigentlich, Angst wovor eigentlich, Angst davor herauszufinden, wovor er Angst hatte?

Er war kein Mann, der mit Angst durchs Leben ging oder leicht von ihr angefallen wurde, er schenkte dem Gefühl nicht sofort Beachtung, wenn es sich einstellte (außer wenn es ihn bei einem Einsatz packte, dann musste es sofort beachtet und klar eingeschätzt werden), aber es war anders, wenn es einen im Bett angriff, den Schlafenden in der Nacht, und wenn er es morgens bemerkte, war seine Kraft abgesaugt.

Er war den ganzen Tag kein halber Mensch.

Er kannte diese Verfassung, sie meldete sich seit Jahren immer wieder. Seit seiner Kindheit. Und sie hatte sich später, in den Polizeijahren, verändert, ohne sich zu verflüchtigen. Das Korsett der strengen Dienstzeiten, strengen Regeln und einer gewissen ständigen Anspannung war eine Hilfe, so wie körperliche Erschöpfung eine Hilfe war. Aber keine Ausheilung. Es war kein Dauerzustand, sondern ein Überfallkommando. Das sich nie ankündigte. Oder er war nie aufmerksam genug. Es dauerte nie lange, manchmal nur ein paar Stunden, schien aber seit einigen Jahren immer stärker zu werden, er wusste nicht genau, seit wann.

Die Attacken hatten sich verstärkt, noch bevor er den Jungen erschossen hatte, Marouf, diesen jugendlichen libanesischen Dealer und Schläger, in Notwehr. Der seine Waffe ziehen wollte (die sie dann monatelang nicht finden konnten, weil sie Fallners Partner beseitigt hatte) und der ihn dann monatelang in seinen Träumen heimgesucht hatte, ihn jetzt aber nur noch selten besuchte, weil er auf einem anderen Planeten neue Drogen gefunden hatte, die er verkaufen konnte, auch dort gab es Abnehmer, ein zeitraubendes Geschäft. In seinen Träumen hatte der Dealer, der für Fallner ein Killer war wie alle Dealer von harten Drogen, behauptet, er habe sein Leben ändern und ein guter Junge werden wollen, ganz genau zu dem Zeitpunkt, als Fallner ihm in die Quere kam und also verhinderte, dass ein neuer guter Mensch die Welt besser machte, und damit war der Bulle schuld am miesen Zustand der Welt (dieses Zeug, das besonders Jugendliche erzählten, wenn ihnen klar wurde, dass sie an der Wand standen und Mutti sie nicht abholen konnte). In den Träumen konnte man eben viel behaupten und vollbringen – du kannst fliegen, und alle jubeln dir zu, weil du jetzt so ein guter Mensch bist, dass dir sogar die Heilige Jungfrau zur Belohnung einen blasen möchte.

Aber der von Fallner erledigte Dealer (den er später mit mehr Verständnis betrachten konnte) hatte mit dieser Angst jetzt nichts zu tun, er hatte in dieser Nacht nicht von ihm geträumt. Etwas anderes war die Ursache, er wusste es: Er war eben nicht mehr der alte – aber wer war das schon? Außer diesen Idioten, die nie ir-

gendwas glauben wollten, nicht mal, dass im Erdinneren keine Fabrik für Roboter mit menschenidentischer Gestalt war.
Und half es einem vielleicht, wenn man wusste, dass auch die anderen nicht mehr die alten waren?

Es war schon eine beachtliche Leistung, dass er es schaffte, dem Mädchen einen guten Rat zu geben, als sie zur Schule ging und zu ihm ins Zimmer kam, weil er nicht wie üblich Kaffee machte und sie verabschiedete.

»Pass mal auf«, sagte er, »falls du diesem Jungen, der dich nicht in Ruhe lässt, eine verpassen musst, dann achte darauf, dass du ihn nicht gleich krankenhausreif schlägst, und auch, dass du dabei keine Spuren hinterlässt, also wenn's geht, nicht auf die Nase, weißt du, was ich meine?«

»Was ist mit dir«, sagte sie, »bist du krank?«

»Nur ein bisschen – hast du mich verstanden?«

»Ja, aber auch nur ein bisschen.«

Es war schon ein Sieg, dass er es später schaffte, sich aus dem Bett zu hieven, als ihm eine Platte im Schrank in seiner Arbeitskammer einfiel, die im Titel die Angst hatte, um nachzusehen, um welche Art von Angst es dabei ging, er hatte es vergessen. Er konnte sich jedoch erinnern, wie er an die Angstplatte gekommen war. Sie war ihm von Leuten überreicht worden, die Angst vor ihm hatten.

Sie hatten sie im Visier, als sie in der Nähe des Schlachthofs um zwei Uhr morgens an ihrem Auto standen, zwei Frauen und zwei Männer. Sie stiegen nicht schnell genug ein. Fallners Partner saß am Steuer, bremste ab, schaltete das Licht aus, und sie dachten beide sofort an Drogen, ohne ein Wort auszusprechen. Sie warteten ab, und wenn die vier zügig eingestiegen und abgefahren wären, hätten sie sie nicht kontrolliert, denn sie waren keine übereifrigen Bullen und hatten nicht den Eindruck, es mit einer gefährlichen Situation oder mit gefährlichen Typen zu tun zu haben. Sie rollten auf sie zu, während sie langsam und sich lebhaft unterhaltend Türen öffneten und den Einstieg vorbereiteten, als wäre es ein schwieriges Unternehmen, das man nur mit äußerster Konzentration schaffte.

Sie krochen an sie heran und hielten neben ihnen, als sie alle in ihrer Kiste saßen und die Türen geschlossen hatten. Dem Fahrer fiel jetzt auf, dass er blockiert wurde, die Parklücke nicht verlassen konnte, und er sagte was zu den anderen Insassen, während er zu ihnen rübersah und mit der Hand eine Was-soll-das-fahrnsemal-weiter-Bewegung machte.

Fallner stieg aus und hielt seinen Ausweis an die Scheibe, die der Fahrer sofort runterkurbelte (es war vor fast zwanzig Jahren und es gab noch Autos, die mit viel Handarbeit gefahren wurden), und sein erster Eindruck war, dass es sich um junge Leute handelte, die Bullen nicht leiden konnten. Der Fahrer grinste und nannte ihn mit eher freundlichem Tonfall Herr Wachtmeister, und er hatte das Glück, dass Fallner keiner von den Bullen war, die allein schon deshalb rot sahen und diese Freaks auseinandernehmen wollten, selbst wenn sie nicht alle gekichert und nach Marihuana gerochen hätten.

Er sah sich die Papiere an, während die Bande sich bemühte, das Gekicher unter Kontrolle zu bekommen, was es natürlich verstärkte. Dann sah er zu seinem Partner, und als der den Kopf schüttelte, sagte er, sie sollten alle aussteigen. Als sie draußen waren, kicherte niemand mehr, jetzt waren sie sich sicher, dass es eine Menge Ärger geben würde, ein Gefühl, das schnell ernüchterte, falls man nicht schon vollkommen abgeschossen war.

Fallner ließ sie ein paar lange Sekunden hängen und sagte: »Es läuft folgendermaßen ab, meine Damen und Herren, mein Partner und ich sind gelangweilt von diesem ewigen Kleinscheiß, wir sind nicht zur Polizei gegangen, um unsere Zeit mit Leuten zu verschwenden, die mal einen rauchen. Sie sperren das Auto ab und gehen zu Fuß nach Hause und Sie werden nie wieder bekifft rumkurven und nie wieder zu einem Kommissar Wachtmeister sagen, ist das klar? Oder wollt ihr lieber 'nen verdammten Anwalt anrufen?«

Es war so, wie er's ihnen erklärte, und der Anblick ihrer Köpfe, die sich synchron auf und ab bewegten, war es wert. Als der Fahrer zum Kofferraum ging, trat Fallner einen Schritt zurück und hatte die Hand an seiner Waffe und das hochschießende Gefühl, sich getäuscht zu haben (und an einem schlechten Tag hätte viel passieren können), aber die Hand des Fahrers kam nur mit einer Schallplatte raus, die er ihm hinhielt, im nächsten Moment geschockt, weil er Fallners Hand an der Waffe sah.

»Wir sind doch nur eine Band«, sagte er.

Was heißt da *nur*, dachte Fallner, auch der Extrempsychopath Charles Manson hätte behaupten können, er und seine Killerfamily wären nur eine Band, die sich Sharon Tate als Backgroundsängerin wünschte und auf die Idee kam, man würde doch wohl mal anfragen dürfen.

»Was seid ihr denn für 'ne Band?«

»Wia ham heute die neue Platte, deshalb ham wia bisschen gefeiert«, sagte die Frau mit den dunkelgrünen Haaren, die neben ihm stand und keine Angst vor ihm hatte, sondern ihn anlächelte, als hätte sie ihn um Hilfe gerufen und jetzt wäre er endlich gekommen, um sie zu beschützen.

»Dafür hab ich vollstes Verständnis«, sagte er, »aber das war keine Antwort auf meine Frage.«

Sie war nicht so bekifft, dass sie ihn nicht verstanden hätte und sagte: »Irgendwie so die Richtung Punkrock and Roll, aber ziemlich weiblich und nicht so brutal.« Sie kicherte und berührte ihn mit der Schulter.

Fallner nahm das Album und hielt es so, dass es von einer Straßenlampe erhellt wurde. *Angst vor ... Fred Is Dead* stand in großen Lettern auf der Vorderseite, und diese Frau sagte, sie wären die Band Fred Is Dead und *Angst vor* der Titel, also im Sinne von Angst vor Atomkrieg zum Beispiel, sagte sie, und er sah immer noch Misstrauen in ihren Augen, und natürlich lag sie richtig damit, denn Bullen durfte man einfach nie ganz trauen, falls man noch einen Rest Verstand im Rausch hatte, und wenn einer von ihnen jetzt eine dumme Bemerkung machte, konnte sich das Ding auf der Straße in tiefster Nacht in einer Sekunde drehen, und er würde sie alle einkassieren und einbuchten und dann vielleicht mit ihr das anstellen, wozu er Lust hatte, gereizt von dunkelgrünen Haaren, sie anzufassen zum Beispiel, abklopfen und abtasten und sie am helleren Ende einer schwarzen Nacht bitten, die Beine auseinander zu machen – na dann sollten sie in Zukunft vielleicht etwas mehr Angst vor Polizeikontrollen haben, sagte er, und fragte sich jetzt, allein im Bett, was wohl aus ihnen geworden war, wo sie heute alle sicher über vierzig waren, Lehrerinnen, Informatiker, Müllmänner, Krankenschwestern, Klosterbrüder, Nutten, Zuhälter, Junkies, Gestalttherapeuten, Ärzte, Hausfrauen, Schlosser, Bundestagsabgeordnete oder Geldeintreiber, Killer und Konfliktforscher, Frauenbeauftragte, Verräter, Feinde, Frisöre, Theatermusikerinnen, Arschkartendesigner, wenn nicht sogar transsexuelle Stripteasetänzer oder Wiesnwirtinnen, meine Herren, wo waren sie abgeblieben, und erinnerte sich die Frau daran, dass sie seine Lust gespürt hatte, sie anzufassen, wenn sie einen Polizisten sah? Oder konnte sie keine Polizisten mehr erkennen, weil sie unter der Erde lag – vergessen, verrottet und verdammt.

Er hatte den Eindruck, dass es ihm besser ging. Die Platte

mit ihren um sie herum fliegenden Erinnerungen hatte ihn abgelenkt. Er drehte sie um. Die Rückseite war vollständig mit Worten bedruckt, es war die Versammlung ihrer Ängste. Sie hatten Angst vor ABC-Schützen ABC-Waffen Abdeckereien Abfuhr Abgaben Abgasen Abklatsch Abschied Abszessen Achtstundentagen Administration Agonie (da war er sich nicht sicher und schaltete sein Gerät ein, ignorierte die Nachrichten, er hatte auf eine verstärkte Form von Langeweile getippt, also etwa das, was er hatte, und er war nah dran, Agonie nannte man die Gesamtheit der vor dem Eintritt des klinischen Todes auftretenden typischen Erscheinungen) Akkusativ Akribie Allergien Albdrücken Altersstarrsinn Ammenmärchen Ampeln Apathie Arbeitsmoral Armleuchtern Ausschabung Ausweiskontrollen (sie hatten es so gewollt) Auswurf Bahnkreuzungen Banausen Beschiss Bespitzelung Bindegewebserschlaffung Blamagen Borkenkäfern Bunsenbrennern Bügelbrettern Cellophan Cha-Cha-Cha Cholerikern Cliquenwirtschaft Deformation Dickleibigkeit Disqualifikation Disziplin Drängelei 3-D-Filmen Dreizimmer-Wohnungen (er wusste genau, was sie meinten) Dresche Drill Durchschnitt Einbahnstraßen Einbildung Einerlei Einsamkeit Eisbein Enthaarung Ergrauung Fabulanten (sie hatten auch ein Lexikon benutzt, das war klar) Fachsimpeleien Fahrbahnüberquerung Fahrkartenkontrollen Fehlinterpretation Feuerwerkskörpern Foxterriern Gemenge Genickstarre Gesetztheit Gespenstern Gewitter Hallenbädern Handlungsunfähigkeit (sehr witzig, und ihm wurde bewusst, dass er inzwischen keine zeitliche Orientierung mehr hatte) Heldentum Heiserkeit Herbstnebel Herzensbrechern Herzleiden Hi-Fi Himmelsstürmern Hochdruckgebieten Horrorfilmen Humanoiden Hundewetter Hunger Hygiene Hypochondern Hysterie Idealisten Ideenlosigkeit Ideologen Idioten Idolen Imperativen Indolenz (gleichgültig sein, auch schmerzunempfindlich) Isolation Jähzorn Jodtinktur Kakerlaken Kater Keuchhusten Klärschlamm Klassenzimmern Kleinschreibung Klondike Kneipp Kohlrabenschwarz Kollaps Konfetti Laternenpfählen Laufmaschen Lava Leber Lebkuchenherzen Leithammeln Logik Lockrufen Maden Märchen Marotten Mastdarmverschluss Megapearls (was mit vielen Perlen?) Mehltau Meteoriteneinschlägen Mikrowellen Mitessern Mitspracherecht Moränen Mutation Nachwehen Napalm Nordischer Kombination Not Odem Onkeln Orakeln Orientteppichen Pantoffeln Pantomime Pappenheimern Paradentose (er prüfte sofort nach, ob es sich um die Angst vor lauten Paraden handelte, es war ein veralteter Ausdruck für Parodontose) PH-Werten Platzhaltern Plomben Pollen Quadranten Quaddeln Quintessenz Radwegen Rauschgold Rebläusen Rechtswegen Referaten Robben Rostbratwürsten Ruhigstellung Sackratten Schaumbädern Schachtelhalmen Schmollecken Schmorbraten Sentiment Skunks Somnambulismus Sonnenbrand Storno Stricknadeln Storchenbiss Tausendfüßlern Testamentvollstreckern (sie hatten Angst vor Terror vergessen!) Thermoplaste Tiefenwirkung Tingeltangel Topfschlagen Touristenklasse Transpiration Übelkeit Überbein Umzügen Ventilatoren Verfettung Verfilzung Volldampf Vororten Wassersport Weichzeichnern Wespen Windbeuteln Wolkenkuckucksheim Wortfeld Windeldermatitis X-Beinen Yoga Yoghurt Zahnschmerzen Zauderei Zeichenblöcken Zeitzündern Zeltlagern Zerknall Zervelatwurst und in der letzten Ecke rechts unten stand der Ziegenpeter, und er fragte sich, ob es diesen Vögeln in diesen fast zwanzig Jahren gelungen war, einige dieser Ängste abzubauen oder abzulegen und welche dazugekommen waren, und auch, welche er selbst hatte, die sie nicht nannten, Tod, Sterben und Krebs fielen ihm sofort ein, außerdem Paranoia, Keuchhusten, Arbeitslosigkeit, Alkoholismus, Bomben und Paketbomben und Bombenstimmung und Bombenalarm und Splitterbomben, Auslandseinsatz, Bombenterror, Fehleinschätzung, Schusswaffen und Schussverletzung, Vagina Dentata (und gab es by the way einen Ausdruck für die Angst, dass man bei einem Blowjob gebissen wurde, wie es ihm einmal passiert war, ohne verletzt zu werden, jedoch mit durchgreifendem Schockeffekt, also traumatisiert?), Fußpilz und Pilzvergiftung, Penisneid, Beichtstühlen und -vätern, Stuhlgang und Notausgängen und Gangstern natürlich, echten Gangstern, die am Ende eines dunklen Gangs ruhig abwarten, um dich abzuknallen. Außerdem fehlte die unheimlichste von allen Ängsten, das Perpetuum Mobile unter den Ängsten, die Angst vor der Angst.

Er suchte die Liste nach den Lücken ab – und dann hatte er es: Er hatte Angst vor Labyrinth. Er befand sich in einem Labyrinth und hatte keine Ahnung, wie er wieder rauskommen sollte. Es war kein normales, sondern ein Labyrinth, in dem man sich leicht eine Kugel einfangen konnte. Von weit oben sah es aus wie ein Friedhof. Kein Kinderspiel.

Als er am frühen Abend wieder aufwachte, lag Jaqueline neben ihm und hatte ein Bein über seine Beine gelegt. Sie las in seinem Notizbuch seine Notizen. Sie forderte, alles über das Labyrinth zu erfahren, und fiel nicht darauf herein, dass es sich dabei nur um ein Bild handelte, mit dem er seinen Zustand zu beschreiben versuchte. Und als sie nicht lockerließ, erzählte er ihr alles, was sie über die Sache und den Mann wussten, für dessen Ergreifung angeblich irgendein *fuckin system* zwei Millionen bezahlen würde, und alles, was ihnen bisher durch den Kopf gegangen war, welchen Verdacht sie hatten, was sie vermuteten, was aus dem dichten Nebel möglicherweise auf sie zukam, eine Ziege, ein Wolf oder ein menschenleerer Panzer.

Ihr Kommentar überraschte ihn nicht. »Ach, du Scheiße«, sagte sie, »ihr seid doch nicht mehr ganz dicht.«

Er hielt die Klappe. Als würde ihm ihre Bemerkung zu denken geben.

»Du erwartest doch nicht, dass ich euch bei diesem … mir fällt überhaupt kein passender Ausdruck dafür ein … irgendwie behilflich bin.«

»Natürlich nicht. Habe ich was gesagt?«

»Aber ich hab's genau gehört.«

Ihre Behandlung hatte nicht nur eine schnelle medizinische, heilende Wirkung, obwohl er zuerst verkrampft war, weil er sich daran erinnerte, wie sie ihn einmal dabei gebissen hatte. Er erzählte es ihr, als ihr auffiel, dass er sich nicht gehen ließ, sondern auf etwas weniger Erfreuliches zu warten schien.

»Oh«, sagte sie.

Konnte sich ebenfalls noch erinnern. Aber sie hatte ihn nicht mit einem Hintergedanken gebissen oder aufgrund einer neu entwickelten Neigung, sondern ungeplant, eine reflexhafte Reaktion.

Wie Fallner jetzt nicht verhindern konnte, dass es die grünschwarzen Haare einer unbekannten Frau waren, die sich vor ihm auf und ab bewegten. Ehe sich Jaqueline danach auf ihn setzte und ihm die Zunge in den Mund schob.

Sie hatte ihn damit nicht nur aus seinem Anfall rausgeholt, sondern ihn auch davor bewahrt, ihr noch mehr zu erzählen. Er war so schwach gewesen, dass er ausgepackt und ihr den Inhalt dieses Briefs gestanden hätte – nein, er hätte ihr gestanden, dass er interessiert war – fuck, ohne es zu wollen, war er daran interessiert, jemanden für Zweihunderttausend umzulegen – klar, er würde zuerst sorgfältig überprüfen, dass dieser Typ es mehr als verdient hatte, wie da jemand behauptete – ja, sie machte immer noch weiter und wollte nicht von ihm absteigen – nein, es machte nichts, dass er mit dem Kopf ganz woanders war – verdammt, es waren wieder diese grünschwarzen Haare, die ihm dann ins Gesicht schlugen, bevor er Jaquelines Atem im Ohr hatte wie einen Tornado, der sie ans Ende der Welt schleudern würde, wo niemand mehr Angst vor der Angst haben musste.

»Du wolltest noch irgendwas sagen«, sagte sie, als sie neben ihm lag und sich etwas abgeregt hatte.

»Ja«, sagte er, »du könntest mal jemanden fragen, ob irgendwas im Busch ist, natürlich nur, falls du eine gute Gelegenheit hast, jemanden zu fragen, ohne dass sich dann jemand allzu viel fragen würde.«

Er bekam eine Antwort, mit der er nicht gerechnet hatte.

»Ich glaube, ich liebe dich trotzdem«, sagte sie, »jedenfalls im Moment.«

Labyrinth

Die Stadt ist ein Labyrinth
am Tag freundlich
in der Nacht ganz anders.
Nur die Flaschensammler
sehen genau hin.

Träume

Ich träume einmal im Monat
von dem Dealer, den ich erschoss.
Wer träumt von mir?

Die Ziege und der Wolf

Sie standen alle unter Beobachtung, wie alle anderen, im Betrieb und auf der Arbeit und beim Arbeitsamt und in den Straßen und in der Straßenbahn und wenn sie an der Bar das Glas zu viel bestellten und zu Hause, wenn sie in ein Gerät tippten, dass ihnen das verdammte Wetter zu schaffen machte und nicht das Glas zu viel gestern in dieser Bar und sie überlegten, ob es für die Rückenschmerzen besser wäre, die Sau endlich ordentlich rauszulassen, »eine Bombe könnte man schmeißen, ich sag's dir«, und die echten Paranoiker unter ihnen waren sich sicher, dass es erst richtig losging mit Beobachtung, wenn sie sich in tiefster Dunkelheit unter der Bettdecke versteckt hatten, denn alles war möglich, und im letzten Dorf wurde man dabei beobachtet, wenn man sich fragte, ob man sich im Wald verkriechen sollte, um sich ein paar Minuten unbeobachtet zu fühlen.

Fallner schlenderte in Nico Kolls Büro, ohne Termin oder Plan, und setzte sich neben ihn, ohne etwas zu fragen, nur um herauszufinden, ob er mit einer Neuigkeit rüberkommen würde oder einer Bemerkung, die ihm neuen Stoff gab.

»Lass dich nicht stören«, sagte er zu dem jungen Mann im technisch hochgerüsteten Rollstuhl, »ich will nur die Zeit totschlagen.«

Nico hatte noch nicht darauf reagiert, als sich Landmann neben Fallner setzte und sagte: »Mir ist eingefallen, dass ich einen Kollegen hatte, der sich damals für den Ku-Klux-Klan interessierte. Hat eigentlich jeder irgendwie getan, als rauskam, dass es auch bei uns ein paar Klan-Bullen gibt. Der Punkt ist, dass ich von dem den Eindruck hatte, dass er sich nicht nur dafür interessiert, so wie du dich dafür interessierst, sondern dass er sich für 'nen Einstieg interessiert. An wen gehst du ran, wenn du reinkommen willst, verstehst du? Keine Ahnung, was aus dem geworden ist. Keine Ahnung, ob wir uns dafür interessieren sollten, aber könnte sein, wir interessieren uns schließlich für alles Mögliche.«

Fallner wusste nicht, mit welchem von den Kommentaren, die er dazu anbringen konnte, er rausrücken sollte. Es war seltsam, dass Landmann genau jetzt mit diesem Thema ankam, es war sogar unheimlich – und Nico hatte immer noch keinen Ton gesagt und an seinem Computer weitergemacht, als Theresa Becker reinkam und sich zu ihnen setzte.

»Wie sieht's aus, Männer«, sagte sie, »kommen wir einen Schritt weiter oder gehen wir zwei zurück? Es stört mich nicht, dass ihr mich nicht zu eurem Meeting eingeladen habt, als Frau kennt man das, alles andere hätte ich als Annäherungsversuch interpretiert.«

Nico drehte sich endlich mit seiner Maschine herum und sagte: »Wir haben uns nicht zu einem Meeting verabredet. Diese beiden alten weißen Männer sitzen hier nur, weil sie nicht wissen, was sie tun sollen, und hoffen, dass ein junger weißer Mann ihrem Leben wieder einen Sinn gibt. Und jetzt noch mit einer jungen weißen Frau. Mehr Chancen im Leben werden sie nicht mehr kriegen.«

»Du hast den Punkt vergessen, dass du außerdem behindert bist, das ist ein dicker Pluspunkt«, sagte Theresa.

»Etwas Besseres als ein dämliches Meeting finde ich überall«, sagte Joseph Landmann.

»Die alten weißen Männer suchen die Nähe zum jungen weißen Mann und zur jungen weißen Frau, um auf dem neuesten Stand zu bleiben. Außerdem haben wir Angst um unseren Arbeitsplatz. Wenn wir nicht bereit sind, uns sogar von einem körperlich eingeschränkten Mitarbeiter fertigmachen zu lassen, werden wir in unserem Alter nichts mehr finden. Wir werden jedenfalls nicht in die Schulen gehen, um Verkehrsunterricht zu erteilen, unsere –«

»Jetzt mal langsam, hab ich richtig gehört? Du bezeichnest mich ebenfalls als junge Frau? Ist das nur –«

»– unsere einzige Chance ist noch, dass wir uns –«

»– höflich gemeint oder –«

»– mit unseren Kanonen –«

»– kann ich mich drauf verlassen?«

»– verkaufen«, sagte Fallner. »Roboter haben ihre Vorteile, aber wir auch, darauf kannst du dich verlassen.«

»Du bist immer so jung, wie du dich fühlst«, sagte Landmann.

Inzwischen waren alle, die zu diesem Zeitpunkt im Großraumbüro tätig waren, etwa fünfzehn Leute, auf die Versammlung im abgetrennten Glaskasten aufmerksam geworden und beobachteten sie. Denn wenn sich diese aus verschiedenen Gründen exponierten Mitarbeiter trafen, von denen die anderen dachten, dass sie sich für was Besseres hielten, womit sie nicht immer falsch lagen, musste man ein Auge drauf haben. Fallner fragte sich, wer von ihnen reinkommen würde, um irgendwas zu fragen, ob es ein Problem war, wenn bei der Spesenabrechnung ein Beleg fehlte zum Beispiel, oder ob man dieses neue Schnellfeuergewehr mal ausprobieren könnte, warum war das Ding eigentlich weggesperrt?

»Punkt eins«, sagte er, »weiß außer uns und dem Chef noch jemand Bescheid?«

»Wir haben dichtgehalten, aber du hast es deiner Hausmuschi erzählt«, sagte Theresa.

»Ich denke, das ist okay, weil sie wahrscheinlich unser bester Kontakt ist«, sagte Nico.

»Was meinst du damit«, sagte Fallner, »du hast Kontakt mit ihr?«

»Ich meine Folgendes: Um herauszufinden, ob an unserem Verdacht was dran ist, verminen wir sozusagen das Gelände um uns herum und warten ab, was passiert«, sagte Nico.

»Der Witz an den Dingern ist, dass man sie nicht sehen kann«, sagte Landmann.

»Du musst eine Ziege am Waldrand anbinden, damit der Wolf kommt«, sagte Fallner.

»Sie ist festgebunden, aber der Wolf kann nicht erkennen, dass sie festgebunden ist, und der Boden um sie herum ist vermint«, sagte Theresa.

»Wenn's ihm klar wird, ist es zu spät.«

»Das ist das Problem. Der Wolf beobachtet die Ziege aus sicherer Entfernung und stellt sich sofort die Frage, warum bewegt sich die Ziege nicht? Weil sie festgebunden ist.«

»Die Ziege kann sich bewegen, aber ihr Radius ist begrenzt.«

»Sie kann sich vollkommen frei bewegen, der Witz ist, dass die Ziege überhaupt da ist. Die Ziege ist die Falle, ob sie sich bewegt, ist egal.«

»Das heißt, dass sie normalerweise nicht da ist, und deshalb wird sich der Wolf sagen, wieso taucht plötzlich in dieser Scheißgegend eine Ziege auf, da stimmt doch was nicht.«

»Wir sollten den Wolf nicht überschätzen, er ist intelligent, aber er hat auch seine Fehler. Er wird die Ziege eine Weile beobachten, aber er ist auch geil auf sie, irgendwann ist Schluss mit Abwarten und er will sie sich schnappen.«

»Aber wer oder was ist unsere Ziege?«

»Wir werden unsere Ziege finden, es muss nicht alles an einem Tag passieren.«

»Die Ziege, die sie uns servieren, ist auch die Ziege, die wir ihnen präsentieren.«

»Versteh ich nicht.«

»Du meinst, sie haben eine Ziege für uns festgebunden? Auf die Idee bin ich noch nicht gekommen. Angenommen, das stimmt, dann stecken wir in einer völlig anderen Situation.«

»Tun wir nicht.«

»Dann müssten wir erstmal rausfinden, ob sie da 'ne Ziege für uns hingestellt haben. Im Moment ist das nur eine These, wir haben keine Ahnung, ob es wirklich so ist, oder weißt du mehr als wir?«

»Tu ich nicht.«

»Wenn es tatsächlich so ist, dass wir's mit einer Ziege zu tun haben, dann ist die Frage, worum's dabei geht.«

»Der Typ ist die Ziege, das ist doch klar.«

»Er ist nicht die Ziege. Das würde bedeuten, sie haben ihn installiert, aber der wurde nicht installiert.«

»Das würde es nicht bedeuten.«

»Dann ist die Frage, wie sieht die Falle aus?«

»Und zweitens, *warum* sollen wir in die Falle gehen? Und warum sollen *wir* in die Falle gehen?«

»Der Wolf soll in die Falle gehen, weil er den Leuten schon so oft geschadet hat, und jetzt reicht es ihnen, sie wollen ihn endlich abschießen.«

»Wir haben schon vielen Leuten geschadet, das ist richtig.«

»Sie opfern eine Ziege, um den Wolf zu kriegen.«

»Aber ich wüsste nicht, wer die Eier hätte, uns vom Tisch zu fegen, besser gesagt, wer die Möglichkeit dazu hätte.«

»Das ist nicht dein Ernst.«

»Ganz neuer Aspekt, etwas wird geopfert, was heißt das für uns? Und ist das Opfer für die bedeutend, ist es vielleicht alles, was sie haben? Oder glauben sie, das Opfer ist bedeutend für uns, aber für sie ist es nur Kleinkram?«

»Zuvor sollte eine viel wichtigere Frage geklärt werden: Sind wir die Ziege, die geopfert wird, oder der Wolf, der abgeschossen wird?«

»Ist doch egal, am Ende sind beide tot. Ich verrate euch was. Die Frage ist doch, wer profitiert davon? Wer kassiert am Ende sowohl das Fleisch von der Ziege als auch das Fleisch vom Wolf?«

»Das hast du dir damals in dein kleines Polizeischulheft notiert und rot eingerahmt. Folge immer der Spur des Geldes!«

»Habe ich, aber grün eingerahmt.«

»Wir können nicht mit tausend Vermutungen arbeiten. Ich gehe davon aus, dass wir weder die Ziege sind noch dass man eine Ziege für uns aufstellt.«

»Wir bekommen eine Information, die angeblich nur wir bekommen. Das könnte die Ziege sein, ist doch logisch, denn wir gehen auf die Ziege los, weil jemand behauptet, wir könnten damit zwei Millionen einsacken. Dass wir selbst die Ziege sein könnten, kann ich nicht erkennen.«

»Das würde bedeuten, dass eine Ziege auf die Ziege losgeht.«

»Das ist totaler Blödsinn. Die Frage ist, ob wir in eine Falle gehen, wenn wir uns den Typen schnappen.«

»Genau darüber diskutieren wir.«

»Ich glaube, wir machen es viel zu kompliziert. Ich glaube, Landmann hat recht, solange wir keine Beweise haben, sollten wir nicht wahnsinnig kompliziertes Zeug vermuten, das können –«

»Das ist Unsinn, wir müssen –«

»Lass sie doch mal ausreden.«

»Ich durfte in meinem ganzen Leben nie ausreden und aus mir ist auch was geworden.«

»Mir kommen gleich die Tränen.«

»Wenn ich von irgendwo da draußen die Fäden ziehen würde – ich habe die Ziege festgebunden, damit der Wolf kommt, also was wäre mein Ziel bei der Sache? a) Dass sich der Wolf die Ziege schnappt, und b) dass ich mir die zwei Millionen schnappe, die der Wolf bekommen sollte.«

»Klingt gut, aber ist zu einfach. Das bescheuerte Ziegenbeispiel passt einfach nicht. Ich glaube, dass es vor allem um den Arsch geht und weniger um das Geld.«

»Es geht um den Arsch *und* das Geld. Warum soll das eine das andere ausschließen?«

»Jemand will den Arsch ausschalten, aber er kann's selber nicht machen, denn wenn es rauskommt, haben sie eine Arschkarte so groß wie Afghanistan.«

»Weil sie mit dem Typen vor Gericht nie durchkommen würden.«

»Ich weiß nicht, wenn es sein muss, kommen sie doch immer durch.«

»Damit behauptet ihr zu wissen, wer *sie* sind, und das wisst ihr nicht. Und mein großer Bruder behauptet, dass ihm seine Kontaktperson, die er uns nicht nennen kann, ihren Kontakt nicht genannt hat, und er da nichts tun kann – ihr wisst, was das heißt.«

»Der junge weiße Mann verschafft uns diese Kontaktperson und dann bitten wir um einen Termin.«

»Die Kurzformel lautet Himmelfahrtskommando.«

»Wir müssen bedenken, dass er angeblich ausgeliefert werden soll. Dann sieht die Sache nämlich wieder etwas anders aus.«
»Nichts passt zusammen, aber irgendwas ist dran.«
»Ich fasse mal zusammen: Wir sollten die Finger davon lassen.«
Die Sache fiel wie ein Kartenhaus zusammen, und alle schwiegen und dachten nach. Ein zerfallenes Kartenhaus konnte man wieder aufbauen.
»Ich gebe dir recht. Aber wenn ich ehrlich bin, ich würde gern wissen, ob wir auf dem Holzweg sind.«
»Und außerdem würde ich gern wissen, ob uns da jemand verarschen will, und ich möchte mich auf die Art nicht verarschen lassen.«
»Auf welche Art lässt du dich denn gerne verarschen?«
»Ich fasse fürs Protokoll zusammen: Wir sind einen entscheidenden Schritt weitergekommen.«
»Auf jeden Fall, wir haben uns bis zum Arsch raufgearbeitet.«
»Du meinst, wir sind am Arsch und sollten uns von dieser Position aus auf den Weg zur Ziege machen?«
»Genauso ist es, und ich werde heute Nacht mit meinem fetten Arsch wackeln und von dieser verdammten Ziege träumen.«
»Du bist die Ziege und siehst, wie der Wolf kommt. Und erst jetzt wird dir klar, dass sie dich angebunden haben, du zerrst und zerrst und kommst nicht vom Fleck.«
»Obwohl sie uns immer gesagt haben, dass wir in einem freien Land leben, freiheitlich-demokratische Grundordnung.«
»Du kennst Artikel 1 Grundgesetz?«
»Du solltest nicht immer alles in den Dreck ziehen.«
»Weil sonst der Wolf kommt.«
»Achtung, da kommt der Wolf.«
Es war Fallner der Chef, und er öffnete die Tür, ohne anzuklopfen.

»Hör mir bloß auf«, sagte Landmann, »ihr habt ja keine Ahnung, die deutsche Nationalmannschaft ist doch schon lange nicht mehr das, was sie mal war, das ist –«

»Es gibt Ärger«, sagte der Chef.

»Ganz meine Meinung«, sagte Landmann.

Schulmädchenreport

Sie fuhren in der schwarzen Limousine des Chefs, der selbst am Steuer saß. Der Spätnachmittag war schon gefährlich nah am frühen Abend und der Innenstadtstau fing an, sich zu einer scheinbar nie wieder durchdringlichen Masse zu verdichten – wer jetzt hier war, sollte den Schein abgeben müssen, weil er den Beweis lieferte, nicht mehr zurechnungsfähig zu sein. Um sich seine schlauen Hörbücher in Ruhe reinzuziehen, musste man nicht im Auto sitzen. Aber das hatte ihnen noch nie jemand erklärt.

Fallner konnte den Stadtstraßenverkehr nicht ausstehen, außer in tiefster Nacht, und es machte ihm keinen Spaß, in einer Blechzelle zu hocken, außer auf ausgestorbenen Landstraßen.

Sein Bruder tobte auf eine Art durch die Blechberge, permanent zwischen Vollgas und Vollbremsung, dass alle in ihren Blechkisten denken mussten, die Stadt wäre in Gefahr, die Nation, der ganze Planet, und wenn dieses schwarze Monster mit den dunklen Scheiben nicht rechtzeitig ans Ziel kam, konnten sie alle einpacken – wer jetzt keine Angst bekam, hatte die Sensibilität eines Roboters. Das blaue Licht auf dem Dach und das kreischende Signal trieb die Stauopfer auseinander, und sie rasten über Kreuzungen, auf denen die Bewegungen in einem chaotischen Bild einzufrieren schienen – ein Horrorfilm, eine Invasion, ein Blitzkrieg –, mindestens eine gefährliche Gewaltfahrt, bei der selbst Landmann den Mund nicht mehr aufbrachte.

Fallner wollte zu seinem Bruder sagen, dass er's vielleicht nicht so übertreiben sollte, hielt aber ebenfalls die Klappe und passte auf, dass ihnen von der rechten Seite nichts in die Quere kam und dass er nicht das Navigationsgerät, das er außerdem im Auge behalten musste, vollkotzte, falls er plötzlich kotzen musste, was er seit Minuten glaubte, sofort tun zu müssen, und nur die mitten auf der Straße im Schock erstarrte Frau mit dem Kinderwagen, die er jede Sekunde erwartete, hielt ihn davon ab, denn es war klar, dass sie in dem Moment auftauchen würde, in dem er kotzen musste und nicht mehr aufpassen konnte.

Er erinnerte sich blitzlichtartig an zwei oder drei solcher Höllenfahrten, die er jedoch weniger intensiv wahrgenommen hatte. Er war ängstlicher geworden, seit er kein Polizist mehr war. Eine Frage der Gewöhnung. Und er hatte eben – wie die beiden anderen Idioten in dieser Killermaschine – keinen Staat mehr hinter sich, der ihm bei fast jedem fahrlässig selbstverschuldeten Desaster den Rücken stärken würde. Wenn sie jetzt einen Desasterunfall bauten und eine Kleinfamilie zerlegten, würde sie dieses bescheuerte illegale Blaulicht nicht raushauen, sondern noch tiefer reinreiten.

Als er einen Blick zu seinem Bruder riskierte, konnte er's nicht fassen – dieser Durchgeknallte war ziemlich gelassen. Als würde er im nächsten Moment seine irre Konzentration mit einem Lächeln garnieren und ihm zuzwinkern und den verstummten Landmann auf der Rückbank mit einem lustigen Spruch aufmuntern. Es schien ihm Spaß zu machen. Weil er endlich mal wieder rauskam. Ihnen zeigen konnte, dass er immer noch was draufhatte und was der neue Schlitten draufhatte, wenn man bereit war, es aus ihm rauszuholen.

In diesem Moment war Fallner, er konnte es nicht verhindern, so stolz auf seinen Bruder Hansen wie lange nicht, und er fühlte sich sofort etwas besser. Dieser Irre verhielt sich wie ein Wahnsinniger, aber er schien es im Griff zu haben.

»Halt mal an, ich muss pissen«, sagte Fallner.

Hansen stieß einen Schrei aus und grinste, und Fallner sah, dass auch er in diesem Moment auf seinen kleinen Bruder stolz war – Mann, so leicht konnte ihnen niemand irgendwas, da mussten die schon viel früher aufstehen, wenn sie am Horizont noch einen Schimmer von ihren Rücklichtern sehen wollten.

Nur Landmann blieb schweigsam. Er hatte sich seinen Hut, auf den angeblich alle wirklich interessanten Frauen abfuhren, so tief ins Gesicht gezogen, als würde er schlafen. Aber er schlief nicht. Er wollte der Frau mit dem Kinderwagen nicht in die Augen sehen.

»Eine Minute«, schrie Hansen, »nur noch eine kleine Minute und du kannst sie alle anpissen!«

Und dann brüllten sie beide, um sich stärker zu machen, und dann trat Hansen voll auf die Bremse, um einen Streifenwagen nicht zu rammen, und riss das Steuer herum und konnte gerade noch ausweichen und vorbei- und durchkommen und gab dann sofort wieder mehr Stoff, ehe diese echten Bullen auf die Idee kamen, dass echte Bullen nicht in diesem Auto saßen, weil sie es mitbekommen hätten, wenn echte Bullen in diesem Auto unterwegs wären und offensichtlich ohne Rücksicht auf Verluste.

In der Regel bekamen es alle mit, die im Dienst waren, wenn die Stadt in Lebensgefahr war und schnelle Autos mit Vollgas durch Blechberge geschossen werden mussten.

Eine ewig lange Minute später hatte Hansen sein Blaulicht vom Dach geholt und rollte geräuschlos auf den Schulhof. Der Eindruck, den das schwarze Monster machte, wie es vorsichtig, aber unaufhaltsam und respektlos und das Gesetz missachtend die Teenagermasse zerteilte, war böse genug.

Sie starrten sie an wie ein Ufo, und sie ahnten, dass es auch eine Vorbereitung auf den Rest ihres Lebens war: Sie wollten wissen, wer in der teuren Batman-Schleuder saß, aber sie konnten nichts erkennen.

Es war die Aufmerksamkeit, die der Chef geplant hatte.

Sie waren hier, um das zu tun, was sie am besten konnten: den Eindruck erwecken, dass sie eine Menge Ärger mitgebracht hatten. Und in diesem Sonderfall mussten sie klarstellen, dass sie weder für Teenager noch für Mütter freundliche Gefühle hatten, im Gegenteil, sie sollten alle ihre Mütter ficken oder sich selbst.

Fallner der Chef steuerte das schwarze Schiff bis ins Zentrum des Geschehens. Sie blieben eine halbe Minute sitzen, um sich die Situation anzusehen. Es war nicht kompliziert.

Zwei uniformierte Polizisten (eine junge Frau und ein Mann, der schon an seine Pension dachte) standen bei Nadine, die den Auflauf verursacht hatte, Jaqueline, die zuerst davon informiert worden war, dem Jungen, den Nadine verprügelt hatte, seiner Mutter, die das nicht gut fand, und einer Frau, die sowas in ihrer Schule nicht dulden wollte. Der heikle Punkt an der Sache war, dass sich die Polizisten nicht gut dabei fühlten, vielleicht sogar Angst hatten, und das zu Recht. Denn die Masse von etwa hundert Teenagern, die dieses Zentrum belagerte und bedrängte, gab offensichtlich nicht viel auf das Gelaber von den Staatsknechten, und ihre Stimmung war deutlich zu erkennen, Partystimmung, und wie so viele Partys wurde auch diese erst richtig gut, wenn die Bullen antanzten – die diese Entwicklung nicht verhindert und vermutlich deshalb noch keine Verstärkung angefordert hatten, weil sie befürchteten, dass es genau deshalb dann richtig losgehen würde. Partys an der Isar oder auf irgendeiner Wiese kontrollieren oder beenden, das war meistens kein großes Problem, aber diese Schulgeschichten konnten Polizisten nicht ausstehen – schlechte Karten, schlechte Presse, massive Proteste von sozial engagiertem Lehrpersonal.

»Ich glaub's nicht«, sagte Landmann, »dieser Scheiß geht jetzt seit vierzig Minuten?«

»Schneller ging's wirklich nicht«, sagte der Chef, »und ich kenne übrigens den Beamten, war einer meiner besten Männer.«

»Das seh ich«, sagte Fallner.

Sie stiegen aus, ohne sich abzusprechen, und verteilten sich. Hansen Fallner ging mit ausgebreiteten Armen auf seinen alten Polizeifreund zu, um ihn zu umarmen, und Landmann ging mit ausgebreiteten Armen nicht auf die Schwächsten, sondern auf eine Gruppe kräftiger Jungs zu, die sich ganz nah bei der Polizei aufgebaut hatten, und forderte sie auf, von den Beamten zurückzutreten, und er blieb mit dieser Aufforderung nicht vor ihnen stehen, sondern schob sie vor sich her wie ein Bulldozer, ein Typ mit einem komischen Hut und schlechter Laune, dem man zweifellos nicht dumm kommen durfte, und Fallner ging zu Nadine, legte ihr einen Arm um die Schultern, sagte »keine Angst«, sah Jaqueline an, die ihre Hand hielt und vor Wut kochte und sich beherrschte, wahrscheinlich seit einer halben Stunde, sie würde gleich explodieren und dieser Mutter eine reinhauen, deren Sohn von Nadine verprügelt worden war. Sie hatte nicht die Anweisungen von Fallner befolgt, sondern dem Jungen was auf die Nase gegeben und ein blaues Auge verpasst, eine Lektion, über die er ernsthaft nachzudenken schien. Während seine Mutter und die Direktorin jetzt die Umarmung von diesem Mann aus der Limousine und dem Polizisten beobachteten, und Fallner außerdem beobachtete, dass die Polizistin glücklich war, dass einer wie

Landmann endlich da war und die am nächsten stehenden Teenager zurückdrängte; er ging im Kreis um die Hauptakteure herum und machte den Gaffern klar, dass er in jeden Arsch treten würde, der sich nicht sofort weiter nach hinten verpisste, und er stieß dabei genau solche Worte aus und herrschte ein Mädchen an, das zu ihm sagte, es sei ihr gutes Recht, genau hier zu stehen: »Vergiss dein Scheißrecht!«

Fallner erwartete den Zusatz, dass sie nicht die Scheißpolizei waren, die sich um so einen Blödsinn kümmern musste, aber er sagte es nicht.

»Mein ehemaliger Chef«, sagte der Polizist zur Direktorin.

»Wir waren zufällig in der Nähe bei einem Einsatz«, sagte Hansen Fallner, »ich bin der Onkel von dem Mädchen.«

Jemand hätte jetzt erwähnen sollen, dass sie keine Polizisten waren, wie es den Anschein hatte, aber niemand von denen, die es wussten, sagte was. Manchmal musste man fragen, um eine Erklärung zu bekommen.

»So geht das hier nicht«, sagte die Direktorin mit Blick auf Landmann.

»Nehmen Sie sie endlich mit, ich erstatte Anzeige!«, schrie die Mutter die Uniformierten an.

»Wie geht's dir, was ist abgelaufen?«, sagte Fallner leise.

Nadine sagte nichts.

»Wieso seid ihr nicht in einem Büro?«

»Sie weigert sich, von hier wegzugehen«, sagte Jaqueline.

»Das war eine gute Idee«, sagte Fallner.

»Ja«, sagte Jaqueline, »aber jetzt müssen wir verschwinden, sonst schlage ich dieser blöden Kuh auch noch eine rein.«

Fallner nickte. Er ging auf den Jungen zu und sagte zur Direktorin: »Ist das der Schüler, der unser Mädchen seit Monaten gemobbt und sie immer wieder angegriffen hat? Und Sie haben sich so –«

»Das ist doch eine unglau –«, sagte die Mutter.

Er musste aufdrehen: »Sie hat sich gegen diesen Drecksack verteidigt, das ist alles«, sagte er laut genug für alle, »und Sie werden von meinem Anwalt hören. Und ihr miesen Idioten (er drehte sich im Kreis) habt ihr nicht geholfen, ihr blödes Dreckspack! Man sollte euch alle in den Knast schicken!«

Von weiter hinten kamen Beschimpfungen zurück. Sie stiegen in die schwarze Limousine, die langsam zurückrollte und dabei ein paar Tritte bekam. Die Beamten schienen die Sache ordentlich beenden zu wollen, was immer das sein sollte. Die Mutter umarmte ihren lieben geprügelten Jungen, und die Direktorin fragte sich, was zur Hölle gerade abgelaufen war.

»Der gute Mann da vorne ist mein Kollege Landmann«, sagte Fallner zu Nadine.

»War mir ein Vergnügen«, sagte Landmann.

Nadine sagte nichts.

»Mach dir keine Sorgen, Schätzchen, dir wird nichts passieren«, sagte ihr Onkel Hansen.

Nadine sagte nichts.

»Schneller ging's leider nicht«, sagte Fallner, »um diese Zeit ist alles dicht.«

»Aber dein Onkel hat alles gegeben«, sagte Landmann, »er war wirklich bereit, dieses nette Auto für dich zu verschrotten. Ich schätze, wir werden uns ein Video davon ansehen können. Der Mann kann fahren wie der Teufel, hast du das gewusst?«

Nadine sagte nichts.

»Was kostet die Karre?«, sagte Jaqueline. »Zwei Millionen?«

Die Männer sagten nichts.

»Zwei Millionen blaue Augen«, sagte Jaqueline.

Nadine kicherte.

Besuch von oben

In der Toreinfahrt vor Fallners Mietshaus stand eine schwarze Limousine, die einen ähnlichen Die-Welt-gehört-mir-Schlachtruf verströmte wie Hansen Fallners Wagen, aber doch eine kleine Nummer kleiner war. Die Macht des Mannes, der hinten ausstieg, als sie daneben hielten, war jedoch ein paar Nummern größer. Er konnte alle Spielchen und Blitzkriege, die sie in Arbeit hatten, mit einigen Telefonaten beenden, wenn er halbwegs gute Gründe hatte. Und *beenden* wäre nur die harmlose Variante.

Er war der Chef von Jaqueline, der so hoch oben in der Polizeihierarchie stand, dass sie als Kriminalhauptkommissarin kaum was mit ihm zu tun hatte, obwohl es vorkam, dass er unangemeldet in ihr Büro ging, um etwas zu besprechen oder anzuweisen, das den Raum nicht verlassen durfte. Und er war der ehemalige Chef des ehemaligen Kriminalhauptkommissars Fallner. Er hatte ihn gut beschützt, als er massive Probleme gehabt hatte; ein schwächerer Vorgesetzter hätte ihn damals fallen gelassen, aus Angst, mit dem bizarren und extremen Problemfall Fallner in einen Abgrund gerissen zu werden.

Er war gefährlich, und wie alle souveränen gefährlichen Mächtigen ließ er sich nicht von guter oder schlechter Laune lenken. Und trat bescheiden auf. Außer wenn es die Situation erforderte, als psychopathischer Diktator in einem hysterischen Anfall aufzutreten. Fallner hatte sich sogar einmal mit ihm in der Kneipe Bertls Eck im Haus gegenüber getroffen, und alle dort hatten den Eindruck gehabt, er sei sein bester Freund und ein neuer Stammgast, der sein ganzes Leben mit einem Bein in der Unterschicht gesteckt hatte.

Die anderen Ex-Polizisten im Auto waren nie so nah an dem Mann dran gewesen, der jetzt darauf wartete, dass sie endlich aus ihrer Karre rauskamen, aber sie wussten, wer er war.

Und Landmann sagte: »Das sieht nicht gut aus.«

»Er will nur wissen, warum ich heute so früh aus dem Büro verschwunden bin«, sagte Jaqueline.

»Und er will wissen, warum ich mit Blaulicht gefahren bin«, sagte Fallner der Chef.

»Und er will wissen, warum ich noch nicht wegen der U-Bahn-Geschichte auf die Dienststelle gekommen bin«, sagte Fallner.

»Und er will auch wissen, warum ich den netten Jungen umgehauen habe«, sagte Nadine.

»Diese Oberchefs haben viel zu tun, davon haben die meisten Leute keine Ahnung«, sagte Landmann, »der Mann hat 'ne Achtzig-Stunden-Woche und er arbeitet in diesem Auto auf dem Weg nach Hause. Aber die Frage ist die: Wen von uns liefern wir zuerst ans Messer?«

»Was hast du angestellt?«, fragte ihn Nadine.

»Ich hab mehr davon vergessen, als du dir vorstellen kannst«, sagte er.

»Aber ist das ermittlungsrelevant oder schon verjährt?«, sagte sie.

»Ich erzähl's dir später«, sagte Landmann, »aber ich bin dafür, dass wir dich zuerst in den Verhörraum ausliefern. Nimm's nicht persönlich.«

Sie stiegen aus und stellten sich in einer lockeren Reihe vor den großen Mann, der sie freundlich ansah. Er nickte und behauptete, er würde sie alle grüßen, und Nadine hielt er die Hand hin. Ignorierte die Tatsache, dass ihn die Erwachsenen vorsichtig ansahen.

»Es war unnötig, dass dieser Herr wie ein Wahnsinniger durch die Stadt gerast ist, weil Sie die Sache ja schon erledigt hatten«, sagte er zu Nadine, »und soweit ich gehört habe, wird es auch keine weiteren Probleme deswegen geben.«

»Wieso wissen Sie, was passiert ist?«, sagte sie.

»Na ja, das ist mein Job. Ich weiß auch, dass er eine Geldstrafe und etwas Führerscheinentzug bekommen wird, und dass er sich darüber freuen kann, weil er eigentlich viel mehr bekommen müsste. (Er sah die Straße runter – Feierabendstimmung, war es nicht eine angenehme Stadt?) Aber Sie haben schon recht, normalerweise erfahre ich sowas wie das in Ihrer Schule natürlich nicht, da muss in der Regel schon mehr passieren. Das hat mit Ihren Freunden hier zu tun. Die legen es darauf an, dass immer mehr passiert. Ich dachte, ich muss jetzt mal nachsehen, ob ich vielleicht irgendwie helfen kann, bevor wirklich was passiert.«

»Das ist nett von Ihnen«, sagte Fallner.

Er wollte schneller sein als die anderen und sich als sein Gesprächspartner einschalten. Ehe noch mehr passierte. Denn der Oberchef redete so sanftmütig wie der alte Pate in Mafiafilmen, und diese Rolle gefiel ihm gerade. Obwohl er jünger als Landmann und kaum älter als Fallner war. Er redete freundlich mit dem Mädchen und redete eigentlich mit den anderen, die er eigentlich ignorierte.

Als alter Pate hätte er jetzt gesagt: »Ich möchte mich nur noch um meinen Garten kümmern. Hat die Familie dafür Verständnis, gönnt sie mir auch nur einen Tag Frieden?« Aber er sagte es nicht. Er sah fast versonnen die Straße runter.

»Die Geschichte ist nicht unkompliziert, Fallner«, sagte er. »Diese drei Jungs aus der U-Bahn wurden schon länger gesucht. Pluspunkt. Die Frau hat gedealt. Minuspunkt. Und wir können sie nicht mal abschieben, was wir als Pluspunkt für uns hätten verkaufen können.«

Nadine fragte ihn, wieso das ein Pluspunkt sei, und er sagte, weil es viele Leute gut fänden, wenn schwarze Dealer abgeschoben würden. Diese Frau war jedoch eine Deutsche, sie konnten sie nur einbuchten, aber nicht abschieben. Und sie war eine so kleine Dealerin, dass es völlig egal war, ob sie eingebuchtet wurde.

Fallner verstand nur Bahnhof, und dass sie dringend einen Pluspunkt brauchten. Sie würden versuchen, ihn wegen seiner Waffe in irgendwas reinzuziehen. Ohne etwas gegen ihn in der Hand zu haben. Er hatte die Waffe legal getragen. Und konnte anhand der Bilder beweisen, dass es sich um eine Notsituation gehandelt hatte.

»Ich gehe davon aus, dass Sie Ihre Waffe legal tragen«, sagte der mächtige Mann, »aber Sie sollten davon ausgehen, dass Sie eventuell schlechte Karten haben. Es wird schwer zu beweisen sein, dass diese vier Jungs die Dealerfrau nicht nur zur Rede stellen wollten. Auf den Bildern sieht man nur vier Jungs, die hinter einer Frau her sind und dann um sie herumstehen. Ehe sie von einem bereits auffällig gewordenen, bewaffneten Ex-Polizisten angegriffen und zum Teil erheblich verletzt wurden. Ohne dass einer von ihnen die Frau berührt hat. Eine Tonspur, die die Situation anders darstellt, gibt es nicht.«

»Klingt, als hätten Sie eine gute Idee für mich«, sagte Fallner.

»Meine Medienleute haben tatsächlich eine Idee, die ich nicht uninteressant finde.«

Deswegen war er hergekommen? Um ihm die Ideen von Medienpolizisten in Anwesenheit anderer mitzuteilen?

»Es geht etwa in –«

Auf der anderen Straßenseite wurde das Eingangsgitter von Bertls Eck mit quietschendem Krach aufgerissen, und der alte Wirt selbst trat auf die Straße. Es war 18:03 Uhr. Er wirkte munter trotz seiner dauerhaften Krankheiten, die ihn nur noch selten in seine Kneipe rausließen. Er brüllte Fallners Kneipennamen *Dirty Harry!* durch die Straße und musterte die Szene.

Außer Landmann hatte er alle schon mal gesehen und bedient und wusste, dass diese extrem hohe Dichte an Bullen und Ex-Polizisten kein gutes Zeichen war, und dieser Unbekannte mit seinem komischen Hut hatte doch sicher auch nichts Vernünftiges gelernt.

Bertls kommunistische Vergangenheit war verblasst, er hatte jedoch nie die Seiten gewechselt. An einem guten Abend kamen in seiner Kneipe viele Knastjahre zusammen; darunter sehr alte Männer, bei denen man es sich nicht vorstellen konnte. An den besonders seltenen besonders guten Abenden, es war vielleicht einer pro Jahr, las ihnen Bertl die Leviten. Er schlug mit einem Knüppel auf den Tresen und wartete, bis alle verstummt waren und bis auch ein Betrunkener in irgendeiner Ecke, der nichts mitbekam, zur Raison gebracht wurde, und verkündete dann was – Proletarier! Haltet Frieden miteinander! Es gibt nur einen Feind: die Reaktion, den Kapitalismus, die Ausbeutung und Bevorrechtung! Gegen diesen Feind müssen alle Kämpfer für Freiheit und Sozialismus geschlossen zusammenstehen. An die Arbeit! Jeder auf seinen Posten! Es lebe das freie baierische Volk! Es lebe die Räterepublik! – und da habe nie jemand zu lachen oder sonst wie zu stören gewagt, erzählte der alte Punk Armin (der im Gegensatz zu Fallner viele dieser Vorträge mitbekommen hatte), und erst wenn Bertl mit *Lokalrunde!* das Ende markierte, wurde geschrien und geklatscht. Ob diese Lektionen jemals etwas gebracht hatten, wurde niemals überprüft. Man war hier nicht die Polizei, die für Überprüfungen zuständig war.

»Was steht's ihr denn hier so blöd rum?«, sagte der Wirt, »ihr schaut's aus, als wollt's ihr unsere Straße für Spekulanten absichern. Schämen Sie sich, Herr Polizeichef, Sie sollten uns beschützen vor diesen Verbrechern, die unsere Stadt kaputt machen.«

»Ich bin kein Spekulant«, sagte Landmann.

Der Wirt nickte und sagte: »Komm rein, Nadine, das ist kein guter Umgang für dich. Und nimm die Frau Hosnicz mit, die schaut ja aus, als braucht's einen Schnaps.«

Jaqueline hielt ihre Hand sicher-ist-sicher-fest, und Bertl ging grinsend wieder rein.

»Zurück zum Thema«, sagte der Mann, der noch nicht Polizeichef war. »Meine Medienleute denken ungefähr in diese Richtung: U-Bahn-Hooligans endlich gefasst! Ex-Polizist riskiert sein Leben, um schwarze Frau zu beschützen.«

»Bisschen zu lang, aber toll«, sagte Jaqueline.

»Du wirst ein Star«, sagte Nadine.

»Für fuffzehn Minuten mindestens«, sagte Landmann.

Fallner sagte nichts. Bevor er das dicke Ende nicht gesehen hatte, würde er nichts sagen, und er war sich sicher, dass er am dicken Ende eine fette Rechnung bekam. Diese Sache verbreitete einen schlimmeren Gestank als alle verrotteten Spekulanten, die sich jemals für diese Straße interessiert hatten.

»Aber von Fotos und Interviews würde ich dir abraten«, sagte sein Bruder.

Damit würden sie ihn beschützen, sagte der mächtige Capo der Polizeifamilie. Weil die Presse massiv hinter ihm her wäre, genauer gesagt: hinter dem Mann, der in der U-Bahn diese vier Hools endlich zur Strecke gebracht hat. In absehbarer Zeit würden sie den Namen dazu bekommen. Die U-Bahn-Bilder waren zu schlecht, aber es gab immer Beamte, die gefragte Namen verkauften. Und hinter seinem Namen tauchten dann schnell ein paar Geschichten mehr auf. Die eine gute Story ergaben und ihm und ihnen möglicherweise Probleme bereiteten. Deshalb war die Ansicht nicht von der Hand zu weisen, dass es besser war, wenn sie dem mit dieser schönen Geschichte zuvorkamen. Und dabei einen wichtigen Pluspunkt machten.

Er sah die Straße runter, und die Rollos von seinem Zeitfenster fuhren langsam runter.

Fallner sagte nichts. Er wartete auf das Kleingedruckte am dicken Ende.

Es sah so aus: »Und da wir Sie nicht rausgeworfen haben, könnten Sie in Ihren alten Job zurückkommen. Denken Sie drüber nach, ich muss es nicht bis morgen wissen.«

Der Capo wünschte allen einen schönen Abend, sagte Jaqueline Hosnicz voraus, dass sie sich sehen würden, gab dem Mädchen die Hand und die Anweisung, sie solle so weitermachen, und stieg ein.

Sein Fahrer fuhr geräuschlos davon, und am Ende der Straße fuhr sein zweiter Wagen los, jedoch in die andere Richtung.

»Zur Feier des Tages lade ich alle zum Essen ein«, sagte das Oberhaupt einer anderen Familie.

Am Wochenende hatte man in Bertls Eck fünf Möglichkeiten, etwas zu essen. An einem Wochentag wie diesem nur vier, und das waren Wiener Würstchen mit einer Scheibe Brot oder ohne Brot, mit oder ohne Senf oder Ketchup, oder Brot ohne Zusätze. Alle bestellten das Menü, und Jaqueline bei einem Pizzaservice ein paar Ergänzungen. Zur Feier des Tages, an dem keiner wusste, was es zu feiern gab.

Der Mann mit dem lustigen Hut begleitete das Mädchen nach hinten, um sich die Jukebox vorführen zu lassen. Bald sangen zuerst die Beatles, dann Frank Sinatra. Das Scheppern aus der Küche war dennoch gut zu hören. Die Beatles klangen wie eine Truppe der Heilsarmee, die einen durchgezogen hatte, und Sinatra, als würde er in einem Keller in Las Vegas gefangen gehalten.

Alle Aktivitäten konnten nicht darüber hinwegtäuschen, dass die Kneipe um diese Uhrzeit bei so kleiner Besatzung ein schwermütiger Ort war. Eine letzte Tankstelle vor dem Friedhof, eher dunkel als erhellt, und nicht romantisch dunkel, sondern als wären ein paar Lampen kaputt und kein Geld da für neue Lichter, und eher nach einer Leichenhalle riechend als nach einer Trinkhalle. Kein Ort für Leute, die in schicker Gesellschaft Drinks genießen wollten, für deren Zubereitung Barkeeper auf drei Kontinenten studiert haben mussten.

Wer sich nicht abschrecken ließ und Geduld hatte, bekam an gewissen Abenden, wenn die Geisterstunde langsam anrückte und sie am Gitter rüttelten, ein Glas Bier, das aussah wie Gold und auch so viel wert war.

Fallner und Landmann waren bereit für Geister und Gold. Der Rest der Familie war abgerückt, sie wollten oder mussten früher ins Bett. Waren dem schwermütigen Blues nicht gewachsen, der alle ergriffen und schweigsam gemacht hatte – gute Bedingungen, um vor sich hin zu brüten und die Probleme des Tages im Kopf zu vergrößern. Falls es was zu feiern gegeben hatte, war es davon weggespült worden.

Fallner hatte seinem Bruder beim Abschied versichert, er werde den Teufel tun und über dieses absurde Angebot, in den Polizeidienst zurückzukehren, auch nur eine halbe Sekunde nachdenken.

Er dachte anders darüber nach, er fragte sich, worum's dabei eigentlich ging. Das alles kam ihm sehr komisch vor, erklärte er Landmann (mit langen Pausen zwischen den Sätzen). Allein schon die Tatsache, dass sein ehemaliger Chef aus seiner Etage herabgestiegen und bis in seine Straße gekommen war. Mit diesem Müll, er solle *irgendwas mit Medien* machen, und einem absurden Jobangebot, das ihm verdächtig vorkam.

»Du kannst jemanden auch in einen Job reinholen, damit er einen anderen nicht erledigen kann.«

»Fährt der Typ immer mit zwei Autos?«, sagte Landmann.

Tat er nicht. Der Punkt, an dem man anfangen konnte, sich Fragen zu stellen. Und die Hand mit zwei ausgestreckten Fingern heben, um besser nachdenken zu können. Landmann war der Meinung, dass man an diesem Außenposten, an dem sich außer ihnen nur noch drei alte Männer aufhielten, von denen keine Gefahr ausging, weil sie *deaf, dumb, crippled and blind* waren, sehr gut schweigen und nachdenken konnte.

Er fing zu rauchen an, ohne vom Wirt daran gehindert zu werden, und drehte sein Glas, das golden leuchtete. Kam dann mit der Idee rüber, nochmal über die Ziege und den Wolf zu reden.

»Wir operieren offen«, sagte er, »und wenn sie uns beobachten, tun wir so, als würden wir es nicht bemerken. Natürlich nur, falls sie dazu in der Lage sind, weißt du, was ich meine? Wir kapieren nichts und sie kapieren nichts. Aber wir haben es kapiert, und tun so, als hätten wir es nicht kapiert. Der Wolf geht auf die Ziege los, aber er weiß, was los ist. Das ist der Dreh, verstehst du? Klingt vielleicht –«

»Jetzt pass mal auf, ich –«

»– etwas kompliziert, aber das ist es nicht, wenn du's mal kapiert hast. Du darfst natürlich nicht auf einen der Typen losgehen, wenn du auf ihn triffst. Auch nicht, wenn der Typ eine Frau ist.

Dann würde er kapieren, was Sache ist. Wenn wir Pech haben. Also dass wir nur so getan haben, als würden wir sie nicht bemerken.«

Moment mal, war das nicht ein Punkt, den sie schon besprochen hatten?

Sie wussten es nicht mehr.

Heimat ist da, wo man sich aufhängt

Es war die alte Geschichte, sie flogen (sinnlos Unsummen verballernd) zum Mond rauf und weiter bis weiß Gott wohin (wofür sich heute nur noch Multimillionäre mit einem Sprung in der Schüssel interessierten, die wenigstens ein einziges Mal mit ihrem Ich-habe-mir-ein-Ticket-zum-Mond-gekauft! auf die Frontseite einer Massenzeitung kommen wollten), aber sie (wer auch immer diese Leuchten waren) konnten nicht erforschen und erklären, warum die einen Menschen das Fahren mit dem Zug faszinierend und die anderen ekelhaft langweilig fanden.

Nicht, dass es eine Bedeutung gehabt hätte.

Nadine jedenfalls starrte fasziniert aus dem Fenster, ein Mädchen, das das Alpenvorland im Zugfenster interessanter fand als die Bilderwelten, die im Smartphone steckten. Fallner fand es bemerkenswert. Er war gerührt – sie war ihm zugeflogen wie ein Vogel, der sich irrtümlich durchs Fenster verflogen hatte, und jetzt konnte er sich nicht mehr vorstellen, dass sie eines Tages wieder rausfliegen würde.

Es war Zeit, endlich ein Versprechen einzulösen, und zugleich die Kleine aus ihrer Situation zu holen. Sie hatte in ihrem Leben schon mehr gelernt, als ihr die Schule beibringen würde, falls man das Fach Überleben dazuzählte. Sie hatte sich gegen ihren Feind und die Menge gestellt, ohne um Hilfe zu bitten. Eine Pause war wichtiger als die Pflicht.

Fallner meldete sich in der Firma bei Theresa Becker telefonisch ab und stimmte ihr zu, dass sein Chefbruder einen Anfall bekommen würde, weil er natürlich sofort dachte, Fallner hätte über Nacht angefangen, über sein Comeback als Polizist nachzudenken. Er schrieb ihm nach dem Telefonat eine Textnachricht, dass er seine Meinung nicht geändert hatte.

Die Antwort war kurz: fy.

Das Mädchen hielt ihn an der Hand, als sie runter zum Bahnhof gingen.

»Muss ich dortbleiben?«, sagte sie.

Fallner blieb stehen: »Wie bitte? Wie kommst du auf die Idee, dass du dortbleiben musst? Du wolltest mal sehen, wo ich herkomme. Und meinen Vater. Ich hab's versprochen, und das machen wir jetzt, zwei Schultage frei und ein Wochenende, es ist Urlaub, keine Abschiebung. Selbst wenn du bleiben möchtest, würde ich's nicht erlauben.«

»Aber wenn's mir dort besser gefällt?«

»Dann gehen wir sofort zum Arzt.«

»Was soll er denn machen?«

»Dir einen anderen Kopf aufsetzen.«

»Kann man das operieren?«

»Ich habe keinen Überblick mehr über die neuesten medizinischen Fortschritte, aber ich würde es nicht ausschließen.«

An einer Bushaltestelle in Bahnhofsnähe entdeckte er Bruno. Er erklärte ihr, dass es dieser Bruno war, von dem er erzählt hatte. Er trug sein Akkordeon auf dem Rücken und durchsuchte einen Abfallkorb nach Flaschen, für die er eine noch leere Plastiktasche dabei hatte. Wie die meisten Künstler war er auch Sammler. Und die Arbeit ging nie aus.

Sein Vater saß vor dem Fernseher, als sie am frühen Abend das Wohnzimmer betraten. Der Sohn hatte ihn nicht über den Besuch informiert, und er beachtete die beiden nicht, die er auch mit Anmeldung nicht beachtet hätte. Fallner nuschelte einen Gruß und bekam keine Antwort. Alles wie immer. Der Alte war eben dement. Angeblich. Fallner traute dieser Diagnose jedoch nicht, denn er schien manchmal plötzlich doch wieder einige Tassen im Schrank zu haben, als könne er es an- und abschalten; das war unvorhersehbar. Für Fallner ein Zeichen dieser Bösartigkeit, mit der er und sein Bruder aufgewachsen waren. Die Mutter war seit fast vierzig Jahren tot, und seitdem hatte der Sack vor dem Fernseher niemanden mehr gehabt, den er verprügeln und fertigmachen konnte. Auf die Idee, sich endlich selbst fertigzumachen, wollte er nicht kommen.

Nadine war gewarnt worden, kein freundliches Wort von ihm zu erwarten. Sie ließ sich nicht abschrecken, mit bösartigen Menschen kannte sie sich aus. Dass Fallner und sie mit ihren Elternresten in einer Art Kriegszustand waren, war für sie ein Zeichen ihrer besonderen Verbundenheit.

Sie stellte sich vor den alten Mann, packte seine Hand und sagte ihm, wer sie war. Ehe er sie beiseiteschieben wollte, weil sie die Sicht auf den Bildschirm versperrte. Er war zu schwach.

»Das macht mir nichts aus«, sagte sie zu ihm, »das kenne ich schon von meiner Mutter und ihren Freunden und dem Opa. Die Oma hat das nicht gemacht, die andere Oma kenn ich nicht. Und jetzt wohne ich bei deinem Sohn, er sagt, er ist mein Ersatzvater. Du kannst mein Ersatzopa sein, aber das musst du nicht. Ich komm schon klar, wir sind nur zu Besuch.« Hatte sie von Fallner gelernt, dass es manchmal gut war, Leute, die einen ignorierten, vollzuquatschen. »Lass dich nicht stören, wir gehen jetzt erstmal Flaschen sammeln und dann saufen wir uns wieder einen an.«

Damit gab sie ihm freie Sicht auf den Bildschirm und das Magazin, das Prominente in scheinbar alltäglichen Menschen-wie-du-und-ich-Situationen zeigte. Im Moment deutete ein grellblonder Mann um die vierzig mit gelben Streifen auf einem roten Hemd, der nach Schlagersänger aussah, auf die Straße und sagte: »Das macht doch keinen Sinn, dass das 'ne Einbahnstraße ist, das kann mir wirklich keiner erzählen, die verarschen uns doch mal wieder, die machen doch, was sie wollen.« Schlagersänger oder Philosoph möglicherweise, die Unterschiede wurden mit jedem Tag undeutlicher.

Wie immer fühlte sich der Sohn nicht gut in der alten Heimat und dem Heimathaus. Zu viele schlechte Geschichten hingen herum, und Gespenster flüsterten, dass er dieses Zimmer niemals verlassen hatte, der Rest seines Lebens war nur eine Fata Morgana, die sich genau jetzt wieder verflüchtigen würde.

Nadine sah es anders. Sie grinste, als sie sein altes Zimmer sah, in dem sich nicht viel verändert hatte. Ein tristes und lächerliches Museum der Siebzigerjahre, die in der tiefsten Provinz damals immer noch an die Fünfziger gekettet waren, als hätte man beim Klopfen an der Tür immer noch einen Kriegsheimkehrer erwartet, der beim Fußmarsch aus Stalingrad aufgehalten worden war.

Im Gegensatz zu seinem Bruder hatte Fallner nie einen lockeren Umgang damit hinbekommen, was laut Jaqueline daran lag, dass er keine eigene Familie gegründet hatte, die diese Erinnerungen kleiner werden ließ und irgendwann überlagerte.

»Meinst du, es ist ein Unterschied, ob man seinen Vater tötet oder jemanden, den man nicht kennt? Oder jemanden, der viele richtig schlimme Sachen angestellt hat?«

Wie ein Überfall kamen ihre Fragen, als hätte sie diesen mysteriösen Brief gelesen, den er vor inzwischen zwei Wochen zum angegebenen Datum mit den geforderten Worten in einem Online-Marktplatz beantwortet hatte, um sein Interesse zu signalisieren und genauere Informationen zu bekommen, die bisher nicht bei ihm eingetroffen waren, als hätte dieser Brief irgendwas mit diesem für ihn nach all den Jahren mysteriösen Ort zu tun, und er konnte sich nicht mal sicher sein, dass er nichts damit zu tun hatte, obwohl das extrem unwahrscheinlich war. Er hatte das anstrengende Gefühl, er würde sich die ganze Zeit nur noch im extrem Unwahrscheinlichen bewegen und sich fragen, ob er selbst oder die anderen einen psychischen Defekt hatten – und falls es Echsenwesen im Untergeschoss der Erde gibt, ob sie gut oder böse sind – unter diesem Haus lag ihre Brutstätte, daran konnte es keinen Zweifel geben – und kann man sie essen oder fällt man tot um, wenn man in ihre Augen blickt?

Sie schlief gut, weil er bei ihr blieb. Er schlief schlecht, weil er bei ihr bleiben musste und sowieso schlecht geschlafen hätte.

Sie hatte sich geweigert, allein in seinem Kinderzimmer zu schlafen, obwohl er nebenan im alten Zimmer seines Bruders schlafen würde. Also hatte er sich einen Sessel geholt und seine Beine ans Ende ihrer Beine aufs Bett gelegt. Um kurz vor Mitternacht war sie putzmunter und er todmüde.

Sie hatte sich in seinen alten Plattenspieler verliebt, eine orange Plastikkiste, die nicht aufgeben wollte. Sie konnte nicht glauben, dass er die Singles seiner Jugend hier zurückgelassen und dass sein Bruder seine Singles nie von ihm zurückgefordert hatte. Von anderen wusste er nicht, wie sie zu ihm gekommen waren. *Michelle* von den Beatles mit *Girl* auf der Rückseite hatte niemand von ihnen gekauft, und ihre Mutter, zu deren Alter es gepasst hätte, hatte sich für sowas nicht interessiert – soweit er sich erinnern konnte. Seine Erinnerungen an sie verschwammen immer mehr.

Nadine war von beiden Songs hingerissen und verfolgte die Platte wie ein Spektakel. Allein damit hatten sie eine Stunde verbracht, ehe er anfing zu protestieren. Diesen alten Mist hörte sie doch zu Hause auch nie! Er bestand auf Abwechslung.

I'll keep on loving you von Princess gefiel ihr weniger, und warum war auf der Rückseite das Stück schon wieder, aber ohne Gesang, das war doch doof. Jetzt waren sie in der richtigen Zeit, er war siebzehn. Weil er noch eine von Princess hatte, *After the Love has gone* und wieder mit einer Senza-Voce-Version auf der Rückseite, verdächtigte sie ihn, nicht die Musik, sondern nur das sexy Aussehen von Princess habe ihn interessiert. Sowas würde sie niemals anziehen, sie bekam schon die Krätze vom Ansehen – in ihrem hautengen lila Ganzkörperdress und den abstehenden Haaren sah Princess aus wie eine Außerirdische.

»Möchtest du schwarze Haut haben?«

»Heute nicht mehr, aber es gab eine Zeit, da habe ich mir's gewünscht. Weil ich so viele schwarze Musiker am meisten mochte. Sie waren so cool wie sonst niemand.«

Sie blätterte durch den Stapel und entschied sich für Hendrix' *Hey Joe* mit *All along the Watchtower* auf der b-Seite und fand es seltsam, dass sein Bruder die viel besseren Singles gehabt hatte und sich heute nicht mehr für Musik interessierte. Das war Ansichtssache, und ein Indiz dafür, dass sein Bruder eben nicht die besseren gehabt hatte. Außerdem war Hendrix von der schönen Nachbarstochter gekommen, die sie morgen besuchen würden, Onkel Hansen hatte ihr die Single geklaut. Er war ein talentierter Klaumeister, ehe er auf die Schnapsidee mit der Polizei kam.

»Wo gehst'n hin mit der Kanone in der Hand?«, sang Hendrix.

Das war eine gute Frage.

Und noch eine: »Hast du sie manchmal rückwärts gespielt, um geheime Botschaften zu entdecken?«

»Wo hast du diesen Blödsinn her? Ich habe nur ein einziges Mal was entdeckt, da hat jemand gesagt, Nadine, du sollst jetzt mal schlafen, weil morgen auch noch ein Tag ist.«

»Ich glaube, das stimmt. Das ist kein Blödsinn, ich glaube, das gibt's.«

Er war es, der langsam ins Traumland hinübertorkelte und nicht ankommen wollte. Und dann glaubte er, wieder *Michelle* zu hören. Und dann fragte ihn wieder jemand, was er denn vorhatte mit der Pistole in der Hand. Und er antwortete, ohne seine Antwort verstehen zu können.

Am nächsten Morgen gingen sie beide gleichzeitig an die Decke, als eine Kreissäge das Zimmer zu zersägen anfing. Es war zehn nach acht, und das grausame Kreischen kam durch das geöffnete Dachfenster. Für eine Frau, die sich vor allem mit Alkohol ernährte, fing die schöne Nachbarstochter früh zu arbeiten an.

Das waren die Regeln der alten Schule: Egal, was in der Nacht passiert ist, du erscheinst pünktlich zur nächsten Schicht, egal, ob mit einer Flasche im Hosensack oder einem Schlüpfer auf dem Kopf. Man hatte diese Regeln auf ein Brett geschrieben und es ihnen dann an den Kopf genagelt.

Die Siedlung am äußersten Stadtrand war unberechenbar. Es gab nicht nur Leute, die immer noch mit Holz heizten – und nicht *schon wieder*, weil es so ein hübscher Anblick war und viel ehrlicher als das Holzfeuer am Bildschirm –, sondern ihr Brennholz auch selbst zersägten. Oder Bretter, um einen Schuppen an den nächsten zu bauen. Der wie die anderen Schuppen aussah, wie eine Notunterkunft für Deserteure aus einem vergessenen Krieg. Im Winter saßen sie dick angezogen vor einem kleinen Ofen, der nur kleine Holzscheite fressen konnte und deshalb ständig gefüttert werden musste. Der Rauch wanderte durch verrostete Rohre nach draußen, neue Rohre waren zu teuer, alte lagen überall herum, wenn nicht in diesem Schuppen, dann im nächsten oder in dem, der an den Schuppen vom Nachbarn anschloss, in den man rüberkam, wenn man sich durch diesen Spalt zwängte …

Kam jemand von einer Behörde vorbei, konnte er natürlich keinen Soldaten und keinen brennenden Ofen entdecken. Und falls er auf der Suche nach einer Genehmigung war, konnte er sie in seinem eigenen Hinterausgang finden.

In der Küche nahm sich jeder eine Tasse Kaffee und dann machten sie sich auf den Weg. Der Vater saß auf der Veranda an der Hinterseite des Hauses, die nur mit einer verdreckten Plastikplane überdacht war. Er sah dieses Mädchen an, das ihn fragte, wie's ihm ginge und ob sie vielleicht mal für ihn einkaufen sollten oder sonst was, und gab einen unverständlichen Laut von sich, der eher nach *abhaun* als nach *bitte* klang. Erst als Fallner sich eine Zigarette anzündete, zeigte er mehr Reaktion und bewegte die Arme so heftig wie er konnte, denn man wollte ihn wie üblich umbringen.

Alle brauchten etwas, das sie sehr wütend machte, und Zigaretten und Mädchen, die die Klappe nicht hielten, waren beliebte Feinde, auch für alte Männer, die nur noch Matsch in der Birne hatten.

Sie tauchten im angebauten Schuppen unter. Gingen vorsichtig durch ein staubiges Halbdunkel mit Gerümpel, an dem man sich leicht anschlagen konnte. Am Ende der Hauswand der nächste Verschlag, der von Sonnenstrahlen durchlöchert wurde, die etwas Licht auf Elektroteile und Autoreifen warfen. Dann nicht in die nächste undichte Bude nach links, wo es nach Benzin und Motoröl roch, sondern nach rechts, wo es immer noch nach Hühnerkacke stank und sie der immer wieder aufkreischenden Kreissäge näherkamen. Fallner glaubte, dass es sich für Nadine so anfühlen musste, wie es sich für die sechs Kinder damals angefühlt hatte, es war ein unübersichtliches Gelände, in dem man untertauchen konnte, wenn man untertauchen musste. Kein Lichtschalter nirgendwo und überall ein Versteck.

Hinter der nächsten Bretterwand, die mit einem Vorschlaghammer schnell flachgelegt wäre, fing die Schuppenkette an, die zum Nachbarhaus gehörte und die sich ebenfalls um das halbe Haus herumzog. Es gab eine Art Tür, die die Grenze markierte, und weil sie klemmte, trat Fallner dagegen. Sie fiel in einer dicken Staubwolke auf die andere Seite.

»Die war schon immer im Weg«, sagte er.

Und schon immer hatte es ihm im Nachbarland besser gefallen als im eigenen. Der Schuppen war eine Nummer besser und größer und sah viel freundlicher aus, ein Holzschuppen mit ordentlich aufgebeigtem Holz. Alles hier sah gut aus – die Frau, die am geöffneten Tor zum Hof an der Kreissäge arbeitete, trug massive Arbeitsschuhe und -handschuhe, eine Militärhose und weiter oben nicht mehr als ein Bikinioberteil und Ohrenschützer.

Nadine schlug ihm auf den Arm und grinste. Weil sie erkannte, warum diese ein paar Jahre ältere Johanna seine erste Liebe gewesen war, die ihn mit sechzehn aufgerissen hatte. Die ihm außerdem die Liebe zur Musik gezeigt hatte und wie man eine Pistole hielt, entsicherte und so abfeuerte, dass man das traf, was man treffen wollte.

Aber er hatte der Kleinen nicht alles erzählt. Und er war sich sicher, dass es ein paar Sachen gab, die nur diese Frau und er wussten. Selbst wenn er einkalkulierte, dass sie mehr quatschte als er, wenn sie betrunken war.

Sie schaltete jetzt die Säge aus, hatte sie bemerkt, obwohl sie nichts hören konnte, zog die Ohrenschützer vom Kopf und griff sich die noch fast volle Bierflasche aus dem Regal. Wischte sich mit der anderen Hand über den kleinen Bauch. Sie sah immer noch gut aus, weil sie nicht nur viel trank, sondern auch viel arbeitete und in Bewegung war.

»Ich hab schon gedacht, ihr wollt's mich gar nicht besuchen«, sagte sie. Verhielt sich abwartend, aber Fallner umarmte sie sofort.

»Bei dem Kerl weiß man nie, wie er drauf ist, wenn er mal wieder in der alten Heimat aufkreuzt«, sagte sie zu Nadine und drückte ihr die Hand.

»Wie geht's dir, Johanna«, sagte Fallner.

»Alles top«, sagte sie. »Hab euch schon gehört gestern Nacht, *Hey Joe* und *Michelle* bis zum Abwinken – die alten Zeiten, leck mich am Arsch, aber es war nicht schlecht. Ansonsten alles wie immer, man kommt ins Schwitzen beim Arbeiten.«

Ein verlegenes Schweigen kam angekrochen, gegen das ein paar neue Floskeln nicht viel ausrichteten. Sie deutete auf den Berg Holz in ihrem Hof und ließ die Säge wieder anlaufen.

Es war Abfallholz, hauptsächlich dicke verbogene Äste mit vielen Ästen und mehr oder weniger verrottete Bretter. Abfallholz war erheblich billiger und schwieriger zu sägen als sauber vorgeschnittene Meterstücke. Sie holte sich ein Teil aus dem Berg und ging damit zur Kreissäge, und nach einer Minute übernahm es Nadine, irgendwas aus dem Holzberg zu zerren und ihr zu übergeben, und Fallner fing an, das geschnittene Holz, das im Schuppen schon einen neuen Hügel bildete, an einer Bretterwand aufzustapeln. Sie bekamen Arbeitshandschuhe und Nadine zusätzlich Ohrenschützer, und als sie bald ebenfalls ihr Hemd auszog, gab ihr Johanna eine dreckige alte blaue Arbeitsjacke und brüllte »keine Widerrede!«, als sie ablehnen (und lieber auch wie eine sexy Arbeiterin aussehen) wollte.

Mittags saßen sie im Hof, aßen etwas und tranken Bier. Nadine bekam ein kleines Glas. Fallners Protest wurde weggewischt mit dem Hinweis, er sollte sich an seine eigene Jugend erinnern und keine großen Reden schwingen.

Es war kurz nach vier, als Johanna die Säge ausmachte und Fallner dachte, sie hätten es für heute endlich geschafft. Er drehte sich um und sah, dass das Gegenteil der Fall war.

»Guten Abend, die Damen«, sagte Landmann.

»Was ist passiert?«, sagte Fallner.

»Nichts. Ich dachte, ich besuch euch mal. Gefällt mir hier, würde ich jetzt auch gerne ein paar Tage bleiben.«

»Kein Problem«, sagte Fallner, »wir können dich gebrauchen.«

»Ich darf noch hierbleiben«, rief Nadine, »versprochen ist versprochen!«

»Natürlich kann sie hierbleiben«, sagte Johanna.

»Du hast es versprochen!«

»Schon gut«, sagte Fallner. Er holte ihr Telefon aus der Tasche und gab es ihr: »Du darfst es nicht benutzen. Es bleibt aus. Nur im absoluten Notfall, ist das klar?«

»Ich hab's versprochen, Mann, ich bin kein kleines Kind mehr.«

»Was soll der Quatsch«, sagte Johanna, »du hast hier sowieso keine Verbindung.«

»Das ist nur so ein Spaß zwischen uns«, sagte Fallner.

»Abflug jetzt«, sagte Landmann.

»Ist das auch nur so ein Spaß?«, sagte Johanna.

»Kann man noch nicht genau sagen«, sagte Landmann, »aber es sieht gut aus.«

Im Losfahren legte er mit den Neuigkeiten los. Diese beiden irakischen Teenager hatten auf Facebook angefangen, sich mit jemandem auf Englisch zu schreiben. Was sie bisher nie getan hatten.

Banalitäten wie *the sun is shining and I hope you feel good* oder *we will go to holidays and make a lot of funny things.*

Fallner winkte ab, solche Fehler machte dieser Typ nicht. Landmann erklärte ihm Nico Kolls andere Ansicht. Wer die Sozialmedien benutzte, machte Fehler, schon weil es per se ein Fehler war, falls man von Spezialisten wie ihm gejagt wurde. Man musste extrem viel Ahnung haben, um dem zu entgehen, und das hatten die wenigsten. Man musste extrem aufpassen, aber den meisten war es zu anstrengend, extrem aufzupassen. Das war nichts Neues, er predigte es allen Safety International Security-Angestellten immer wieder.

»Was diesen Bereich betrifft, müssen wir uns auf ihn verlassen«, sagte Landmann, »und das können wir auch.«

»Ihr könnt mich auch«, sagte Fallner.

Wegen dieses Unsinns wurde er aus seiner Freizeit rausgeholt, die sich nach dem schwierigen Beginn so gut entwickelt hatte.

»Du solltest mir dankbar sein, dass ich dich aus deinem Heimatknast befreie. Falls du's noch nicht weißt: Heimat ist da, wo man sich aufhängt.«

Bin Laden Verladen

Die Geschäfte gingen nicht schlecht, aber nicht gut genug in einer Stadt, in der immer bessere Geschäfte benötigt wurden, um damit zu überleben. Immer mehr Leute hatten steigende Mieten am Hals, die immer mehr von ihren Mäusen vernichteten, und deshalb gingen für viele die Geschäfte schlechter, deren Geschäft zu klein war, um ein paar kleinere Geschäfte aufzufressen und sich durch die Vergrößerung und mehr Kunden, die genug Mäuse mitbrachten, Luft zu verschaffen. Die Mietpreise in der Hauptstadt der Bewegung standen an der Spitze Deutschlands, und diese Spitze arbeitete sich nach oben weiter, und jedes Jahr gab es eine neue Menge von Leuten, die genau deswegen dorthin wollten, um an dieser Spitze dabei zu sein und weil ihnen dort immer weniger arme Schweine auf die Nerven gingen, die sie fragten, ob sie vielleicht mal 'ne leere Flasche erübrigen konnten – kannte man doch, heute war es eine leere Flasche und morgen eine volle Pistole.

Es war eine einfache Rechnung, allerdings mit höchst komplizierten Einzelposten und Zahlungsmodalitäten.

Eine Ausschaltung dieser komplizierten Begleiterscheinungen (aber das war nur so eine These) ließe sich durch Reservierung (oder Gründung) von Städten erreichen, in denen sich nur noch arme Schweine aufhalten durften, denen die Einreise in andere

Städte verboten war. Aber das war nur so eine Zukunftsmusik. Deren erste Töne man jedoch schon hören konnte, wenn es irgendwann nach der Geisterstunde an manchen Orten etwas ruhiger wurde.

»Ich habe nicht den Eindruck, dass das Problem ernsthaft angegriffen wird«, sagte Landmann, »und auch nicht, dass genug Leute gegen diesen beschissenen Zustand mit Mitteln vorgehen, die Veränderungen erzwingen. Diejenigen, die schuld an dieser Misere sind, müssen stärker angegangen werden, sonst wird sich nichts bewegen. Sie haben genug Kohlen, die sie glauben lassen, es wäre in Ordnung, so wie es läuft. Du weißt, was du jetzt sagen musst.«

Erst als sie in die Stadt reinfuhren und im Stau einsanken und steckenblieben, hatten sie angefangen, sich zu unterhalten, weil Landmann das Gesäusel des Nachrichtensenders satt hatte. Vorher hatte sich Fallner mit seiner schlechten Laune ausgeschwiegen, er war sauer auf sich selbst, er hätte seine Abholung verweigern müssen. Gute Nachrichten hin oder her, in dem Fall waren gute Nachrichten schlechte Nachrichten.

»Enttäusch mich nicht, du weißt genau, was du jetzt sagen musst. Du kannst jetzt fick dich sagen, aber ich habe nur einen Befehl ausgeführt, Bruder, ich wollte dir nicht den Abend mit deiner Working-Class-Bikini-Braut verderben, ja, ich bin ein schlechter Mensch, aber so schlecht bin ich nicht.«

»Die Lobby der jüdischen Immobilien-Haie ist schuld«, sagte Fallner.

»Genauso ist es. Du sprichst einen Skandal an, über den endlich wieder immer mehr Deutsche nicht schweigen wollen. Obwohl es selbst nach so vielen Jahren und unzählbaren Wiedergutmachungen immer noch ein Tabu ist. Wie allgemein bekannt, sitzen Tausende Deutsche in Haftanstalten, nur weil sie der Meinung waren, das würden sie wohl noch mal sagen dürfen.«

»Oder vielleicht besser jüdische Immobilien-*Mogule*, das klingt etwas sachlicher und eigentlich noch gefährlicher.«

»Sehr gut, Fallner, du bist mein Mann. Der Juden-Mogul ist rücksichtslos, während der arme deutsche Hausbesitzer aufgrund der unbarmherzig steigenden Preise gezwungen ist, die meisten seiner Zimmer an muslimische Asylanten zu vermieten, die ihm dafür keine Dankbarkeit erweisen, sondern ihm in naher Zukunft die Haare vom Kopf fressen, sein ganzes Land umvolken, seine verbliebenen Landsleute versklaven und seine Töchter ficken werden.«

»Töchter *und* Söhne, möchte ich behaupten. Gewisse westliche Unsitten haben sich in allen Kulturkreisen ausgebreitet.«

»Du meinst, sie haben von den christlichen Kirchenherren so viel übernommen, dass es letztlich ihre Moral zerstören wird?«

»Ich meine Folgendes: Selbst für einen ungläubigen Juden hast du verdammt wenig Angst vor Muslimen, Landmann, weißt du das?«

»Woher willst du wissen, dass ich ungläubig bin?«

»Du holst mich am Sabbat mit dem Auto ab.«

»Hätte ich dich hundert Kilometer mit dem Fahrrad abholen sollen? Ich bin nicht wahnsinnig. Und ich bin nicht gläubig. Und selbst wenn ich's wäre, es ist ein Notfall, Bruder, und vor allem geht es um Geld, verstehst du? Außerdem liegt die Schuld bei dir, weil du dein verdammtes Telefon ausgeschaltet hast, und an diese Festnetznummern ist niemand rangegangen. Weißt du, was ich glaube? Du bist in deinem Unterbewusstsein ein paranoider Judenhasser. Du hast dich in deinem debilen Dorf deiner Jugend verkrochen, weil du Angst vor Umvolkung hast. Du denkst, dass du dort sicher bist. Du willst dich dort mit dieser durchgeknallten Holzhackerbraut niederlassen und eine germanische Sekte gründen.«

»Es ist kein Notfall«, sagte Fallner.

»Dein Bruder, welcher nur mein Chef ist, hat gesagt, ich soll seinen Bruder ranschaffen und zwar jetzt sofort, das ist für mich ein Notfall.«

»Ich möchte dich mal was fragen.«

»Es wird wieder Unsinn sein, ich werde dir nicht antworten.«

»Es ist kein Unsinn, ich habe es in anerkannten Fachwerken nachgelesen – warum hat dein Volk unseren Gottessohn Jesus ermordet?«

Landmann schlug auf das Lenkrad ein und dann auf die Hupe: »Dieser Witz hat einen so langen Bart, dass er weit über meinen Schwanz runtergeht. Ich soll mich totlachen, ist das dein Plan? Ein Mord, der als Herzinfarkt durchgeht?«

»Das ist keine Antwort, und es ist kein Notfall.«

Andere Autos fingen jetzt auch zu hupen an. Sie schienen für ewig hier festzustecken. Das war ein echter Notfall – und wenn einer der Eingesperrten austickte und einen Wutanfall bekam und auf seine Frau losging, sollte sie lieber beten als auf Fahrzeuge mit Blaulicht hoffen. Falls er ihr mit einer Flasche, die er für den Notfall immer im Auto hatte, den Schädel einschlug, konnte sie sich auch das Beten sparen.

Der elf Jahre alte Renault Mégane, von dem Landmann behauptete, er sei unauffällig, fuhr ganz langsam in den Hinterhof. Es gab nur etwa ein Dutzend Parkplätze, auf denen ausschließlich Fahrzeuge standen, von denen ein Reifen mehr kostete als der ganze Renault in diesem Zustand. Andere Mieter durften reinfahren, aber nicht parken. Die Rückseite von Aymen's Imbiss & Delikatessen war hell beleuchtet; der irakische Besitzer hantierte mit Kisten.

Sie blieben am Hinterausgang des Ladens stehen, wo Jorgos

Stathakos und der Boxer Muhammad, der nicht im Meer ertrunken war, mit den SIS-Angestellten Koll und Becker redeten, die sich (wie Fallner und Landmann) natürlich nicht als Security-Spezialisten im Sondereinsatz vorgestellt hatten. Von den neuen Untermietern des kleinen Nebenraums wurden keine Nachweise verlangt. Die persönlichen Beziehungen waren ausreichend.

Der Grieche musste einen Raum seines Geschäfts vermieten, weil er ihn nicht mehr bezahlen konnte, und sie hatten den Raum mit guter Aussicht auf ihr Ziel angemietet, während Fallner mit Nadine im Zug nach Nirgendwo gesessen hatte. Landmann hatte das Nebenraum-zu-Vermieten-Schild gesehen und sofort zugeschlagen (»Wenn du mehr Glück als Verstand hast, denk nicht darüber nach«).

Sie stiegen aus und schüttelten freundlich Hände und versuchten, keinen Fehler zu machen. Sie durften nicht den Eindruck erwecken, dass sie etwas zu besprechen hatten, das niemand hören durfte.

Wie viele der in Germanistan Gestrandeten waren der Grieche und der Boxer misstrauisch gegenüber jeder Art von Sicherheitskräften. Besser also, wenn sie den neuen Untermietern abkauften, dass sie einfach nur Großstädter mit genügend Geld waren, die aus Langeweile mal ein kleines Geschäft eröffnen wollten. Irgendwas mit Computer und Consulting. Nichts Auffälliges. Sie hatten eine gute Chance, damit durchzukommen: Der Grieche wusste, dass Fallner ein Ex-Bulle war, deshalb würde er den Gedanken für absurd halten, dass er jetzt eine ganze Bande von Ersatzpolizisten im Haus hatte – der Rollstuhlfahrer war unverdächtig (wie alle Behinderten), die Frau war viel zu nett und der Mann mit dem komischen Hut war einer dieser gemütvollen Dicken, die vom Leben nicht mehr wollten als gepflegt abhängen.

Falls er es irgendwann nicht mehr kaufte, würde Fallner ihn davon überzeugen, dass sie der beste Schutz waren, den er bekommen konnte und für den er nicht bezahlen, sondern nur kassieren musste. Falls ihm die Sache dennoch nicht gefiel, würde er ihm die Wahrheit sagen: Sie waren schlimmer als die Polizei, mit der er nichts zu tun haben wollte, und er sollte sich besser nicht mit ihnen anlegen.

»Is nickt einfach«, sagte der Boxer, der Angst vor dem Meer hatte.

»Das geht schon«, sagte der Rollstuhlfahrer, »wir gehen es langsam an und bauen dann auf, ich glaube, das wird was, ich habe echt ein gutes Gefühl. Natürlich muss ich meinen IT-Job weitermachen, das ist klar, das müssen wir alle. Aber heute ist es besser, wenn du mehrere Jobs machen kannst, du musst flexibel sein, du weißt nicht, wie's morgen aussieht.«

»Bin ich flexibel«, sagte der Boxer, »kann putzen Fenster, abba vielleicht geht bissen schneller, Herr Asylant!«

»So ist es, Hauptsache schnell, billig und ordentlich.«

»Mir ist es jedenfalls lieber, du bist mit deinen Freunden in meinem Laden dabei, als irgendwelche Arschlöcher, die mir auf die Nerven gehen«, sagte Stathakos zu Fallner. »Das ist ja für die meisten Deutschen kein Problem.«

»Wir werden dir nicht auf die Nerven gehen, das kann ich dir versprechen, du wirst gar nicht bemerken, dass wir hier sind«, sagte Fallner.

»Wie soll euer Laden denn heißen?«

»Vielleicht Bin Laden«, sagte die Frau. Fast alle lachten. »Aber ich glaube, uns wird schon noch was Besseres einfallen.« Fast alle lachten.

»Bin Laden ni gut«, sagte der Boxer.

»Deshalb hat Allah ihn verladen.«

»Der Verladen. Fände ich gut.«

»Sehr gut, du bist ein Genie! Aus- und Verladen verboten! Eltern haften für ihre Kinder!«

Aus der aufsteigenden Partystimmung kam der Vorschlag von Nico, in diesem Laden dort drüben, der noch geöffnet hatte, Bier und Chips zu kaufen, um den Deal zu feiern, es war noch früh am Tag.

Fallner gefiel der Vorschlag nicht, und er sah, dass Landmann seiner Meinung war; wenn sie Pech hatten, ergab sich dort drüben eine Situation, auf die sie nicht vorbereitet waren. (Wenn du unerwartet etwas Glück bekommen hast, steht das Pech an der nächsten Ecke, vergiss das niemals.) Ihre beiden jüngeren Kollegen dachten nicht zuerst an den schlimmsten Fall, sie waren zu jung, sie hatten ihre Hoffnungen noch nicht verschlissen.

Was würde passieren, wenn sie plötzlich dem Zwei-Millionen-Mann gegenüberstanden? Sie wussten nicht, wo er war oder wann er ankommen würde, also konnte er auch hier sein.

»Wir hatten alle einen harten Tag«, sagte Landmann, »vielleicht verschieben wir das besser. Wir werden hier noch einige Partys feiern, darauf könnt ihr euch verlassen.«

Sie hatten alle gegen sich. Und ihre jungen Kollegen verstanden nichts von stummer Kommunikation. Diese ahnungslose Generation, die alles schriftlich auf dem Handy haben musste, um ein paar Gehirnzellen zu aktivieren. Sie würden zuerst sie und in ein paar Jahren den Rest der Welt in den Abgrund reiten mit einem Lächeln auf den von der Sonne abgebrannten Lippen.

Der Mann aus dem Irak, von dem Fallner nicht wusste, mit wem er telefoniert hatte, als er als Rollator-Mann getarnt im Geschäft war, beobachtete misstrauisch die Karawane, die auf ihn zukam. Obwohl er den vorangehenden Griechen natürlich kannte und der schon frühzeitig winkte und den Großeinkauf so laut ankündigte, dass es bis zu allen Stockwerken hinauf hallte. Er war mit seiner Familie und all seinen Verwandten auf allen Kontinenten zur Party eingeladen, ehe er verstand, dass es fünfzig Meter weiter eine Party im Hinterhof geben sollte, keine große Sache, Mann, aber es musste sein zur Feier der neuen Nachbarn, das geboten die Gesetze der Gastfreundschaft.

»Ich liebe die Griechen«, sagte Theresa.

»Wenn alle Germanen so denken würden wie du, wären wir fast dreihundert Milliarden reicher«, sagte Jorgos.

»Don't mention the war!, sagt der Engländer.«

»Wir denken nicht wie Engländer, wir denken wie Leute, die mehr als nur ausgebeutet und unterdrückt wurden.«

»Das besprechen wir auf der Party, mein Süßer, damit Stimmung aufkommt.«

»Fuck you.«

»Das weiß ich noch nicht.«

Die Frau von Aymen's Imbiss tauchte auf, die den Rollator-Fallner so freundlich behandelt hatte, und lächelte alle an, noch ehe sie von den Partyplänen informiert wurde. Und in dem Moment hatte Fallner den Gedanken, dass sie ihn an seinem Geruch erkennen könnte (man machte immer Fehler, wer sein Zimmer verließ, begab sich in eine mehr oder weniger lange Kette von Fehlern). Aber sie kümmerte sich sofort um den Rollstuhlfahrer, den man mit seinem Gefährt irgendwie in den Laden reinbekommen musste. Nicos Freude, dass man ihn nicht draußen sitzen ließ, weil die Gefahr bestand, dass er einen Stapel Dosen streifte, war echt. Und in dem Moment hatte Fallner den Gedanken, dass es gut wäre, wenn sie ihre Kontaktleute zur Party bewegen könnten, um vielleicht ihre Zungen zu lockern (und dass er wahrscheinlich der letzte ihrer Truppe war, der auf die Idee kam; weil er zu viel an Nadine dachte, an Kreissägen und dunkle Schuppen).

Kurz vor Ladenschluss war es erstaunlich leer, nur noch eine Kundschaft, eine unscheinbare junge Frau mit einem Bündel Grünzeug in der Hand und, so wirkte sie, mit der Frage auf der Seele, was man sonst mit seinem einsamen Leben anstellen sollte; und die beiden Teenager des Hauses standen in der Tür zur Küche und waren gespannt, was der Auflauf mit dem Griechen zu bedeuten hatte. Beide hielten ihre Mobilgeräte in der Hand, um Mutter Facebook sofort mit brandheißen Neuigkeiten zu beliefern. Ob sich in der Küche jemand aufhielt, war nicht zu erkennen.

Theresa und Rollstuhl-Nico beschäftigten die freundliche Geschäftsfrau, damit Fallner und Landmann sich umsehen konnten, während sie fachmännisch das Weinangebot überprüften (mit dem sich Männer natürlich auskannten), während der Grieche engagiert (als würde er zu SIS gehören) mit seinem irakischen Nachbarn diskutierte. Dann schwärmten sie aus: Fallner fing scheinbar an, hektisch zu telefonieren und ging die Gänge auf und ab, Landmann ging mit einer Flasche zum Chef, um ihn mit Fachfragen zu beschäftigen, Theresa ging mit verschiedenen Tüten Chips zu den Teenagern, um sich beraten zu lassen und dabei einen Blick in die Küche zu werfen, während Nico die Chefin mit Rollstuhltechnik fesselte, die deshalb die unscheinbare junge Frau mit dem Grünzeug nicht beachtete, die bezahlen und vor allem niemals und nirgendwo auffallen wollte.

Diesmal funktionierte die stumme Kommunikation, und nach wenigen Minuten waren alle zum Abmarsch bereit. Sie waren nicht die Verhörspezialisten der Ausländer- oder Lebensmittelkontrolle, sondern scharf auf ihre Party. Hatten es aber nicht geschafft, dass die Teenager ihre Eltern überreden konnten, mit ihnen zu feiern.

Der Boxer, der das Meer hasste, hatte inzwischen eigenmächtig gehandelt und einen Grill und Stühle vor die Hintertür gestellt, und Landmann ging zurück, um ein Paket Würste zu kaufen.

»Plötzlich waren alle weg«, berichtete er, »außer die Frau und die Puppe mit dem Grünzeug«.

»Deine Puppe mit dem Grünzeug ist ein armes Hascherl«, sagte Theresa. »Wahrscheinlich hat sie sich immer noch nicht getraut zu fragen, ob sie mal bezahlen kann.«

»Ich glaube nicht, hatta Mann Haschisch«, sagte der Boxer.

»Das hat nichts mit Haschisch zu tun«, sagte sie, »das ist bayerischer Slang, ein Hascherl ist eine ganz stille Frau, sie ist ganz sch-sch-sch-vorsichtig. Ich weiß nicht, woher der bescheuerte Ausdruck kommt.«

»Ich auch nicht, aber ich hab sie fotografiert«, sagte Nico. Und als ihn alle (aus unterschiedlichen Gründen) ansahen: »Ich fand sie süß – hey, was ist los, ist das vielleicht ein Verbrechen?«

»Kommt drauf an, was du mit den Fotos machst«, sagte Theresa.

»Ich werde die Schlampe so lange stalken, bis sie mich zum Traualtar fährt.«

Der Grill rauchte wie die Hölle, und sie aßen und tranken und diskutierten über Kriegsschulden und neue Nazis und Grilltechnik und Klimakatastrophen und Football und die Sind-alle-Boxer-kriminell-Frage und Integration und ungleiche Bezahlung von Frauen und Mietpreise und Anarchismus und Rembetiko und Stöckelschuhe und Miles Davis' letzte Aufnahmen, und es war noch nicht mal zehn Uhr, als zwei uniformierte Polizisten neben ihnen standen.

»Wir müssen die Party leider beenden«, sagte der eine, »es gibt einige Beschwerden aufgrund von Rauchentwicklung und Lautstärke.«

»Deutschland«, sagte der Grieche, »ich möchte jetzt wirklich nicht –«

»Die gibt es doch immer«, sagte Fallner, ehe er weiterreden konnte.

»Geben Sie uns die Namen, und wir entschuldigen uns«, sagte Theresa.

Alle lachten. Auch Fallner. Obwohl er den zweiten Uniformierten erkannte, es war der Mann von Mitte dreißig mit rot-braunen Haaren und auffallend dicken Koteletten, der bei seinem verdeckten Besuch in Aymen's Imbiss am nächsten Tisch gesessen hatte.

»Wir finden diese Beschwerden auch nicht lustig«, sagte der Polizist, der für's Reden zuständig war, während sich der andere umsah und dann den leeren erleuchteten Raum betrat.

»Was passiert damit?«, fragte er.

»Das gehört eigentlich zum Laden vorne«, sagte Nico Koll, »haben wir jetzt gemietet, wird ein kleines Büro für IT-Consulting.«

»IT-Consulting. Interessant.«

»Wir feiern unseren Einstand, ich dachte, bis elf Uhr darf man das draußen tun, hat sich das geändert?«, sagte Theresa.

»Das ist ortsabhängig«, sagte der Polizeisprecher. »Wir müssen den Beschwerden nachgehen, daran hat sich nichts geändert.«

»Abba beschwerden zuerst der Ausweise, bitte«, sagte der Boxer, dem das Meer gestohlen bleiben konnte.

Fast alle lachten.

»Das ist eine gute Idee«, sagte der Polizist mit den Koteletten. »Gib uns mal deinen Ausweis. Und alle Papiere, die du hast. In welcher Unterkunft wohnst du?«

»Er wohnt bei –«

»Sie hab ich nicht gefragt.«

Blondinenwitze

Bei dieser angeblich außergewöhnlichen Begegnung handelte es sich um einen Rechtsanwalt, der im Flugzeug das Glück hatte, neben einer attraktiven Blondine zu sitzen. Der Rechtsanwalt will natürlich unbedingt mit ihr ins Gespräch kommen, aber sie blockt ihn ab mit dem Hinweis, dass sie müde ist und nur schlafen möchte. Wie alle Rechtsanwälte hasst auch dieser Rechtsanwalt Niederlagen und kann sich mit dieser Abfuhr nicht abfinden.
Weil ein Rechtsanwalt vorkam, dachte er sofort, dass sie ihm eigentlich keinen Witz, sondern die Geschichte dahinter erzählen wollte. Sie hatten die Polizei an der Backe gehabt, und jetzt kam der Rechtsanwalt. Und ihm fiel auf, dass sie ihm schon lange keinen Witz mehr erzählt hatte. Jaqueline stand auf Witze, genauer gesagt auf das Erzählen und die Wirkung, und als Blondine stand sie besonders auf Blondinenwitze, weil das den Effekt verdoppelte, gerade bei Leuten, die meinten, sie nicht ganz ernst nehmen zu müssen, weil sie wie eine Polizistin wirkte, die von ihren Vorgesetzten losgeschickt wurde, um Drogen zu kaufen, und nicht wie eine, die Pläne machte, um große Drogenunternehmen zu schließen.
»Wir hatten Besuch von zwei Uniformierten, glaubst du, das

war Zufall?«, sagte er, und sie hielt ihm sofort den Mund zu, um ohne irgendeinen seiner Kommentare weitererzählen zu können.

»Wie's der Zufall will, sagt der Rechtsanwalt zu der attraktiven Blondine, habe ich gerade das tollste Spiel aller Zeiten gelernt, ich schwöre, es ist saulustig und außerdem ganz leicht, Sie werden sich wegschmeißen. Aber dennoch beißt sie nicht an und will nur schlafen. Der Anwalt gibt natürlich nicht auf und flüstert ihr ins Ohr: Es geht so, ich stelle eine Frage, und wenn Sie die Antwort wissen, zahle ich Ihnen fünf Euro, und wenn Sie die Antwort nicht wissen, zahlen Sie mir fünf.

Lassen Sie mich bitte endlich in Ruhe, sagt die Blondine und legt sich zurück.

Der Rechtsanwalt gilt jedoch als Meister seines Fachs und kann sich einer Blondine nicht geschlagen geben. Passen Sie auf, sagt er, ich gebe Ihnen einen Bonus, weil Sie so attraktiv sind: Wenn Sie die Antwort nicht wissen, zahlen Sie fünf, aber wenn ich die Antwort nicht weiß, zahle ich Ihnen fünfhundert!

Jetzt ist die Blondine hellwach und will mit ihm das Spiel spielen. Endlich geht es also los, und der Rechtsanwalt stellt die erste Frage: Wie groß ist die Entfernung von der Erde zum Mond? Die Blondine greift sofort in die Tasche und gibt ihm wortlos fünf Euro. Und dabei entdeckt sie sein kleines Ku-Klux-Klan-Abzeichen am Anzug.«

»Was soll das denn?«, sagte Fallner, »das kommt doch in dem Witz nicht vor.«

»Ich wollte nur wissen, ob du mir zuhörst«, sagte Jaqueline.

»Also nehmen Sie's nicht tragisch, sagt der Anwalt, das ist ja erst der Anfang, jetzt kommen Sie dran. Sie stellt ihm ihre Frage: Was geht den Berg mit drei Beinen rauf und kommt mit vier Beinen runter? Der Rechtsanwalt ist ratlos, er verbindet seinen

Laptop mit dem Bordtelefon, schickt E-Mails an sein Büro und konsultiert alle Suchmaschinen im Internet.

Er kann's nicht glauben, er findet nichts, das gibt's doch nicht. Nach einer Stunde gibt er auf, weckt die Blondine und gibt ihr fünfhundert Euro. Die Blondine bedankt sich mit einem wunderschönen Blondinenschmollmundlächeln, und der immer noch von ihr hingerissene, aber auch frustrierte Rechtsanwalt sagt: Was ist denn jetzt die Antwort, wer geht denn mit drei Beinen auf den Berg und kommt mit vier runter? Da greift sie wieder in ihre Tasche und gibt ihm fünf Euro.«

Jaqueline stieß ihn in die Seite, und Fallner bemühte sich, irgendwie positiv zu reagieren.

»Sehr witzig, aber ganz schön vertrackt für 'nen Blondinenwitz«, sagte er. »Und haben sie dann geheiratet oder nicht?«

»Sie haben sich sofort auf der Bordtoilette die Ehe versprochen, und schon bald wurde sie zur viel beachteten Vorzeigeblondine der KKK-Sektion Süd, was zu einem signifikanten Zustrom alter, aber auch junger Männer führte.«

»Ist es das, was grade passiert?«

Sie sagte nichts, und sie sagten beide nichts mehr. Aber er legte seine Hand auf ihre. Es gab so viele Fragen, dass man sich Zeit lassen konnte. So viele Fragen, die Antworten aufwerfen würden, die zu vielen weiteren Fragen führen würden, sodass man sich sagen konnte, keine Panik, erstmal abwarten und Atem holen ... Bloß nicht durchdrehen, in einer durchgedrehten Welt jetzt nicht das tun, was vielen Spaß machte, jetzt nicht durchdrehen.

Nur einschlafen sollten sie nicht. Wäre ein Nachteil, falls jemand die Tür eintrat.

Sie gingen mit einer Flasche Rotwein auf den Balkon. Vom nahen Bahngelände flimmerten weiße und rote Lichtpunkte, Güterzüge wurden verschoben und Waggons prallten mit stählernem Krach aufeinander. Viele der Zimmer in den umliegenden Blocks waren hell und in vielen waren Fernsehbilder zu erkennen. Unterschiedliche Sounds aus den Wohnungen ergänzten die krachenden Waggons. Autos waren im Hinterhof, der komplett von fünf- bis siebenstöckigen Häusern abgedichtet war, kaum zu hören. In einer Wohnung wurde laut gestritten, in einer anderen zu Punkrock laut gelacht.

Sie rauchten und tranken, und er wartete nervös ab, dass sie endlich berichtete. Sie wusste nicht, wo sie anfangen sollte. Oder was sie verschweigen musste. Was auch immer sie zögern ließ.

»Kannst du dir vorstellen, dass unsere Zeit hier abläuft, wenn die alte Hexe stirbt?«, sagte Fallner. »Ich nicht. Ich überlege oft, wie wir das verhindern können, aber ich hatte noch keine gute Idee.« Er wartete, aber sie sagte nichts.

»Wir sollten was finden, womit sich dieser Sohn erpressen lässt. So einfach kommt er nicht davon, wenn er glaubt, er kann hier alles verkaufen. So einfach kann niemand unsere Familie bedrohen, das werde ich nicht zulassen.«

Sie holte ihr Handy raus. Er sollte endlich die Klappe halten und sich das Foto ansehen. Er kannte diesen netten Mann in Polizeiuniform von Mitte dreißig mit dicken Koteletten.

»Das ist einer von denen, die uns gestern besucht haben. Und dein neuer Freund? Soll das ein Witz sein?«

»Man kann mir viel vorwerfen«, sagte sie, »aber ich mache für Klan-Typen und andere Nazis nicht die Beine oder sonst was breit.«

»Ist er ein Einzelgänger oder hat er einen Verein gegründet?«

Sie holte einen Fünfer aus der Tasche und klatschte ihm den Schein an die Brust.

Ihr werdet noch an mich denken

Landmanns Laune war zehn Stockwerke unter dem Erdboden, obwohl er die Neuigkeit noch nicht kannte. Er hatte drei lange Schichten hinter sich, in denen er auf eine Schlagersängerin aufgepasst und dabei auf den gesamten Aufpassertrupp aufgepasst hatte. Viele tausende Menschen von acht bis achtundachtzig waren bereit, alles dafür zu tun, um den Superstar zu treffen und anzufassen, um sie dann zu heiraten und glücklich zu machen und an ihrem Glück teilzuhaben, und außerdem wild und fest entschlossen, ihre Reichtümer aus allen Fenstern ihrer Villen und Wohnungen zu werfen. Ihre Konzerte glichen einem Aufruhr, dessen Ziel ihre Erledigung war.

Besonders hart hatte ihn die Anweisung getroffen, sich nicht die geringste Unfreundlichkeit oder ein zweideutiges Wort zu erlauben. Es ging um sehr viel Geld und Folgeaufträge, und wenn er es vermasselte, würde man ihn im Eingangsbereich der Gedenkstätte des Konzentrationslagers Dachau an die Wand hängen für den Rest seiner Tage … Maximum-Hardcore-Schutzmaßnahmen für eine »debile Barbiepuppe, dafür bin ich nicht aus dem Bullenverein ausgetreten«.

Den vorsichtigen Einwand, dass es Schlimmeres gab, ließ er aus einem einfachen Grund nicht gelten: Es gab nichts Schlimmeres.

»Wir sind eigentlich nur noch mit so dämlichen Jobs beschäftigt«, sagte er, »jeder miese Söldner hat's besser, wenn du mich fragst.«

Was ist ein Söldner? Er kämpft nur für den Sold, nur für Geld, für welche Sache ist ihm egal. Das tut ihr nicht?

Sie saßen nicht zehn, sondern nur drei Stockwerke unter der Erde in ihrem Schießbunker. Sie hatten lustlos und nur kurz trainiert (Männer, die es nicht mehr nötig hatten) und saßen jetzt an der kleinen Theke und rauchten, obwohl Rauchen verboten war, während Theresa richtig trainierte. Ein guter Ort, um sich mit dem beruhigenden Gefühl zu unterhalten, dass man in absoluter Sicherheit auspacken konnte, weil kein Wort zu verstehen war, wenn man sich nur einen Meter von ihren Zahnreihen entfernt aufhielt.

»Ich möchte mich nicht als dein Bankberater aufspielen«, sagte Fallner, »aber deine Jobs haben zum Teil auch damit zu tun, dass du anscheinend immer pleite bist und deshalb alles mitmachst. Man könnte auf die Idee kommen, dass du ein ziemlich untalentierter Jude bist.«

Ein Alarmsignal: Landmann reagierte nicht. Er hätte sagen können, dass er nicht die Privilegien des Bruders vom Chef hatte, der offensichtlich tun und lassen konnte, was er wollte, und sogar die Klappe so weit aufreißen konnte, dass ein dicker Arsch drin Platz hatte.

»Außerdem haben wir noch einen Job, der etwas anspruchsvoller ist, falls du dich erinnern kannst«, sagte Fallner. »Wenn wir Pech haben, gehen wir dabei drauf. Spannende Sache, genau dein Ding.«

»Diese Warterei wird mich umbringen, sonst nichts. Und wenn noch ein Funken Leben in mir drin sein sollte, dann werden mir deine blöden Sprüche den Rest geben.«

»Es gibt Neuigkeiten, die dir garantiert gefallen werden, du kommst nicht drauf.«

»Es gibt Neuigkeiten, die dir nicht gefallen werden, und du kommst auch nicht drauf.«

Fallner fragte sich einmal mehr, ob er sich über Landmanns Lebensumstände endlich genauer informieren sollte. Bei der Ausbildung hatten sie ihnen eingetrichtert, dass ein stabiles gutes Umfeld wichtig war, wenn man in diesem Beruf ohne psychischen Schaden überleben wollte. Landmann machte den Eindruck, als könnte er das Geld für einen Haufen Kinder und zwei Ex-Frauen nicht mehr auftreiben.

Fallner zeigte ihm das Foto des Polizisten, der ihre Party gesprengt und ihr Büro inspiziert hatte. Und fing die Erläuterung damit an, dass der nette junge Mann spezielle politische Interessen hatte: Er war vor etwa zehn Jahren Mitglied einer Beweissicherungs- und Festnahmeeinheit der Bereitschaftspolizei gewesen, in der außerdem, sozusagen gut abgedeckt, eine Ku-Klux-Klan-Sektion existierte, die sich am amerikanischen Vorbild orientierte. Er war dann degradiert und noch weiter runter in den Süden versetzt worden. Die Frage, ob er sich inzwischen nur noch für ökologische Themen interessierte, könne niemand beantworten.

»Diese Arschlöcher, die alle Judenschweine und Nigger ausrotten wollen, ändern sich nie«, sagte Landmann.

Die Sache war damals aufgedeckt worden, nachdem diese Polizistin erschossen worden war, angeblich eine Aktion dieser Nazi-Terrorgruppe, um Waffen zu beschaffen. Offizieller Standpunkt: Sie und ihr schwer verletzter Kollege waren Zufallsopfer. Inoffizieller Standpunkt von Ermittlern und Mitgliedern von Untersuchungsausschüssen und Experten: Dahinter steckt möglicherweise mehr als ein Anschlag von diesen Nazis. Aber es wurde nicht untersucht, keine Beweise, jedoch eine Menge Hinweise, dass da irgendwas nicht stimmte.

»Was auffällt«, sagte er, »starkes Abwehrverhalten von Verfassungsschutz und anderen übergeordneten Behörden, um nicht zu sagen: Behinderung der Ermittlungen oder sogar Vertuschung.« Theresa ballerte immer weiter, hatte aber mitbekommen, dass sich ihr Gespräch in eine sachliche Richtung verändert hatte.

Fallner mit mehr Details zur Klan-Sache in diesem Komplex: Der ihnen jetzt bekannte Polizist war ein Kollege der ermordeten Polizistin, die als Mitglied dieser BF-Einheit auch als Nicht-offenermittelnde-Polizistin tätig war, zum Beispiel als Drogenkäuferin. Und nicht nur ein weiterer ihrer Kollegen war ebenfalls Klan-Mitglied, sondern auch der Gruppenführer ihrer Einheit, und zusätzlich gab es einen Kollegen, dessen Bruder in dieser deutschen Klan-Gruppe als Sicherheitschef fungierte. Erste Zusammenfassung: Die ermordete Polizistin hatte drei Klan-Kollegen plus einen mindestens dem Klan nahestehenden Kollegen.

Und langsam würde es sogar wirklich interessant werden, behauptete Fallner (der sich außerdem darauf konzentrierte, nicht aus Versehen Jaqueline als Informationsquelle zu erwähnen): In diesem Klan-Netz waren nämlich außerdem drei V-Leute des VS am Start, weswegen man auf die irre Idee kommen könnte, dass deshalb keine Gefahr von diesem Klan-Verein ausging, und einer von ihnen hatte diese Klan-Abteilung aufgebaut, weswegen man auf die irre Idee kommen könnte, dass dieser Klan-Scheiß nur eine Falle war, um Rassisten einzusammeln, allerdings nur, falls man der irren Ansicht war, dem Verfassungsschutzverein vertrauen zu können.

»Kannste den Nazischeiß vielleicht mal etwas klarer strukturiert erklären«, sagte Landmann.

»Kann ich nicht«, sagte Fallner, »du musst einfach konzentriert zuhören. Ich werde es später auf einem Schaubild für alle genau aufzeigen.«

»Mir kommen die Tränen.«

Fortsetzung: Das waren die Fakten, die man den Berichten der Untersuchungsausschüsse entnehmen konnte. Und der V-Mann und Mitbegründer der Klan-Truppe hatte ausgesagt, dass so viele Polizisten am Klan interessiert waren, dass er eine Klan-Polizeieinheit hätte einrichten können. Frage zwischendurch: Wusste die ermordete Polizistin von den Klan-Leuten in ihrer Truppe? Wusste man nicht.

Fortsetzung: Sie kam aus dem ostdeutschen Thüringen, aus dem die Nazi-Terrorgruppe kam, und es gab Verbindungen von den baden-württembergischen Klan-Leuten zu diesen Nazis, und sie kannte aus ihrer Jugend Nazis, die sich dann in diesen Verbindungen bewegten. Es gab da eine Menge Verbindungen, denen man nicht genauer nachgegangen war. Fakten, echt jetzt, das waren Fakten – die Schlussfolgerungen waren jedoch Spekulationen, Möglichkeiten, Verdachtsmomente oder, das war nicht ausgeschlossen, Verschwörungstheorien.

»Jedenfalls ist dieser Typ bei uns aufgetaucht«, sagte Fallner, »und keine Sau weiß, ob er einfach nur ein Straßenkollege ist oder eine neue Klan-Gruppe aufbaut. Natürlich nur im Namen der speziellen Freunde unserer freiheitlichen Grundordnung. Die dann die Akten schreddern, falls einer der Typen den Befehl ausgeführt hat, dich zu erschießen, weil er den berechtigten Eindruck haben musste, dass du an einem Comeback der jüdischen Weltherrschaft arbeitest und deshalb unseren Staat in die Luft jagen wolltest.«

Theresa war jetzt stärker in Bewegung, sie ging in die Hocke und schoss in dem Moment, wenn sie auf und zur Seite sprang, und schoss wieder, wenn sie sich fallen ließ, um dann wieder in die Hocke zu gehen und weiterzuschießen. Ihr dunkelblaues Hemd hatte mehr feuchte als trockene Flecken.

»Ich weiß es zu schätzen, dass du dir Gedanken machst«, sagte Landmann, »aber hast du wirklich gedacht, dass ich diesen ganzen Scheiß nicht kenne? Hast du gedacht, dass ich über Klan-Aktivitäten im neogermanischen Reich nicht informiert bin? Wofür hältst du mich, für einen dieser Schwachköpfe, die die andere Wange hinhalten?«

»Keine Ahnung«, sagte Fallner, »aber ich hatte nicht den Eindruck, dass du an jüngerer Polizeigeschichte interessiert bist.«

»Ich möchte ergänzen«, sagte Landmann, »es gibt noch ein hübsches Detail, dem auch nicht weiter nachgegangen wurde: Der Onkel der ermordeten Polizistin Michelle war ebenfalls Polizist, Staatsschutz, exakt in dem Bereich zuständig für Rechtsextremismus, aus dem diese Nazi-Killer kamen, und seine damalige Lebensgefährtin steckte in der Naziszene und ist heute mit einem Nazi verheiratet. Und es gibt Aussagen, dass sich die erschossene Polizistin aufgrund dieser Verstrickungen wenige Monate vor ihrer Ermordung mit ihrem Onkel zerstritten hat. Man weiß nicht, ob das 'ne Rolle spielt, aber die Superbullen sind diesen Spuren nicht nachgegangen, sie haben nicht viele Fragen gestellt, das ist mal sicher. Ich zitiere einen ehemaligen hohen Beamten und Spezialisten, der es nicht mehr nötig hat, irgendwelchen Oberchefs in den Arsch zu kriechen: Wenn man den Mord an dieser Polizistin im Gegensatz zu den offiziellen Ergebnissen als ungeklärt bezeichnet, wofür es viele und gute Gründe gibt, dann muss das gesamte Verfahren gegen die Nazi-Terrorgruppe neu aufgerollt werden.«

»Und das wäre eine Katastrophe«, sagte Fallner.

»Und das wäre eine Katastrophe«, sagte Landmann, »und es könnte Tote geben.«

»Und wir haben noch nicht mal von den toten Zeugen gesprochen, die es bisher gegeben hat.«
»Ich melde mich ab. Treffen der jüdischen Weltverschwörung.«
»Du wolltest vorhin was sagen.«
»Nicht viel mehr als das, was du gesagt hast – mit der Ergänzung, dass ich glaube, dass wir einen Spitzel unter uns haben. Und ich meine damit nicht die Polizeikontakte, die wir alle haben, sondern Informationen, die weiß Gott wohin rausgehen.«
In seinem Gesicht keine Spur davon, dass er es nicht ernst meinte. Landmann spielte nur mit allen zehn Fingern, die er auf dem Tisch liegen hatte, wie Zeugen, die versuchten, in Deckung zu gehen – als eine Glock17 direkt neben den zehn Fingern auf den Tisch knallte.
»Der Spitzel bin ich«, sagte Theresa.
»Sie lügt«, sagte Fallner, »sie will mich nur schützen.«
»Ihr werdet schon sehen«, sagte Landmann, »ihr werdet noch an mich denken.«

Es werden immer mehr

In der Regel würden sie sich ruhig verhalten. Sie benötigen für ihr Leben nicht viel und sind in der Kunst des Abwartens bestens ausgebildet. Sie sind gute Beobachter, obwohl sie den Eindruck erwecken, nicht aufmerksam zu sein, und wer sie nur einen Moment lang nicht ernst nimmt, hat schon verloren, das ist ein Trick, mit dem sie bevorzugt arbeiten. Auf diese Art haben sie sich sehr viel Macht geschaffen. Niemand weiß, wann sie bereit sind, diese Macht einzusetzen, um die Macht über alles zu ergreifen.

»Diese Machtübernahme kann schon morgen eintreten, man muss mit allem rechnen.«

Falls es nicht schon passiert ist, was nicht unbedingt jeder Mensch bemerken würde, weil es auch ein schleichender, sozusagen sanfter Prozess sein könnte ... Sie zerlegte während ihrer mit Pausen verlängerten Erzählung eine Handfeuerwaffe, die wie ein fantastisch gut nachgebautes Spielzeug aussah, und setzte sie wieder zusammen, und zerlegte sie wieder ... Sie sind eben sehr intelligent, obwohl sie nicht so aussehen. Sie können jeden deiner Schritte vorausberechnen und die nächsten zehn und sogar die, die aus Versehen gemacht werden. Außerdem brauchen sie so gut wie keinen Schlaf, und in ihren kurzen, aber intensiven Träumen analysieren sie die Lage präzise wie ein Uhrwerk, das zu einer von bedeutenden Wissenschaftlern gebauten Zeitbombe gehört, bei der nichts schiefgehen darf.

Keiner hatte Lust, sie zu unterbrechen.

Die meisten Nazis, die sie in gemütlich eingerichteten Zellen halten, kapieren nichts von dem, was vor sich geht, außer dass sie offensichtlich zu ihrem eigenen Schutz gefangen gehalten werden. Sie sind die Nachkommen der alten Deutschen, die mit U-Booten flüchten konnten und sich so geschickt anstellten, dass man ihre Spur nicht verfolgen konnte, oder nicht wollte, da sind sich die Historiker, wie so oft, nicht ganz einig.

»Diese Nachkommen erhalten eine sehr gute Ausbildung, vor allem in den Fächern Organisationstechnik und Chemogenetik.«

Manchmal wird einer von ihnen nach oben transportiert, um herauszufinden, ob sich die Situation zum für sie Besseren verändert hat. In den letzten Jahren wurden immer mehr zur Erdoberfläche gebracht, das ist keine Theorie, sondern eine Tatsache. Die Nazis glauben natürlich, sie hätten alles selbst in der Hand, weil es ihr Vorstellungsvermögen übersteigt, sie könnten nur Befehlsempfänger der Reptilienmenschen sein, die ihr Aussehen nach Belieben in Richtung Mensch oder Tier verändern können. Es spielt andererseits im Grunde keine Rolle, wer wessen Befehlshaber ist, weil sie Verbündete sind. Es gibt die These, dass sie sich in Reptilien verwandeln im Lauf der Zeit, was jedoch auch umgekehrt der Fall sein könnte. Deshalb spricht man von Formwandlern, was als Hinweis auf ihre Menschenähnlichkeit zu verstehen ist. Allerdings gibt es dazu noch wenig belastbare Erkenntnisse.

Das sei endlich mal eine Verschwörungstheorie, die sie für ziemlich berechtigt halte, sagte Theresa. Dass diese englische Lady ermordet wurde, weil sie dieses Komplott mit ihrer Königin Schwiegermutter an der Spitze entdeckt habe, sei natürlich Unsinn, von dem man sich nicht ablenken lassen solle. Diese Ablenkung ist sicher von ihnen selbst geplant, um die Aufmerksamkeit in eine falsche Richtung zu lenken – alle lachen über diesen Blödsinn, und plötzlich sind alle Türen verschlossen.

»Gibt es irgendeinen Beweis für diese interessante Geschichte?«

»Ja, den gibt es, sonst würde ich sie nicht erzählen«, sagte sie. »Es werden immer mehr.«

Sie drehte ihre Waffe hin und her wie eine Prothese, die sie jetzt an ihrem Körper befestigen würde, um draußen im Dschungel mehr Durchschlagskraft zu haben.

»Und meinst du, wir haben noch eine Chance?«

»Nur wenn ihr extrem nett zu mir seid.«

»Ich dachte schon, wir haben ein Problem.«

Fallner stand später an diesem Abend in seiner Küchentür und wollte nicht glauben, dass auf dem Küchentisch eine Heckler & Koch SFP9 zerlegt wurde.

Alle tickten aus und spielten mit ihren Pistolen. Jaqueline zerlegte ihre Dienstwaffe, um Nadine zu zeigen, wie es funktionierte. Irgendwas an der Sache fanden sie lustig. Er setzte sich zu ihnen und sagte nichts.

Er wollte ihnen sagen, dass sie von allen guten Geistern verlassen waren, als ihm klar wurde, dass das nicht stimmte. Die guten Geister hatten alle verlassen, sie und sie alle.

Sie beachteten ihn kaum, obwohl er den Eindruck zu machen versuchte, er wäre ein guter Geist, der zu ihnen gekommen war, um sie in eine bessere Zukunft zu führen.

Tote Zeugen reden nicht

In einer der folgenden Nächte standen Fallner und Landmann im Hinterhof wie Männer, die nach harter Arbeit Luft holen mussten. Es war beschlossen worden, dass es in ihrem Laden so lange wie möglich nach Einrichtungs- und Umbauarbeiten aussehen musste – die Sache dauerte, da wurde nichts überstürzt und gepfuscht. Also normal für Männer, die als talentierte Hobbyhandwerker Wert darauf legten, alles selbst zu machen.

Das erweiterte ihren Spielraum, erlaubte ihnen, Autos davor stehen zu lassen, weil sie immer irgendwas entladen oder losfahren und besorgen mussten. Tagsüber war Fallner meistens allein auf dem Posten, arbeitete scheinbar an der Ausstattung, hatte jedoch hauptsächlich die Bilder im Blick, die ihm die Kameras von der Vorder- und Rückseite ihres Ziels Aymen's Imbiss & Delikatessen lieferten, und abends war das ganze Team damit beschäftigt, Raumgestaltung oder intensive Planungsbesprechung vorzutäuschen.

Nico Koll beschwerte sich, dass sie inzwischen einer dreifachen Belastung ausgesetzt waren: tagsüber in der Firma, abends in dieser Außenstelle, zu der außerdem ein Job gehörte, der nicht existierte, aber gespielt werden musste, und er war (falls es jemand vergessen hatte) behindert, was man als vierten Job betrachten konnte – während Fallner, der Bruder des Chefs (falls es jemand vergessen hatte), sich in der Firma kaum noch blicken ließ, tagsüber hier den Büroschlaf übte, und abends mit ihnen dann das berüchtigte Feierabendbier trank, um Glaubwürdigkeit zu verbreiten. War das vielleicht diese Sache, die man Gerechtigkeit nannte?

»Wenn ich tagsüber hier allein die Stellung halte, dann heißt das erhöhtes Risiko«, sagte Fallner. »Wenn es schnell gehen muss, bin ich auf mich allein gestellt. Bis jemand von euch hier ist, hat der Pfarrer 'ne Messe für mich gelesen.«

»Das kannst du deinem Bruder erzählen, damit er nicht denkt, du machst hier blau«, sagte Nico.

Nach der ersten Freundschaftsphase war der Grieche nicht mehr so gut auf seine neuen Untermieter zu sprechen, weil sie seinen Zugang zum Hinterhof mit einem Regal verbarrikadiert hatten und offensichtlich keine einfache Verbindung zu ihm und seinem Laden aufbauen wollten; mit diesen Mietern hatte man eben doch nichts als Ärger. Dass es in seinem Interesse war, konnte er nicht ahnen, sie hatten inzwischen einen Koffer mit Waffen rübergeschafft, und falls die Götter Pech über sie schütteten, würde man einem griechischen Anarchisten nicht glauben, dass er die berüchtigte A-im-Kreis-Sache nur philosophisch betrachtete und von Waffen in seinem Nebenraum nichts wusste. Während man diesen Untermietern sofort glauben würde, dass sie mit Anarchismus nichts am Hut hatten und diesen Bildungsbürgerquark für eine Abteilung der Archäologie hielten. Tatsächlich war Anarchismus keiner ihrer Themenschwerpunkte – nur sehr wenige Polizisten steigen aus, um Anarchisten zu werden.

»Du kommst mir vor«, sagte Landmann, als sie an diesem späten Abend nur zu zweit im Hinterhof saßen, »wie einer von diesen Moralaposteln, der drüber nachdenkt, ob es in Ordnung ist, was wir tun werden, wenn wir die Gelegenheit haben.«

»Und du kommst mir vor wie jemand, der drüber nachdenkt, wie er mir auf die Eier gehen kann.«

Diese Diskussion war unvermeidlich. Man musste diese Kiste öffnen und den Inhalt rauslassen, ehe sie explodierte. Man musste es positiv sehen, dass sie immerhin Männer waren, die über etwas nachdachten. Sie mussten es nur noch hinbekommen, sich trotz aller Unterschiede auf eine gemeinsame Marschrichtung zu einigen, ohne sich zuvor die Köpfe einzuschlagen oder das Boot zu verlassen.

»Ich habe keine Skrupel, einen Typen wie den zu erledigen«, sagte Landmann, »und ob das dann heißt, dass er in den Knast geht oder draufgeht, interessiert mich nicht. Dass es dabei auch um ein paar Scheine geht, ist nett, aber ich glaube, ich würde es auch einfach nur für meine Eltern tun, um ihnen da oben eine Freude zu machen. Wir Juden freuen uns, wenn wir eine gute Tat für die ganze Menschheit vollbringen können, das ist ein wichtiger Bestandteil unserer Geschichte.«

»Mir kommen gleich die Tränen.«

»Das habe ich nicht gewollt.«

»Ich weiß nicht, was du von mir erwartet hast, aber ich bin vollkommen deiner Meinung«, sagte Fallner.

Sie waren erleichtert, dass das Thema damit aus der Welt war. Ein Thema, das schon Kriege verursacht hatte. Und sie wussten beide, dass ihnen diese Diskussion von anderen noch aufgedrängt werden würde und dass sie dem jetzt nur aus dem Weg gingen, weil es sie schwer beschäftigte.

»Herren im Himmel, man muss das doch nicht so lange durchkauen, bis einem alle Zähne rausfallen.«

»So ist es.«

»Die Killer kommen früh genug.«
»Hemingway. Habe ich gelesen.«
Landmann deutete auf die kleinen Hochhäuser, von denen sie fast vollständig eingekreist waren. Acht Stockwerke auf drei Seiten auf einer Länge von jeweils etwa sechzig Metern, und auf der vierten Seite ein vierstöckiger Block mit Aymen's als Basis.
»Die sind unser Problem, das sind ein Haufen Leute mit guten Aussichten.«
Ein neues Bild tauchte auf. Wenn es losging, machten sie im Hinterhof ein Feuerwerk mit viel Rauch, und dann kam die Feuerwehr reingefahren und machte viel Lärm und produzierte außerdem schöne Bilder für alle, die sich schöne Bilder wünschten (und das waren alle): Feuer, Rauch und lärmende rote Riesentrucks, und vielleicht konnte man auch ein paar Feuerwehrleute zusammenschlagen, die einen daran hindern wollten, sie bei der Arbeit zu behindern ... Es war kein sensationeller neuer Trick, aber einer, der immer wieder funktionierte.

»Ich hätte übrigens noch einen Job für dich«, sagte Fallner. »Hat mit der Firma nichts zu tun. Ich bin der Falsche dafür. Es ist – wie soll ich sagen – nichts für jeden.«
»Once upon a time there was a dirty little job«, sagte Landmann.
Er sagte es in einem lässigen leichten Singsang, der dazu passte. Wie jemand, der in einer Zelle saß und die Hoffnung noch nicht ganz aufgegeben hatte.
Er fragte nicht, um was es sich handelte. Zur richtigen Zeit würde er es erfahren. Wenn es sich um schwierige Fragen handelte, musste man sich zuerst auf unangenehme Antworten vorbereiten. Landmann war bald sechzig, und man nannte diese Weisheiten, die sich nicht alle in diesem Alter erarbeitet hatten, Lebenserfahrung.

Es war 21:20 Uhr, als es in ihrem Pseudobüro Klick machte und der Computer meldete, dass es möglich wäre, dass ihr Freund angekommen war. Eine Bewegung in der Wohnung im ersten Stock, die darauf hinweisen könnte.

Könnte und *wäre* hätten ihre besten Freunde sein können, wenn sie sie nicht gehasst hätten.

»Was machen wir jetzt?«

»Abwarten und Tee trinken«, sagte Fallner.

»Kenne ich, ist keine schlechte Methode, wir haben nur keinen Tee.«

»Dann einfach nur abwarten.«

»Wir haben Motorschaden und gehen rüber und fragen Aymen, ob er uns helfen kann.«

Was Fallner für keine gute Idee hielt. Sie brauchten zuerst mehr Informationen, und sie mussten auf jemanden warten, der sie ihnen persönlich überbringen würde; Nico hatte allen eingeschärft, für echte Informationen weder Computer noch Telefone zu benutzen, und er drehte durch, wenn jemand abwinkte. Sie waren von den modernen Kommunikationsmöglichkeiten weiter entfernt als ein Ziegenhirte in den tiefsten Bergschluchten des Balkans, und Landmann war schlecht im Abwarten.

»Wir fahren raus«, sagte er, »und dann bleibt die Karre direkt vor dem Laden mitten auf der Straße stehen und will nicht mehr, das ist doch unverdächtig. Wir übertreiben es nicht, keine große Sache, aber vielleicht ist der Göttin des Zufalls in diesen Minuten langweilig, verstehst du? Wie heißt die Schlampe eigentlich, gibt's die überhaupt? Mars und Venus kenne ich, aber welche fiese Nutte ist für den Zufall zuständig?«

»Fortuna wahrscheinlich, aber das ist nicht die Frau, auf die ich scharf bin, ich hasse anstrengende Frauen und sonstige Reptilienmenschen. Wir sollten uns dort jedenfalls nicht einfach so auf die

Straße stellen. Wenn du mit dem Zufall spielen willst, musst du dich drauf einstellen.«

Landmann nickte mit einem Komm-dir-nicht-so-schlau-vor-du-Penner-Lächeln. Und ging zu ihrem Koffer mit den Waffen.

»Dieser Mann ist ein Spezialist im Töten«, hatte Nico erklärt, nachdem er alles Verfügbare über ihn herausgefunden hatte.

»Kommt nicht auf die Idee, dass ihr so gut seid wie er, das wäre ein großer Fehler. Wenn ihr auf ihn trefft, müsst ihr im Vorteil sein. Das Problem ist sein Aussehen, das er verändert haben wird, das ist unser Unsicherheitsfaktor Nummer Eins. Falls ihr nah an ihm dran seid und entscheiden müsst, ob er tatsächlich unser Kunde ist, dann sind das genau die ein-zwei Sekunden, in denen er euch abschießen wird, weil ihr nicht schnell genug seid. Das ist nur eine Szene, wie es ablaufen *könnte*. Ich wollte mich nur klar ausdrücken, mit wem ihr es zu tun habt.«

»Ich glaube, er hat zu viele Filme gesehn.«

»Ich find's gut, dass er ihn *Kunde* nennt.«

»Ich find's nicht gut, dass er der Meinung ist, nur wir beide würden auf den Kunden treffen. Wieso geht der Rollstuhlfahrer nicht zum Kundentermin? Der Kunde ist von seiner Erscheinung abgelenkt, kann sich nicht vorstellen, dass es der arme Kerl auf ihn abgesehen hat, und das sind genau die ein-zwei Sekunden, die wir brauchen, um den Kunden zu, ich sag mal, *sichern*.«

»Ich bin auch der Meinung, dass der Kunde festgenommen wird, sonst nichts.«

Nico schüttelte resigniert den Kopf. Er hatte ihnen nur klarmachen wollen, dass dieser Kunde kein normaler Kunde war.

Sie wollten es nicht zeigen, dass sie es kapiert hatten. Sie wollten nicht zugeben, dass sie eine Scheißangst vor diesem Kunden hatten.

Ein Auto rollte in die Einfahrt zum Hinterhof, die sich ihnen gegenüber befand, und blieb dort stehen. Die Scheinwerfer strahlten sie an, und diese Frontbeleuchtung gehörte zu einem großen Auto. Mehr konnten sie im Licht nicht erkennen. Landmann ging ins Büro und kam mit einem Packen Papierunterlagen zurück, in denen seine Glock12 steckte.

»Das sind sicher nur irgendwelche Mieter«, sagte Fallner.

»Wir sind auch nur irgendwelche Mieter«, sagte Landmann, »aber wir bleiben nicht in der Einfahrt stehen und leuchten alles aus wie'n verdammtes brasilianisches Bullenrollkommando.«

Er verstaute seine Unterlagen im Auto, und Fallner holte sich ebenfalls ein paar wichtige Unterlagen, die für Kundengespräche nützlich sein konnten, wenn man nicht nackt dastehen wollte. Er sperrte ab. Sie fuhren auf die Einfahrt zu, aus der sie angestrahlt wurden. Der Strahler war ein Porsche-Jeep, der für die Straßenkämpfe der Zukunft so konstruiert war, dass er dabei nicht auf der Strecke blieb.

Landmann fuhr so nah an ihn ran, dass die Rostbeulen des Renault auf ihn überspringen konnten, aber er bewegte sich nicht, um sie rausfahren zu lassen. Sie konnten nicht erkennen, ob das Gerücht stimmte, dass diese Edelkisten von den schicksten Blondinen gefahren wurden, die bei diesem Wetter dicke rote Anoraks trugen. Sie gaben nichts auf diese Gerüchte und wollten nur wissen, wer in dem Jeep saß.

Fallner stieg aus und klopfte an die Scheibe der Fahrerseite, hinter der nichts zu erkennen war, und die Scheibe fuhr runter.

»Schönen guten Abend, wir würden jetzt gerne rausfahren«, sagte er.

An dem Gerücht war nichts dran, die Frau trug ein schwarzes Kopftuch, aus dem ein paar schwarze Haare rauskamen, und ein schwarzes T-Shirt mit kurzen Ärmeln. Sie entschuldigte sich und meinte, sie hätten nicht aufgepasst und im Gespräch die Zeit vergessen. Der Mann neben ihr sah zur anderen Seite raus, als würde er dort nach der vergessenen Zeit suchen. Fallner hatte den Eindruck, dass hinten weitere Passagiere saßen, aber es war zu dunkel, er war sich nicht sicher.

Als Polizist hätte er gesagt, sie sollten alle aussteigen. Nur so aus Neugier, und natürlich ein wenig aus Sozialneid. Und weil sein kleiner Finger knurrte, dieser berühmte kleine Finger, der nicht bei jedem knurrte, der einen kleinen Finger hatte, sondern nur bei denen, die gelernt hatten, ihn zu beachten und ihn nicht anwiesen, ruhig zu sein, wenn er meinte, da stimmte irgendwas nicht. Und aus Nervosität war er nah dran, zu dem Beifahrer, der aus dem Fenster zur anderen Seite raussah, zu sagen, er solle die Innenbeleuchtung aktivieren. Im letzten Moment erinnerte er sich daran, dass er nur noch ein Ex-Bulle war, und wenn diese Leute in ihrem Jeep nicht blind oder bedröhnt waren, musste ihnen aufgefallen sein, dass er sich wie ein Bulle benahm, weil er so nervös war, dass er nicht aufpasste und vergessen hatte, dass er nach einem langen Tag nur noch ein müder Hobbyhandwerker war und kein Ex-Polizist, der sich immer noch wie ein Polizist fühlte und wusste, dass er das nie wieder loswerden würde – Mann, wenn man aufgrund der aktuellen diffusen Nachrichtenlage etwas nervös war, konnte man fast auf die Idee kommen, dass diese Jeep-Gestalten von einem Verein für Recht und Ordnung waren.

Das Fenster sirrte hoch, und sie setzte den Porsche zurück. Ließ den Motor kurz aufröhren, nur andeutungsweise aufröhren, ein Wir-könnten-euren-Kleinwagen-auch-fressen-Aufröhren, wenn wir nicht immer so nett zu Leuten mit kleinen Dreckschleudern wären.

»Ich dachte schon, du willst einsteigen«, sagte Landmann, »wie sieht sie aus?«

»Gut. Sehr sexy mit ihrem Kopftuch. Mindestens ein Begleiter. Hinten war's leider schwarz wie die Nacht, aber ich hatte das Gefühl, da ist noch jemand. Ich bin gespannt, was uns die Autonummer erzählt«, sagte Fallner.

»Ich glaub's nicht«, sagte Landmann, »ich hab's gewusst, dass das Bullen sind.«

»Immer mit der Ruhe. Das sind keine, ich bin mir ziemlich sicher. Aber irgendwas sind die, da bin ich mir auch ziemlich sicher.«

»Das ist beruhigend, dass du dir ziemlich irgendwas bist. Wo hast du deine Augen gehabt, Mann, du hast dir vorgestellt, sie bläst dir einen mit ihrem Kopftuch, deshalb hast du nichts gesehn, du bist echt ekelhaft, blind und ekelhaft, du hast es echt verdient, dass sie dich einbuchten – was machst du da?«

Er tippte Textnachrichten mit Autonummer in sein Telefon.

»Bist du wahnsinnig!«

Er war nicht wahnsinnig, sondern es war ein Notfall, und es war nur eine Autonummer, und er hatte diese totale Telefonparanoia jetzt satt, außerdem benutzte er ein angeblich abhörsicheres Gerät, und sein Partner sollte sich endlich beruhigen und sich nicht immer von seinen Spekulationen hinreißen lassen und seine dumme Kiste endlich rausfahren und die Klappe halten und bei seinen Kontakten ebenfalls nachfragen und ihm eine Zigarette anzünden und vor allem aufhören, auf das Lenkrad zu schlagen und ihn vollzuquatschen und durchzudrehen.

»Es ist kein Notfall«, sagte Landmann, »du hast doch keine Ahnung, was ein Notfall ist.«

»Weil ich nicht in Afghanistan war.«

»Du hast zwei Typen erschossen und deshalb denkst du, du kennst dich mit Notfällen aus, dass ich nicht lache … Fahr endlich weg, du verdammte Kopftuch-Bullenspitzelschlampe! … Ich werde dir mal erzählen, wie es aussieht, wenn du es mit einem echten Notfall zu tun hast.«

Er sollte besser endlich seine Islamophobie in den Griff bekommen, ehe er sich damit noch sein eigenes Grab schaufelte.

»Islamophobie gepaart mit Islamhasserphobie auf der Grundlage einer allgemeinen Religions- und Menschenphobie ist ein Zeichen von Gesundheit. Und es wäre gesünder für uns alle, wenn jemand an diesem Jeep dranbleiben könnte. Was ist mit deiner Polizeifrau, kann die uns helfen?«

Die ganze Stadt war doch voller Kameras, wer war der Fahrzeughalter, und war die Frau mit dem Kopftuch auf einem Bild zu erkennen, und saß vielleicht dieser Ku-Klux-Klan-Polizist mit den dicken Koteletten im Auto?

Das war schnell geklärt: Jaqueline war nicht zu erreichen, und Nico Koll nicht in der Firma, um wenigstens einen Teil der städtischen Kameras einsehen zu können.

»Kannst du mir erklären«, sagte Fallner, »warum sich Spezialbullen, wenn sie hier sind, dermaßen dumm anstellen sollten?«

Er konnte es nicht, aber das sagte nichts, meinte Landmann. Und hatte eine Erklärung, die er für gut hielt: Sie wollten sie wissen lassen, dass sie hier waren. Und sie würden noch schnell genug erfahren, welche Kugel sie mit dieser scheinbar sinnlosen Aktion anstoßen wollten.

»Wir sollen denken, dass sie sich dumm anstellen, und im nächsten Moment liegt der Consigliere am Boden und hat eine Hacke am Kopf.«

»Deine Theorien sind vor Gericht nichts wert«, sagte Fallner, um ihm eine Freude zu bereiten.

Das Ergebnis war, dass Landmann machte, was er wollte, ihm konnte sowieso keiner mehr – er musste noch einen Blick auf ihr Ziel werfen, lag doch auf ihrem Weg. Und natürlich hatten sie vor dem Laden den geplanten Motorschaden. Ein Typ wie Landmann, der sich sicher war, Afghanistan im besten physio-psychologischen Zustand überlebt zu haben, hörte nie wieder auf die guten Ratschläge von anderen Menschen, speziell wenn sie von Ex-Bullen kamen.

Sie standen an der offenen Motorhaube. Die Hilfe, auf die sie hofften, würde nicht kommen – der Laden und die Wohnung darüber waren dunkel, und es war offensichtlich niemand von ihren Leuten an einem Bildschirm gewesen, um ihnen eine Information zu geben, nein, ihre technischen Möglichkeiten wurden von Kollegen sabotiert, die irgendwann auf die Uhr sahen und ihren Feierabend haben wollten. Sie waren nicht genug Leute für einen Job wie diesen. Sie improvisierten in den leeren Raum. Sie spielten Motorschaden und warteten auf einen Zuruf aus den vielen hellen Fenstern.

Landmann, geistig umnachtet und auf hundertachtzig und scheinbar hektisch am öligen Motorenmetall fummelnd, gab das Kommando. Sie würden hier warten bis Sonnenaufgang oder bis die Nazis im Parlament eine Koalition angeboten bekamen, es war ihm egal, und Fallner musste ihm nicht den Rücken decken.

»Geh ruhig heim zu Frau und Kind, niemand wird dir einen Vorwurf machen. Ich warte, bis da irgendein Licht angeht.«

Seinen großartigen Plan konnte er eine Minute später vergessen, als das erste Auto hinter ihnen stand. Zwei alte Damen winkten ihnen freundlich zu, und als Fallner zu ihnen ging, um ihnen das kleinste ihrer Probleme zu schildern, sagte die Fahrerin, sie sollten sich keinen Kopf machen, denn sie hätten Zeit und könnten sowieso keinen Parkplatz finden.

»Wenn du mir zustimmst, dass diese netten alten Weiber keine Bullen sind, gebe ich einen aus«, sagte Fallner.

»Ich lasse mich von deutschen Männern nicht einladen«, sagte

Landmann und wischte sich die dreckigen Hände langsam und sorgfältig mit einem dreckigen Lappen ab.

Als er startete, war die Schlange hinter ihnen bis zur nächsten Kreuzung angewachsen, und am Ende der Schlange wurde gehupt und jemand brüllte, sie hätten wohl nicht alle Tassen im Schrank.

»Das Problem ist doch«, sagte er, »dass es auch extrem gute und schlaue Bullen gibt. Wenn du weißt, was ich meine.«

»Sie sitzen in einem Internetcafé und sind so stark auf ihre Arbeit konzentriert, dass sie nicht mitbekommen, wenn paar Meter weiter jemand erschossen wird.«

»Und sie kommen damit durch.«

»Ist das einer der Zeugen, die aus fast völlig natürlichen Todesursachen draufgegangen sind?«

»Noch nicht.«

Im Gegensatz, erklärte Landmann, zu einem Herrn Neonazi H., einem Zeugen, der in seinem Auto verbrannt war und eine tödliche Medikamentenmischung intus hatte; bis heute ungeklärt, ob Mord oder Selbstmord. Er war einundzwanzig zu dem Zeitpunkt, also zu jung, um mit der Ermordung der Polizistin Michelle, die mit Klan-Beamten Kontakt hatte, etwas zu tun zu haben. Belegt sei jedoch, dass er im Familienkreis erzählt habe, er wüsste, wer die Polizistin ermordet hätte. Wäre möglich, dass er aus seinen Nazi-Kreisen etwas mitbekommen hat.

»Fakt ist«, sagte Landmann, »dass er nur ein paar Stunden nach seinem ungeklärten Ableben einen Termin beim zuständigen LKA hatte, um zu den Themen Nazi-Terrorgruppe und Polizistenmord vernommen zu werden. Nach bereits drei Vernehmungen, das heißt, sie unterhielten sich gerne mit dem jungen Nazi, weil er nämlich gern plauderte, weil er nämlich aussteigen wollte. Ein

Verräter also. Möglicherweise mit einem Wissen, das über seine eigenen Erfahrungen hinausging. Das Programm für Aussteiger ist eine Geheimsache und ihre Position ist etwa die einer V-Person.«

Der Ausstieg gelang ihm jedoch nicht richtig, er wurde sowohl von der Polizei aufgrund diverser Delikte mit Knast bedroht, falls er nicht mitarbeite, wie auch von Nazikumpels, und mehrmals landeten seine neuen Telefonnummern nach kürzester Zeit bei den Nazis. Wie denn das? Aufgrund der Örtlichkeiten war die Frage berechtigt, ob unter seinen Polizeikontakten Klan-Beamte waren, es wurde nie untersucht. Sicher ist jedoch, dass einer dieser Klan-Bullen der Familie des Toten mitteilte, er habe aufgrund von Schulproblemen Selbstmord begangen; merkwürdig jedoch, dass der Tote ein sehr guter Schüler war. Und sicher ist, dass schon zehn Stunden nach seiner Entdeckung alle Ermittlungen auf Anweisung des Staatsanwalts eingestellt wurden, weder eine Durchsuchung seines Zimmers noch seiner elektronischen Geräte hat stattgefunden.

»Hatte ich schon erwähnt, dass der kleine Naziarsch wenige Stunden vor seinem Termin bei den Sonderbullen in seinem Auto verbrannte? In dem Fall ist das bedauerlich, das muss ich zugeben. Hätten sie besser auf ihn aufpassen müssen? Sicher ist, dass auch diese Kollegen sich natürlich nicht um alles kümmern können, sie sind auch nur Menschen, das darf man nicht vergessen. Also falls sie keine Reptiloide sind.«

Ein Jahr danach sei der Fall jedoch wieder aufgenommen worden, was war geschehen? Die Schwester des verbrannten Neonazis übergab dem Untersuchungsausschuss Gegenstände aus seinem nicht vollständig ausgebrannten Auto, die die Ermittler übersehen hatten, darunter ein Schlüsselbund, eine Machete, eine Pistole und zwei Telefone.

Eine Woche nach diesen neuen Erkenntnissen wurde der Fall also wieder aufgenommen – und eine Woche danach war die Ex-Freundin des toten Neonazis H. ebenfalls tot. Sie hatte damals im Untersuchungsausschuss in einer nicht öffentlichen Sitzung ausgesagt, sie fühle sich bedroht, und dass ihr toter Ex-Freund H. ihr gesagt habe, nichts über den Mord an der Polizistin zu wissen. Die Zwanzigjährige starb an den Folgen einer Lungenembolie; zu den Blutgerinnseln war es *höchstwahrscheinlich* (lautete die Formulierung der Rechtsmedizin) nach einem leichten Motorradunfall gekommen, bei dem sie sich ein Knie geprellt hatte. Eine unnatürliche Todesursache wurde nach den Untersuchungen ausgeschlossen.

»Wieder ein Jahr später wurde ihr Verlobter W. tot aufgefunden«, sagte Landmann, »also der Verlobte der toten Ex-Freundin des toten Neonazis.« Der habe nach offiziellen Angaben Suizid begangen, angeblich durch Erhängen, es wurde ein elektronischer Abschiedsbrief gefunden, dessen Inhalt nicht bekannt gegeben wurde. Seine Verstrickung in dieses Nazinetzwerk wurde nicht genau geklärt oder nicht veröffentlicht. Für die Vermutung, er könnte durch seine Verlobte besonderes Wissen erhalten haben, gibt es keinen Beleg. Fakt ist jedoch, dass er sie in den Untersuchungsausschuss zur Nazi-Terrorgruppe begleitet und dort ebenfalls ausgesagt hatte.

»Andererseits passt sein Tod natürlich zu gut in diese Todesfallkette, um leichtfertig an puren Zufall zu glauben«, sagte Landmann, »der Herr beschütze mich davor, voreilige Schlüsse zu ziehen und als Wahrheit zu verkaufen.«

Der Fall des Jugendlichen C. gebe demgegenüber wenig her, mache aber ebenfalls den Eindruck, als hätten umfangreichere Ermittlungen unternommen werden können. Eine Verbindung: Die örtliche Nähe zu den bisher genannten Toten, die sich sozusagen um die in Heilbronn erschossene Polizistin aufbauten. Zwei Jahre nach ihrer Ermordung und einige Jahre vor dem Ableben der bereits Erwähnten wurde die verbrannte Leiche des Achtzehnjährigen neben seinem Auto auf einem Waldparkplatz gefunden. Es wurde offiziell erklärt, dass die Frage, ob es sich um Suizid oder ein Tötungsdelikt handelte, nicht geklärt werden konnte. Ein Motiv für Selbstmord wurde nicht gefunden. Die zweite Verbindung: Sein Name taucht in den Ermittlungsakten der Sonderkommission zum Polizistenmord auf, aufgrund seiner Ähnlichkeit mit einem der Phantombilder. Genaueres dazu wurde nie rausgelassen, und ob in diesen Fall Klan-Bullen involviert waren, sei nicht bekannt, »aber es war eben sozusagen in ihrem Kiez, verstehst du?«

Während der Fall des Herrn R. faktenreich an die Öffentlichkeit kam, seine Klan-Verbindungen in Deutschland und Amerika, schließlich war der Mann achtzehn Jahre lang zum Schutze Deutschlands für den Geheimdienst in der rechtsextremen Szene unterwegs, ehe er 2012 enttarnt wurde. Dieser V-Mann war die stärkste Verbindung zwischen den deutschen Ku-Klux-Klan-Gestalten und der Nazi-Terrorgruppe. Er war im Zeugenschutz, als er zwei Jahre nach seiner Enttarnung tot in seiner Wohnung gefunden wurde, Ursache war ein nicht erkannter Diabetes, Fremdverschulden laut offiziellen Angaben ausgeschlossen. Inzwischen gab es ein Arsenal von Untersuchungsausschüssen, die in Sachen Nazi-Terrorgruppe und Polizistenmord ständig Neues aufdeckten, unter anderem dieses Detail zu diesem V-Mann R.: In der verfassungsschützenden Zentrale lagerten jahrelang Datenträger von ihm, darunter dreiundzwanzig Handys, ohne ausgewertet zu werden, und auch eine Disk speziell über die Nazi-Terrorgruppe, die erst kurz vor seinem Tod gefunden wurde. Die Vernehmung dazu verpasste er jedoch knapp.

»Aber ich habe nichts gesagt und ich bestehe darauf, dass das dokumentiert wird, dass ich nichts gesagt habe. Ich sage nur, wie so viele tapfere germanische Demokraten, dass es unserem Land und der Gerechtigkeit gut anstünde, wenn die Untersuchungen in diesem Sachbereich fortgesetzt würden.«

Und Fallner sagte nicht, dass ihm Jaqueline diesen schwindelerregenden Wahnsinn bereits genauestens geschildert hatte, sondern sagte: »Beruhige dich, Landmann, pass auf die Straße auf, ich werde das bei Gelegenheit an geeigneter Stelle vorbringen, du kannst dich drauf verlassen.«

»Als Jude in Deutschland kannst du dich auf nichts verlassen, Bruder, das ist sicher.«

»Du kannst dich aber darauf verlassen, dass ich jetzt fick dich zu dir sage.«

»Das reicht mir nicht. Das sagen diese Klan-Bullen auch zu uns.«

Fallner war noch nie auf die Idee gekommen, dass es ein paar jüdische Polizisten und Ex-Polizisten geben könnte, die sich zusammengetan hatten, um in Bereichen weiter zu ermitteln, in denen vielleicht nicht mit größtmöglicher Intensität ermittelt wurde.

Warum nicht? Weil es für jede Idee die richtige Zeit gibt. Und was ist so toll an der Idee?

So wunderschön wie heute

Bertls Eck war nicht weit weg von der Theresienwiese, und wenn es dort auf dem jährlichen Oktoberfest megamäßig abging, machte auch das Eck einen beachtlichen Reibach mit den Passanten, die früher oder später durch die Straße mussten, um auf irgendeine Landebahn zu kommen, an die sie sich nicht erinnern würden. Im Eck bekam jeder was zu trinken, wenn er nach dem Eintritt nicht sofort umfiel.

Jetzt war die jährliche Supergaudi grade wieder mal geschafft – aber in Bertls Eck war es dennoch so voll, dass Fallner einen Moment verblüfft stehen blieb. Sie hatten einen ruhigen Platz gesucht, nicht einen in einer verkehrten Welt.

Am Ende des schmalen Raums stand Bruno vor der strahlenden Jukebox neben der Klotür und gab ein Konzert. Deswegen waren die Leute nicht hier, aber weil sie hier waren, wollte sich der Bruno nicht lumpen lassen – auch die Gäste, die den Ausdruck noch nie gehört hatten, brauchten gelegentlich die Unterhaltung von einem Künstler, der ihnen so nah war, dass sie die Falten in seinem Gesicht zählen konnten oder die leeren Flaschen in der Tasche neben ihm, die er in den Stunden vor seinem Auftritt gesammelt hatte.

Die Rockerfreunde, mit denen Punk Armin hier war, passten

auf, dass ihm niemand die Flaschen klaute. Die Touristen, die sich hierher verirrt hatten, passten auf, dass ihnen die Rocker nichts klauten. Und alle anderen passten auf, dass ihnen die Touristen keinen Zacken aus der Krone klauten. Alle passten auf, dass alle in Frieden und Freude und nostalgischer Besinnungslosigkeit dem Alkohol zusprachen, den der Teufel den Menschen genau deswegen gegeben hatte.

»So ein Tag, so wunderschön wie heute, so ein Tag, der sollte nie vergehn«, sang der Bruno.

Er schmetterte mit erhobenem Haupt und zog an seinem Akkordeon, als wär's der letzte Tag. Er stand ein paar Umdrehungen neben seiner Kappe wie Daniel Johnston, aber sein Strahlen steckte alle an und ließ sie einstimmen in diesen Tag so wunderschön wie heute, hoch die Tassen, so jung war morgen niemand mehr, und eine Garantie, dass morgen auch noch ein Tag war, konnte niemand vorweisen.

Auch von den Stammgästen wusste kaum jemand, dass Bruno von Kind auf viel Zeit in Heimen, Anstalten, Einrichtungen, Heilanstalten, Irrenhäusern, Rehazentren, Geschlossenen, Wohngruppen, Krankenhäusern, Hospitälern, Therapiegruppen, Psychokliniken, Knästen, Gefängnissen und Justizvollzugsanstalten verbracht hatte, die ihn davon heilen wollten, traurige Lieder in traurigen Kneipen zu singen, ohne dass er zuvor einen Vertrag mit dem Manager gemacht hatte.

»Fuck this shit«, sagte Landmann.

Obwohl er mit seinem Hut und dem Bauch so aussah, als würde er dazugehören – ein Bürger, der seine Verbindung in die untere Schicht nicht kappen wollte und manchmal in sowas reinging, weil er es wieder spüren wollte, dieses Kilo Dreck, das auch er gefressen hatte und das einen für den Rest des Lebens prägte und manchmal auch beschützte.

Fallner entdeckte hinter der belagerten Theke etwas, das ihm viel besser gefiel. Sie hatten eine neue Bedienung. Es war in zwanzig Jahren die erste Frau, die hier arbeitete. Er kannte sie, hatte sie lang nicht gesehen und hatte sie vermisst, aber auch nicht gesucht.

Sie lächelte ihn an, und die Sache war die: Wenn man von Juliane Hallinger angelächelt wurde, hatte man den Eindruck, dass die Erde der beste Platz im All war.

Sie hatte ihm mal gestanden (mit so einer gewissen Melancholie), dass sie es wohl in ihrem Leben nicht schaffen würde, aus der Bahnhofsgegend wegzukommen; auch wenn die Drogen Geschichte waren; auch wenn das Ficktanzen an der Stange Geschichte war; auch wenn sie immer eine Sehnsucht verspürte, in einem anderen Land ein anderer Mensch zu sein. Jetzt war sie immerhin schon am Rand dieser Gegend, nicht mehr in Sicht- oder Rufweite des Bahnhofs. Wenn auch verbunden mit einem sozial-gastronomischen Abstieg gegenüber dem nah am Bahnhof gelegenen Café Lessing, in dem er sie zuletzt getroffen hatte und in das einige der hier Anwesenden spätabends nicht an der Security vorbei reinkommen würden.

Außerdem war die Hallinger, obwohl sie nur knapp über dreißig war, von einer alten Schule, die es eigentlich nur noch in entlegenen Dörfern gab, wo noch nicht in jeder Stube ganz klar war, ob die Ostzone inzwischen zum Westen gehörte, und deshalb brachte sie ihnen zwei Gläser Bier an den einzigen Tisch mit freien Plätzen neben der Tür, wo man den Bruno nicht sehen konnte, obwohl sie nichts bestellt hatten.

»Der Herr Fallner«, sagte sie, »ich hab schon gehört, dass Sie hier Stammgast sand. Aber ich möchte nicht Dirty Harry zu Ihnen sagen müssen, das ist dann doch mehr was für alte Männer.«

»Schön, dass Sie jetzt hier arbeiten, Frau Hallinger, das ist ein echter Lichtblick in dieser Dunkelkammer. Wie geht's Ihnen?

Was haben Sie getrieben? Und wie kommt's, dass Sie jetzt hier sind?«

»Ich kann mich nicht beklagen«, sagte sie. »Man lebt halt. Und Sie leben im Haus gegenüber, hab ich gehört. Und haben jetzt ein Kind, das aber schon groß ist.«

»Man hört viel, wenn der Tag lang und die Nacht finster ist«, sagte Landmann.

»Das ist jetzt auch wieder wahr«, sagte sie. Reichte ihm zu seiner Überraschung die Hand. Und setzte noch einen drauf: »Ich mag Polizisten, damit Sie's nur wissen.«

»Ex«, sagte er, »so viel Ordnung muss sein.«

»Mein ehemaliger Chef, der hat immer gesagt: Mit den Polizisten ist es wie mit den Nutten, einmal Nutte, immer Nutte, egal, was die Zukunft bringt. Und der kannte sich mit beiden gut aus. Das kann der Herr Fallner bezeugen.« Und mit einem Siegerlächeln: »Ich glaube, das stimmt, sonst hätte ich mir's ja nicht gedacht, dass Sie bestimmt einer sand. Aber ich muss jetzt wieder.«

Sie nahmen tiefe Züge begleitet vom großen Gebrüll und Pfeifen für Bruno, und Landmann fand sie eine interessante Frau. In einem abgewrackten Lokal für ausgemusterte Seeleute ohne Rettungs- und Rentenanspruch. Was machte sie hier? Dieses Modell Amy Winehouse, die in einsamen Nächten eine Menge Stoff gegen die Dämonen der Depression brauchte – Mensch, warum mussten sie die grauenhaften Lieder eines Sängers anhören, der keinen Ton traf, wenn sie das leise Summen dieser Bedienung haben konnten? Warum war sie nicht die Empfangschefin in einem Edelrestaurant?

»Weil sie lieber hier ist, wo sie außergewöhnliche Männer wie dich trifft«, sagte Fallner. »Männer, die eine Knarre in der Tasche haben, aber ihr nicht auf den Hintern klatschen und komm-mal-her-Mädel rufen.«

»Bist du wahnsinnig, ich habe keine Knarre in der Tasche. Ich hatte früher sogar noch Kollegen, die *Wumme* gesagt haben, kannst du dir das vorstellen? Am besten gefällt mir immer noch *Peacemaker*, aber die deutsche Sprache ist eine arme Sau, es ist ein Skandal, dass darüber niemand redet.«

»Das war nur symbolisch gemeint. Immerhin hat sie gesehen, dass du ein Ex-Bulle bist.«

»Nur weil ich mit dir hier bin. Sonst wäre sie nie auf die Idee gekommen. Sie hätte mich für einen Vertreter für neue Biersorten gehalten, der davon träumt, ihr einmal im Leben auf den Hintern zu klatschen.«

Punk Armin setzte sich zu ihnen, und seine Begrüßung lautete: »Wir haben nichts getan, ich schwöre für mich und meine Jungs, wir sind nur aus Unterhaltungsgründen hier. Hat er Ihnen (er fixierte Landmann) auch erzählt, dass er Ex-Polizist ist? Sie sollten darauf nicht reinfallen, Herr Kommissar, das ist ein billiger Trick, mit dem er hier nicht durchkommt.«

»Ich benutze den gleichen Trick, ich bin bisher gut damit gefahren«, sagte Landmann. »Viele Ex-Bullen gehen dann zu den Rockern, wussten Sie das? Keine Ahnung, warum. Die strengen Regeln wahrscheinlich. Kann auch sein, dass viele Ex-Bullen V-Männer werden, aber davon habe ich noch weniger Ahnung, das kann ich beschwören.«

Fallner stellte die beiden vor. Zwei Männer kurz vor sechzig, die den anderen taxierten, weil sie in ihren Lebensläufen immer wieder auf diese Sorte getroffen waren. Wo standen sie jetzt und würden sich die alten Spielchen wiederholen?

»Wann kann ich in eurem Laden endlich was kaufen?«, sagte Armin. »Was habt ihr eigentlich im Angebot, das ist mir noch nicht klar, ich tippe mal auf Sicherheit.«

»Erzähl das aber noch nicht herum«, sagte Fallner.

Er hatte den Ex-Punk und Rockervereinsbuchhalter, als sie das Hinterzimmer des Griechen übernahmen, sofort instruiert, ihrem Vermieter nicht zu erzählen, wer sie waren. Weil Armin alle Beteiligten außer Landmann kannte und wusste, dass sie spezielle Gründe für diese Niederlassung haben mussten.

»Einmal das Sicherheitspaket schon ab 39,90 Euro pro Tag bitte, aber ich erwarte, dass da die Mehrwertsteuer enthalten ist und außerdem drei Monate Garantie und Rückgaberecht.«

»Der Mann hat schon für uns gearbeitet«, sagte Fallner zu Landmann, um seinem Ex-Punk-Rockerfreund zu signalisieren, dass Landmann Bescheid wusste.

»Ich würd's echt mal versuchen«, sagte Armin, der allerdings nicht wusste, was genau sie da mit ihrem bescheuerten Ladenzimmer im Auge hatten. »In der Ecke wohnen inzwischen so viele Idioten, da geht sowas.«

Er machte eine große Geste über den ganzen Raum (wie ein Herrscher, der einem Gast am Fenster des dreißigsten Stockwerks sein Reich zeigte): »In ein paar Jahren ist von uns niemand mehr hier. Das Eck und das ganze Haus wird's nicht mehr geben, und hier leben nur noch diese Arschlöcher, die jedem den Kopf abhacken, der behauptet, dass das letzte Hemd keine Taschen hat, die denken, das sind Fake News. Dieses neureiche Pack ist eine viel größere Gefahr für unsere Gesellschaft als irgendwelche Islamkiller, das sage ich euch, und diese schwachsinnige Theorie, dass der Moslem unsere Heimat besetzt, kommt nur von diesem reichen Pack, damit alle von ihnen abgelenkt sind.«

»Das sind aber ziemlich steile Thesen für einen tapferen Rocker«, sagte Landmann. »Sie sollten in die Politik gehen, das ist mein voller Ernst. Wir könnten aufpassen, dass Ihnen niemand den Kopf abhackt.«

»Ich bin nur ihr Berater und so 'ne Art Buchhalter.«

Landmann nickte lächelnd, und als es so aussah, als würde er es dabei belassen, sagte er: »Der Consigliere.«

»Den Ausdruck benutzen wir nicht, und der hat auch 'ne etwas andere Funktion, soweit ich weiß.«

»Die Jungs sind ganz in Ordnung«, sagte Fallner. Ohne die gewünschte Wirkung zu erzielen.

»Was hat *eure* Firma denn so im Angebot, ist vielleicht auch was für mich dabei?«, sagte Landmann.

»Meine Heimat ist das Meer, meine Freunde sind die Sterne«, sang der Bruno, »über Bali und Hawaii, und ich war auch in Shanghai …«

»Nur das Übliche«, sagte Armin. »Drogen, Damen und sichere Türen. Was hätten Sie denn gerne? Für seine Freunde gibt's natürlich einen Sonderpreis.«

»Gut zu wissen – wieso eigentlich, weil er der Berater des Consigliere ist?«

»Man kann nie genug Berater haben.«

»An unseren Türen haben wir jedenfalls keinen Bedarf, soweit ich weiß.«

»Wenn Sie mehr wissen, sagen Sie mir einfach Bescheid«, sagte Armin, stand auf, klopfte auf den Tisch und ging wieder zu seinen Kollegen.

Fallner forderte Landmann auf, seine schlechte Laune endlich wieder abzubauen (er hatte hier schließlich einen Ruf zu verlieren), und das machte er, nachdem sich ihre Telefone mit ein paar Sekunden Abstand gemeldet hatten.

Sie verließen das Konzert, ohne zu bezahlen oder sich um die Zukunft der halb vollen Gläser auf dem Tisch zu kümmern. Als Fallner sich in der Tür umdrehte, sah er am Ende einer schmalen Schneise nicht das, was er sich erhofft hatte, sondern einen

Mann, mit dem er nie gerechnet hätte, seinen alten Kumpel seit der Polizeischule Günter Telling. Er hatte ihn zuletzt vor vier Jahren in Berlin getroffen, er hatte ihm geholfen, als er psychisch am Ende war, nachdem er diesen Dealer erschossen hatte. Telling hatte damals Andeutungen gemacht, dass er auf einen Posten im Staatsschutz aufgestiegen war, ihm jedoch nicht genau erklärt, wen oder was er zu erledigen hatte. Fallners Eindruck, dass er in dubiosen Angelegenheiten unterwegs war, hatte sich dann verstärkt, als Jaqueline nichts mehr über den Polizeibeamten Telling herausfinden konnte.

Und jetzt stand er in der Kneipe, die er schon mit einem viel jüngeren Fallner besucht hatte, neben einem etwa Vierzigjährigen mit schwarzer Wollmütze und Parka, und unterhielt sich so intensiv mit ihm, dass er Fallner nicht mal bemerkt hätte, wenn außer ihnen niemand hier gewesen wäre … Du dumme Sau, dachte Fallner, für wie bescheuert hältst du mich?

Ein heftiger Wind war aufgekommen. Landmann musste zuerst seinen Hut verfolgen.

Was auch keine leichte Sache war.

Was auch mit Dreck zu tun hatte.

Was auch so aussah, als würde er es nicht schaffen.

Was auch nur gut ausging, weil eine Frau, die in einem Mülleimer nach Flaschen suchte, den fliegenden und rollenden Hut mit dem Fuß stoppte.

Ganz andere Probleme

Hatte man jemals über die Verteilung gesprochen? Wer welchen Anteil bekommen würde? Was die Firma schluckte und was für jeden Einzelnen übrig blieb? Und wenn jemand am Ende keine Verwendung mehr für einen Anteil hatte, fiel sein Anteil dann an die Firma oder die Familie oder wurde er bei den anderen nach Abzug der Beerdigungskosten draufgeschlagen? Sie konnten sich nicht erinnern, diese Punkte auf einer To-do-Liste entdeckt zu haben.

»Wird man ja wohl noch fragen dürfen«, sagte Landmann.

Sie fuhren dorthin zurück, wo die meisten ihrer Gedanken lagerten und ungeduldig auf Fortschritte warteten, und Landmann erläuterte einmal mehr, dass man nur noch nachts durch die Stadt fahren konnte. Fallner war zu müde, um ihn zu bitten, sich was Neues zu überlegen.

In diesem Zustand hätten sie fast nicht daran gedacht, dass sie jetzt den Hinterhof und ihren eigenen Eingang nicht benutzen durften, weil man sie von dem Laden, den sie beobachteten, dabei beobachten könnte. Sie mussten von vorne kommen und beweisen, dass die Ladentür des Griechen für erfahrene Einbrecher kein Problem war, und Theresa Becker musste das Regal, das die Durchgangstür in ihren eigenen Laden versperrte, verrücken.

Für Typen, die schon um ihr Leben gekämpft hatten, gingen sie an diesem Abend durch viele Türen, ohne etwas kaputt zu machen.

Becker interessierte sich nicht für diese Geldfragen. Sie saß am Fenster ihres Pseudogeschäftsraums, der von den Lichtern im Hinterhof nur wenig beleuchtet wurde, und beobachtete mit einem tollen kleinen Gerät die jetzt hellen Fenster der Wohnung, über die sie angeblich zu diesem Geld kommen würden.

»Es geht nur noch ums Geld«, sagte sie, »lasst mich in Ruhe damit, wir haben ganz andere Probleme.«

Sagte ausgerechnet sie. Fallner wusste, dass sie Geldprobleme hatte, und das seit einigen Jahren. Seit sie den falschen Mann geheiratet hatte, den sie (nach eigenen Angaben) nur mit erheblichem Aufwand wieder losgeworden war und dessen größtes Andenken dann ein Haufen Schulden waren. Die würden sie bis zur Rente begleiten, hatte sie mal erwähnt, und wenn man die Hälfte der Aussage strich, musste es immer noch genug sein, um den Typen zu hassen.

»Wie können wir die Person identifizieren, die in der Wohnung zu viel ist?«, sagte sie.

Fallner wollte sie nicht so leicht davonkommen lassen und sagte: »Du könntest mit dem Geld vielleicht alle deine Schulden auf einen Schlag loswerden, das ist doch ein wichtiger Punkt.«

Sie starrte ihn verblüfft an – er fiel ihr in den Rücken. Was hatten die beiden ausbaldowert? Als sollte sie für etwas vorgeschoben werden.

»Ich muss zugeben, mir geht's auch um Geld«, stieg Landmann ein. »Die Firma hat's nötig, und ich brauche den fetten Brocken, den jeder von uns bekommen sollte. Und außerdem ziehen wir einen Kunden aus dem Verkehr, den man am besten auf den

Mars schießen sollte. Und wenn uns das gelingt, haben wir uns die Belohnung echt verdient.«

»Du redest wie ein beschissener Killer.«

»Ist mir egal, wie du das nennst.«

»Wir sind keine Killer, wir verhaften einen Killer. Ich würde sagen, das ist ein Unterschied.«

»Wir *versuchen* den Kunden am Weglaufen zu hindern, ich würde sagen, *das* ist der Unterschied.«

»Was macht ihr hier, mir auf die Nerven gehen mit eurem Scheißgeld? Ihr könnt wieder abhauen, ich melde mich, wenn ich euch brauche. Geht nach Hause und fickt euch gegenseitig.«

Landmann zog seine Jacke aus und sagte: »Wenn wir dir auf die Nerven gehen, heißt das noch lange nicht, dass wir dich hängenlassen.« Er rollte die Jacke zusammen und legte sich mit dieser Kopfstütze auf den Boden. »Wieso kannste mit den Deutschen eigentlich nicht vernünftig über Geld diskutieren. Euch geht's immer nur um die Ehrensache, aber am Ende killt ihr die Juden und konfisziert ihr Geld. Kannste mir mal erklären, wie das zusammenpasst? Oder soll das heißen, dass ihr trickreich und wir blöd sind?«

Er konnte erzählen, was er wollte, sie würde sich nicht von dieser Wohnung ablenken lassen, selbst wenn er sich als der neue Messias erweisen würde. Fallner stellte sich hinter Theresa, legte seine Hände auf ihre Schultern und fing an, sie zu massieren, ein Mann des Friedens.

»Wir sind alle angespannt«, sagte er.

»Ja«, sagte sie, »ich will, dass endlich was passiert.«

»Geht mir genauso, von mir aus kann er das Haus heute Nacht in die Luft jagen.«

»Falls er dieser *er* ist, den wir suchen. Immerhin gibt's bei denen jetzt einen Besucher, das ist im Moment eigentlich genug Action.«

»Das nennst du Action? Da machen meine Hände aber mehr Action.«

»Das auch. Beides ist ziemlich viel Action, finde ich. Und das ganze Ding dort drüben wird uns noch früh genug um die Ohren fliegen.«

»Ich weiß es nicht, vielleicht kriegen wir's mit weniger Krach hin. Aber ich kann's dir nicht versprechen.«

»Meinst du, er schläft?«

»Ich glaube, er schläft nie.«

»Wenn ihr leise seid, werde ich schlafen.«

Sie wachten alle auf, als draußen um sechs eine Autotür zugeschlagen wurde. Theresa saß am Fenster und tat so, als hätte sie nicht geschlafen oder nur die letzten Sekunden. Fallner bewegte sich nicht, konnte nicht glauben, dass jetzt irgendwas irgendwie weitergehen sollte; dieser Nebel in diesem Labyrinth machte einen krank. Landmann setzte sich auf und machte Aufwachbewegungen.

Er trat mit dem Schuh gegen Fallners Schuh und sagte: »Ich hab was vergessen, Kollege, ich hab die letzte tote Zeugin vergessen, Frau B., ist noch nicht lange her.«

»Ich schlafe noch«, sagte Fallner.

»Sie war ein sehr aktives Mädchen bei den Nazis im Klan-Ländchen, kannte zwei des Nazi-Terror-Trios und war eine starke Ost-West-Verbindung, wie übrigens auch, falls du das vergessen hast, die ermordete Polizistin. Frau B. ist drei Tage, nachdem der Untersuchungsausschuss Nazi-Terrorgruppe den Beschluss gefasst hatte, sie als Zeugin vorzuladen, verstorben, und war leider schon eingeäschert, ehe ihre Leiche untersucht werden konnte. Allerdings – ich meine, ich bin ja nicht paranoid – war die Sechsundvierzigjährige seit Jahren schwer erkrankt.«

Und jetzt sollte Fallner aufstehen und sich zusammenreißen, Kaffee organisieren, sie hatten genug zu tun.

»In dem Zusammenhang ist übrigens noch interessant«, sagte Becker, »also falls man sich die Frage stellt, woher sie oder ein potentieller Täter gewusst haben könnte, dass der Untersuchungsausschuss sie befragen wollte, dass das LKA einige Zeugen über kommende Vorladungen informiert hat, weil Mitarbeiter des Innenministeriums Zugang zu Ausschuss-Informationen hatten und offensichtlich ihre Leute informierten. Das ist keine Vermutung, das wurde bekannt. Aber das nur nebenbei.«

Die Männer starrten sie an.

»Was ist denn? Glaubt ihr, ihr seid die Einzigen, die sich für diese nette Kriminalgeschichte interessieren? Das mit diesen wunderbaren Informationskanälen taucht übrigens auch im Fall des toten V-Manns H. auf, dessen ehemalige Nazifreunde immer ganz schnell seine neuste Telefonnummer hatten, aber ich will nichts gesagt haben.«

»Wir sind ja nicht paranoid.«

»Auf keinen Fall.«

»Wir brauchen nur mal 'nen Kaffee, damit wir wieder klar denken können«, sagte sie, »und den holt jetzt die Frau.«

Ehe sie kapierten, was sie vorhatte, war sie draußen. Hatte ihren Pullover hochgezogen und ihre Pistole hinten in die Hose gesteckt und die Tür geöffnet und zugezogen und war auf dem Weg zum Ziel, um Kaffee zu holen, und sie kapierten sofort, dass sie nicht hinter ihr herlaufen oder hinter ihr herbrüllen sollten. Obwohl sie nicht paranoid waren. Jedenfalls noch nicht komplett.

Rennen

Du rennst gegen den Feind
weil du das Abwarten
nicht mehr erträgst.
Darauf hat er gewartet.

Was

Du gehst wo rein
und willst was
und bekommst
was du nicht wolltest.

Diese verdammten Kinder

Landmann war aufgesprungen und beobachtete durchs Fenster, wie sie durch den Hof ging, als könnte ihr nichts passieren. Der Laden öffnete erst um sechs Uhr dreißig, aber die Vorbereitungen liefen natürlich schon, der Hintereingang war geöffnet, Aymen ging rein und raus, und die irakischen Leute kannten sie und würden sie bedienen.

»Ich gehe ihr nach, weil sie was vergessen hat, das ist doch normal«, sagte Landmann.

»Du bleibst hier«, sagte Fallner, »die Situation ist wahrscheinlich nicht mehr normal, es ist zu riskant.«

Er hatte die bessere Idee, das Auto in den Hinterhof zu fahren, als würde er grade für den neuen Arbeitstag ankommen. Das gab ihnen einen Grund, draußen zu sein. Er parkte den Renault abfahrbereit direkt vor ihrer Bürotür, sperrte auf und stellte sich dann mit Landmann an die geöffnete Heckklappe. Sie diskutierten, ob sie sich absolut ruhig verhalten sollten, solange sie keine sicheren Informationen bekamen, sie redeten irgendwas – ohne sich selbst oder dem anderen zuzuhören, sie mussten die Diskussion vortäuschen und sie machten dabei die üblichen Bewegungen, zwei tatkräftige Männer, die den Tag nutzen würden.

Fallner behielt das Ziel im Auge und sagte alle paar Sekunden, dass er nichts erkennen konnte, grinste und bewegte die Lippen sinnlos. Landmann stand ihm zugewandt mit dem Rücken zum Ziel und hielt am Bauch seine Pistole. Er schwitzte, er war bereit, sich umzudrehen und loszulaufen und zu schießen, wenn es für ihre Kollegin sein musste, und dabei deutete er auf die kleinen Hochhäuser um sie herum, als wollten sie das ganze Ensemble neu gestalten, wenn sie irgendwann mit der Renovierung ihres Ladenzimmers fertig wären, und passte auf, dass sie nicht von einem der vielen Balkone beobachtet wurden und jemand seine an den Bauch gedrückte Glock bewunderte, obwohl der Tag immer noch halbdunkel und sie kaum zu erkennen war.

Wie sie so da standen, war eine Ähnlichkeit mit dem doofen Laurel und dem dicken Hardy nicht zu leugnen – das musste Fallner erkennen, als er sich später die Aufnahmen ansah. Mit Tränen in den Augen.

Aber sie hatten es gut gemacht, ihr verzweifeltes, scheinbar munteres Palaver. Sie waren konzentriert, machten keinen Fehler. Selbst Jesus hätte nicht bemerkt, dass es in diesen Minuten um etwas anderes ging. Außer er hätte bei ihnen gestanden, ihre Gesichter groß im Bild. Aber er hatte nicht bei ihnen gestanden.

Sie wurden durch Geschrei von einem der Balkone weit oben abgelenkt: Zwei von Technosound umwehte junge Frauen winkten und brüllten, sie sollten sie besuchen. Sie waren um diese Uhrzeit noch nicht mit ihrer Party durch, und Landmann schrie ihnen etwas zu, das Fallner, konzentriert auf ihr Ziel, nicht verstand.

»Es tut sich nichts«, sagte er und winkte ebenfalls zu diesem Balkon hoch.

Landmann bekam einen Anruf und nutzte die Gelegenheit, ein

paar Schritte zu gehen (die Glock unters Hemd geschoben) und auf die gesamte Umgebung einen Blick zu werfen.

»Sie war zu schnell, wir konnten nichts tun ... tu das ... Machen wir«, sagte er und begleitete ein anderes Gespräch mit dem freien Arm. »Ist klar«, sagte er und legte auf, und zu Fallner leise: »Vorne an der Straße sitzen fünf Leute von uns im Transporter, Abstand fünfzig Meter. Ich hab das Kommando.«

Nico hatte sofort reagiert, als er mitbekam, dass sie hier übernachteten. Noch ehe sie auf ihr Ziel losgegangen war. Er war an seinen Geräten bei ihnen, das war die wichtige Information für sie, er hatte sich nicht ein paar Stunden frei genommen, um den Friseur zu besuchen und endlich wieder in Ruhe einzukaufen, sondern begleitete sie. Landmann kroch in den Laderaum, nahm seine Waffe wieder in die Hand und spähte zu ihrem Ziel.

»Bringt uns aber nichts«, sagte Fallner, »ist eher ein Problem. Am besten, die bleiben in ihrer Karre sitzen.«

»So ist es«, sagte Landmann. »Wieso kommt sie nicht raus, verdammt, was ist los?«

»Bleib ruhig«, sagte Fallner, »mach du nicht auch noch irgendeinen Scheiß.«

Sie hörten an der Einfahrt zum Hinterhof den Aufzug und im nächsten Moment Kinderstimmen und dann mehrere Erwachsene, die mit ihnen zu den geparkten Autos gingen.

Sie sahen sich an und mussten nichts sagen, um sich zu verständigen. Dann meldete Fallner wieder, dass sich an ihrem Ziel nichts tat. Er nahm eine Kiste aus dem Laderaum und trug sie ins Büro, um sofort mit einer anderen Kiste zurückzukommen, die er umständlich im Wagen verstaute, und sie diskutierten scheinbar wieder. Hatten jetzt im Wagen mehr Waffen als im Büro, beide bereit, alles zu tun, wenn sie irgendwas für Theresa tun mussten, und weiterhin dazu verdammt, auf irgendwas zu warten.

Mehr Kinder tauchten auf, um in die Schule zu gehen und zu lernen, dass die Welt in Ordnung war, wenn man es schaffte, das Klima zu retten, und das würde man schaffen, wenn sie sich alle etwas mehr Mühe gaben, ihre Eltern nicht immer damit quälten, mehr Plastikspielzeug zu bekommen, und bösen Männern aus dem Weg gingen, die auch bereit waren, kleine Kinder abzuknallen, wenn sie ihnen im Weg waren.

Stimmt das wirklich? Die bösen Männer könnten doch etwas abknallen, das ihnen nur im Weg ist, aber sie bemerken dabei gar nicht, was dieses Etwas ist.

»Haut endlich ab«, zischte Fallner und hielt Landmann sein Handy hin, um sich etwas anzusehen, damit sie weiter in unverdächtiger Bewegung blieben.

Er sah auf die Uhr – seit ihrem Abmarsch, um Kaffee zu organisieren, waren nicht mehr als sieben Minuten vergangen, und er setzte Landmann davon in Kenntnis, dass sie keinen Grund hatten, in Panik zu verfallen. Es war egal, was er ihm sagte, er hörte sowieso nicht zu, nur auf Signalworte.

»Sie kommt hoffentlich nicht auf die Idee, irgendwas im Alleingang zu versuchen«, sagte Landmann. »Hast du 'ne Idee?«

»Kein gutes Gefühl, keine Idee. Aber reingehn ist nicht gut. Oder willst du reingehn? Achtung, in der Wohnung ist jemand am Fenster. Kann nicht erkennen, wer.«

Er rief Nico an, der den Hauseingang und den Vorder- und Hintereingang des Geschäfts am Bildschirm hatte – die beiden Kinder hatten das Haus noch nicht verlassen; eines von ihnen konnte die Bewegung am Fenster gemacht haben. Auf die Bilder am Bildschirm konnte man sich allerdings nur ungefähr verlassen; schlechte Qualität, die manchmal zu Unsicherheiten führte, und die Kamera zum Haupteingang konnte nicht optimal angebracht werden und wurde immer wieder verdeckt.

»Keine Person am Fenster«, sagte er. Landmann holte Papiere aus dem Wagen, konnte sich jetzt neben ihn stellen und erläuterte ihm mit weiträumigen Handbewegungen ein Angebot oder ein neues Konzept oder den Entwurf für eine Bewerbung oder welcher Blödsinn auch immer auf diesen Papieren verzeichnet war. Dann wedelte er verärgert mit seinen Papieren herum, als aus dem dreckig-grauen Himmel die ersten Regentropfen abstürzten und sich schnell vermehrten.

Die Technogirls auf dem Balkon klatschten und jubelten. Die Drogen machten die Regentropfen sicher zu einem aufregenden Naturschauspiel. Die beiden älteren Herren am Lieferwagen, der signalisierte, dass sie in ihr neues Geschäft keine Millionen investierten, winkten ihnen wieder zu, bekamen aber keine Antwort mehr.

Im nächsten Moment kam Theresa aus dem Laden, in der Hand ein Tablett. Sie war gesund und brüllte: »Es regnet schon wieder, das kotzt mich echt an!«

Und als sie bei ihnen war, sagte sie leise: »Unser Kunde ist da. Ich habe mit ihm geredet.«

Fallner nahm ihr das Tablett ab, sie sah aus, als könnte sie jeden Moment umkippen.

Ihr Ziel stand da einfach in der Tür zur Küche, sagte sie. Aber sie konnte nicht sehen, ob er bewaffnet war. Aber der Reihe nach. Die irakische Geschäftsfrau hatte sie also wie erwartet sofort hereingebeten, obwohl das Geschäft noch geschlossen war, sie war freundlich, weil eine Nachbarin, da hilft man sich ja, aber das ist ja heute nicht mehr, egal, also natürlich konnte sie Kaffee bekommen und was sie wollte auf dem Tablett mitnehmen und sogar »zahlen später«. Ihr Mann schien damit nicht einverstanden zu sein und keifte sie im Vorbeigehen an, ohne sie damit zu beeindrucken. Der hat so'n paar Worte ausgespuckt, wahrscheinlich ob die Alte noch ganz dicht war, der Laden war doch noch geschlossen, und sie sollte sich lieber zuerst noch um dies und das kümmern, so hatte das geklungen.

Der Kunde stand da einfach in der Tür zur Küche und sah nicht so aus, als wollte er sich demnächst selbst in die Luft jagen mit möglichst viel Begleitung oder sonst was in der Richtung anstellen. Er wirkte nicht verzweifelt oder angespannt oder nervös. Auch nicht wie einer auf der Flucht, mit zwei Millionen auf dem Kopf. Sie hatte nicht gewagt, genauer hinzusehen, ob er bewaffnet war. Ihre Hände zitterten, und Fallner schob sie auf einen Stuhl, obwohl sie sich dagegen wehrte.

Aber nochmal von Anfang an, sagte sie, also sie gingen dann rein, ganz nah nebeneinander, wie Freundinnen. Der Vorteil war, dass die Hintertür offen war und sie schon ein paar Schritte drin, deshalb sagte die Frau sofort, dass sie natürlich schon was einkaufen konnte, und außerdem war der Mann in dem Moment woanders, sonst hätte er sie sicher aufgehalten, wenn sie zuerst ihn getroffen hätte. Die Frau kam ihr also nicht im Geringsten seltsam vor, nicht wie eine Frau, in deren Haus jemand ist, den sie lieber nicht im Haus haben möchte, außer sie hatte Erfahrung mit dieser Situation, aber darauf hatten sie schließlich bisher keinen Hinweis gefunden, oder hatten sie inzwischen neue Informationen bekommen, von denen sie noch nichts wusste?

Landmann schaffte es kaum noch, nicht auszurasten und ihr in den Arsch zu treten, damit sie endlich schneller erzählte (offensichtlich hatte der Killer sie umgedreht und sie beauftragt, ihre Leute in den Wahnsinn zu treiben).

»Haben wir nicht«, sagte er. »Er stand also einfach so in der Tür, bist du wirklich ganz sicher, dass er das war und nicht irgendein anderer von diesen Cousins?«

»Was?«, sagte sie.
»Nichts. Lass dir ruhig Zeit.«
»Wegen diesen verdammten Kindern«, sagte sie. »Weißt du, was ich meine?«
»Absolut. Sie machen uns fertig.«
Fallner hatte sich inzwischen versichert, dass alle ihre Leute auf dem neusten Stand waren. Man konnte nicht vorsichtig genug sein, wenn mehrere Männer in einem Transporter saßen und darauf warteten, dass irgendwas losging und nicht bis ins letzte Detail wussten, weswegen sie irgendwann losgehen sollten.

Die Frau stand also mit dem Rücken zu ihr an der Kaffeemaschine, berichtete Theresa weiter, und sie selbst ging durch den Laden und packte Kleinkram fürs Frühstück auf das Tablett, natürlich ohne sich dabei wie ein »verdammter Scheißbulle« zu benehmen. Vielleicht fiel ihr deshalb nichts auf, weil diese Kaffeemaschine einen Höllenlärm machte. War ihr bisher nicht aufgefallen.

»Und plötzlich war's still, und sie sagt: Haben wir Besuch, ist ein Cousin.«

Und da stand ihr Kunde in der Tür zur Küche. Wie ein Kübel kaltes Wasser. Schwarze Hose, blaues Hemd. Nickte ihr freundlich zu. Und sie habe sofort offen und ehrlich reagiert. Sich an die Brust gefasst und gesagt: »Haben Sie mich erschreckt.« Schon im nächsten Moment hatte er aber die Kinder an der Backe, die sich an ihn klammerten und auf ihn einredeten, und sie konnten sich nicht näherkommen. Sie konnte nichts tun, was hätte sie denn tun sollen, mit den verdammten Kindern an ihm dran. Nein, das stimmte nicht, Moment mal: Er hatte nicht freundlich genickt, sondern sie angestarrt, sie gemustert. Und weiter misstrauisch gemustert, als die Kinder schon an ihm rummachten. Die Kinder wollten was, aber sie habe nicht verstanden, was. Und ihre Pistole hinten am Arsch war jetzt wahnsinnig schwer, sie dachte, sie würde jeden Moment aus der Hose rutschen und auf den Boden krachen. Sie konzentrierte sich kurz auf das Tablett, um wieder klarzukommen. Die Frau lächelte den Cousin an, freute sich offensichtlich und ehrlich über seinen Besuch und erklärte ihm, dass sie eine Nachbarin wäre. Sie fragte sich, wo ihr Mann Aymen abgeblieben war. Die Kinder krakeelten, und erst jetzt schien der Kunde sie freundlicher anzusehen, nachdem die Frau seines Cousins *Nachbarin* gesagt hatte, und sie fragte sich sofort, wieso er Nachbarin verstanden hatte, ob es sein konnte, dass er deutsch sprach, als die Frau kicherte und sagte »Ich bin so dumm – she is neighbour«, und sie selbst dieses Sprungbrett sofort benutzte und zu dem islamistischen Killer sagte: »You are from Irak and you make holidays?«

Er stand lässig in der Tür, lehnte sich an, verschränkte die Arme. Moment, sie hatte sich geirrt, die Hose war blau, das Hemd schwarz. Kette um den Hals, fette Armbanduhr. Neue weiße einfache Turnschuhe. Zigarettenpackung in der Hemdtasche. Sportlich, gepflegt. Eigentlich kein Kerl, der mit Handgranaten trainiert hat, sondern eher Marke flotter Uni-Typ. Gab ihr aber keine Antwort. Er trug vorne keine Waffe, das war sicher, Hemd und Hose waren zu eng, okay, vielleicht wie sie hinten, war aber nicht möglich, weil ja diese Kinder an ihm herumturnten, daran hatte sie in dem Moment aber nicht gedacht – also der war unbewaffnet, und er schien keine Angst zu haben. Sie habe dann das Tablett auf den Tresen neben die Kasse gestellt, drei Becher Kaffee waren fertig, und Scheiße hatte sie gedacht, es sind drei Becher, und deshalb sagte sie »für meine Kollegen« und deutete in den Hinterhof und fügte »working, coffee for my men working there« hinzu, hatte in der Situation ihr Englisch vergessen, und jetzt machte er endlich mal das Maul auf und sagte »no good english« und zeigte dabei auf sich selbst. Sie war sich nicht mehr hundertprozentig sicher, aber schon ziemlich, dass sie in dem Material, das Nico für sie zusammengestellt hatte, gelesen hatte, dass er zwei Jahre in New York studierte, kurz vor Nine-Eleven aber wieder abgehauen war, stimmte das oder lag sie falsch?

»Stimmt ganz genau«, sagte Fallner, »du hast alles richtig gemacht, du warst großartig.«

Der Kunde stand also an den Türrahmen gelehnt und tischte ihr diese fette Lüge auf, und dann stürzten sich diese verdammten Kinder auf ihn, verhinderten eine mögliche Unterhaltung. Die Frau rechnete zusammen, was das Tablett kostete, also die Sachen, die auf dem Tablett standen, nicht das Tablett. Er sah ganz anders aus. Kein Bart mehr und ein westlicher Kurzhaarschnitt. Und diese elegante schmale Brille. Tatsächlich wie ein Typ, der in New York Psycholinguistik studiert hat, dann wieder zurück nach Hause und jetzt aus Bagdad fliehen musste und jetzt wieder auf dem Weg nach New York war, wo man ihm eine Professur in Psycholinguistik angeboten hatte, weil er in Bagdad nicht mehr Professor sein konnte. Er sah kaum noch aus wie auf einem ihrer Fotos. Und fast zwanzig Jahre älter. Aber sie erkannte ihn trotzdem. Absolut sicher.

Fallner und Landmann sahen sich an, und Landmann sagte: »Bist du wirklich absolut sicher? Das war eine extrem angespannte Situation für dich.«

»Also wenn diese verdammten Kinder nicht gewesen wären«, sagte sie.

»Es läuft nie so glatt«, sagte Fallner. »Du hast alles richtig gemacht, du hast uns die entscheidende Information geholt.«

Fallner und Landmann sahen sich an: Wenn sich der Typ jetzt nicht fragte, ob da irgendwas nicht stimmte, dann war er wahrscheinlich nicht ihr Kunde. Egal, ob Theresas Hände schon dort gezittert hatten.

»Wenn diese verdammten Kinder nicht gewesen wären, hätte ich die Sache beenden können.«

»Nein, es war besser so«, sagte Landmann. »Es wäre auch ohne die Kinder verdammt gefährlich gewesen. Selbst wenn er tatsächlich unbewaffnet war.«

»Ach ja? Weil du ihn haben willst. Damit du mal wieder gut dastehst.«

»Ganz genau, ich geb's ja zu.«

»Ihr Typen seid sowas von mies.«

»Aber wir sind froh, dass wir dich wieder gesund zurückhaben«, sagte Fallner.

Landmann am Telefon: »Die Kinder sind jetzt ab in die Schule.«

»Ich könnte kotzen.«

»Deshalb müssen wir hier raus.«

»Er steht am Fenster und sieht in unsere Richtung«, sagte Landmann.

»Deshalb müssen wir vorne raus.«

»Er gehört mir«, sagte Theresa Becker. »Ich könnte wieder rübergehn, ich hab was vergessen, und er steht dann vielleicht wieder in der Tür, und diesmal ohne diese verdammten Kinder.«

»Er gehört dir. Aber denk dran: Nach einem kurzen Honeymoon wird er dich in einem Dreckloch in Brooklyn in der Wohnung anketten.«

»Lieber für immer in einem Dreckloch in Brooklyn als mit euch hier.«

»Wir sind deine Freunde, das musst du uns glauben.«

»Ich muss mal sterben, sonst nichts.«

Okkupation

»Wir sind die Guten, das musst du mir glauben«, sagte Fallner zu Jorgos Stathakos.

»Ich muss mal sterben, sonst nichts.«

Der Grieche freute sich nicht über ihren überraschenden Besuch. Was keine Überraschung war, weil ihre Hände nicht friedlich leer waren, sondern Schusswaffen hielten. Weil sie ihre Interessen ohne viel Diskussion klarstellen wollten, unmissverständlich und schnell. Fallner gab ihm nur einen knappen Überblick, wer sie waren und warum sie hier waren.

»Habe ich mir von Anfang an gedacht, dass du nicht ganz koscher bist«, sagte Jorgos zu Fallner. »Wie alle Bullen und Ex-Bullen. Irgendwas ist immer, werden nie wieder ganz sauber.«

»Wenn du kein Jude bist, solltest du jüdische Wörter nicht missbrauchen, mein Freund«, sagte Landmann.

»Fick dich und fickt euch alle, ihr habt mein Vertrauen missbraucht, und es ist mir egal, an welche bescheuerten Götter ihr glauben wollt.«

Sie hätten sein Vertrauen nicht wirklich missbraucht, erklärte ihm Fallner. Nur im Interesse einer guten Sache konnten sie ihm nicht alles sagen. Zu seiner eigenen Sicherheit, und der seiner Familie. Sie wollten einen fanatischen Fundamentalisten einkassieren, auf dessen Todesliste Antifaschisten wie er ganz oben standen; der für die Planung von mindestens zwei Anschlägen verantwortlich war, auf vollkommen unschuldige Menschen, keine Militärs oder Politiker. Er sollte ihnen besser helfen. In seinem eigenen Interesse. Und im Interesse aller Menschen, die das Recht hatten, an nichts zu glauben.

»Klappe«, sagte Stathakos.

Er glaubte ihnen nichts mehr, und sie telefonierten mit ihren Verbündeten. Sie konnten hier nicht eine weitere Konfliktzone aufbauen. Wenn er nicht kooperativ war, musste er verlegt werden. Das beste Gesundheitsprogramm für alle.

»Du bekommst eine gute Entschädigung, und in höchstens zwei bis drei Tagen hast du deinen Laden wieder«, sagte Fallner. Und er sollte sich jetzt bei ihrem gemeinsamen Freund Armin informieren, dass sie in Ordnung waren. Oder vertraute er nicht mal mehr dem Punk? Dann sollte er besser einen Psychodoktor aufsuchen.

»Wofür hältst du uns, Mann, für Nazis, die auf einen guten Jungen losgehn?«

»Für Leute, die keine Recht haben, meine Laden zu okkupieren. Den Rest kann ich nicht beurteilen.«

Er öffnete eine Flasche Wein und setzte sich mit einem Glas in den Sessel neben dem Plattenspieler. Es war 07:35 Uhr und er hatte plötzlich einen freien Tag. Er legte eine Platte auf. Sein Kommentar zur Lage, griechische Songs, die nach Widerstand gegen deutsche Besatzer klangen.

Fallner setzte sich zu ihm. »Es geht auch um die Zukunft unserer Kinder. Wir müssen sie vor solchen Leuten beschützen.«

»Soll das Witz sein? Auf diesen Scheiß falle ich nicht rein.«

»Über das Thema wirst du von mir keinen Witz hören, das ist meine ehrliche Meinung.« Er sagte ihm nicht, dass es dabei auch um viel Geld ging, das würde es zu kompliziert machen und sein Misstrauen nur bestätigen. »Ich kann dir die Unterlagen zeigen, die wir über ihn haben. Du wirst feststellen, dass wir nicht leichtfertig handeln. Es ist kein Schuss ins Blaue und es ist kein Spaß.«

»Was ist Schuss ins Blaue?«

»Du ziehst was durch, obwohl du keine Ahnung hast, wo du genau hinwillst und was am Ende dabei rauskommen könnte.«

»Und ich kann euch so oder so nicht daran hindern.«

»Aber mir wär's lieber, wenn du auf unserer Seite bist. Oder nicht gegen uns.«

»Was hat der alte Punk damit zu tun?«

»Nichts. Wir sind alte Freunde, Armin weiß, dass ich sauber bin. Wir sind nicht der Staatsschutz oder was du dir alles vorstellst. Wir sind keine korrupten Bullen.«

»Das hat niemand behauptet.«

»Aber ich kann dein Misstrauen verstehen, deswegen biete ich dir an, dir die Unterlagen anzusehen. Du kannst es überprüfen.«

»Dann werde ich eben überprüfen. Ich bin lang genug in Deutschland, ich weiß, immer alles überprüfen, alles immer korrekt. Wenn du mich ablinkst, werde ich überprüfen.«

»Niemand von uns linkt dich ab, du hast mein Wort«, sagte Fallner und reichte ihm die Hand. Und hoffte, dass das stimmte. Und dass die Faktoren, die sie nicht einschätzen konnten, nicht das Kommando übernehmen und ihn und sie alle ablinkten.

»Du siehst übrigens Scheiße aus«, sagte Jorgos und nahm das Angebot an. Schüttelte ihm die Hand.

»Ihr alle. Ich werde uns Kaffee machen. Ein Grieche kocht Kaffee für deutsche Ex-Bullen, die man rausgeschmissen haben, weil sie nicht ganz koscher sind. Meine Kinder und Enkelkinder werden mich eine Tage überprüfen und verachten.«

Er drehte die Schallplatte um und hievte sich stöhnend aus dem

Sessel. Ging los Richtung Kaffeemaschine, blieb stehen und sah Fallner in die Augen.

»Private Firma für Sicherheit, also private eyes und so, richtig?«

»Das ist richtig, es ist so, wie ich's dir gesagt habe. Kannst du auch überprüfen.«

»In meiner Firma verschwindet eine Million und ihr müsst finden den Dieb, weil ich keine Polizei möchte, richtig?«

»Genau das tun wir.«

»Wie hoch ist Belohnung?«

»Im Moment nur drei Kaffee. Ich schwöre, Mann, beim Grab meines Vaters. Weiß der Teufel, was unsere Belohnung sein wird.«

Gute Nachbarn

Das Ziel kam nicht raus auf die Straße, und die, die sich am meisten nach ihm sehnten, konnten deshalb nicht raus auf die Straße, um sich ihm zu nähern.

Fallner überlegte, wie diese Situation genannt wurde. Eine Pattsituation war es nicht – obwohl, wenn ihr Ziel wusste, dass sie da waren, dann war es eine Pattsituation. Wenn ihr Kunde wusste, dass sie da waren, fiel ihr Plan ins Wasser. Weil sie aber keine Ahnung hatten, was er wusste oder zu wissen glaubte, mussten sie ihren Plan nicht ins Wasser werfen. War das auch eine Pattsituation oder eine Zwickmühle? In jedem Fall war alles eine Fucking-Fuck-Situation, das waren die Fakten und leider keine abgefuckten Fake News, falls es jemanden interessiert hätte.

Fallner überlegte, wie ein Polizeikommando vorgehen würde. Unbemerkt vorrücken, eintreten, Familie rausholen, das Ziel fixieren. Kein schlechter Plan. Sie waren personell weniger gut ausgestattet, aber es sollte zu schaffen sein.

Mit einem Unterschied, sie könnten nicht reingehn und brüllen, sie wären die Polizei. Aber das war ein Moment, in dem einem sowieso niemand zuhörte. Wie auch sie dem Gesetz nicht zuhörten, das sie daran zu erinnern versuchte, dass sie da nicht reingehen könnten.

Wenn wir nur das tun, was uns erlaubt ist, dann können wir nicht viel tun, sagte Fallner zum Gesetz. Gib zu, dass ich recht habe.

Aber das Gesetz gab ihm kein Recht. Es hörte nicht zu, sagte nichts, er hörte nichts.

Sie waren ruhiger geworden. Vielleicht weil der Grieche kein Öl mehr ins Feuer schüttete und nach Hause gehen durfte, vielleicht weil sie nichts tun konnten, vielleicht weil der Chef anrücken würde, ehe die Mittagsglocken läuteten. Landmann hatte sogar die Schuhe auf dem Schreibtisch vor dem Bildschirm und die Hände unter dem Hutrand im Nacken verschränkt, ohne auf die wachsende Asche vor seiner Nase zu achten, und Theresa war im Sessel neben dem Plattenspieler eingeschlafen, auf dessen ohne Platte sich drehenden Teller sie ihre Pistole gelegt hatte, die sich mit 33rpm drehte und deren Mündung dreiunddreißigmal pro Minute auf sie zeigte. Fallner wanderte auf dem Stadtplan durch die nächste Umgebung und hatte ohne Unterbrechung Nico im Ohr, der einige Kilometer weiter vor seinen Anlagen saß, die ihm sagten, wer von ihnen wo war und ob ihr Kunde aus der Tür fiel, was auch Landmann in derselben Sekunde sehen würde, wenn er seine Schuhe etwas beiseiteschob. Man wusste nicht, wie lange es keine Veränderung geben würde, den ganzen Tag möglicherweise, oder für den Rest ihres Lebens, aber um sicherzugehen, wollten sie die Verbindung nicht unterbrechen. Wenn sie auflegten und sich dann neu verbinden mussten, war in der Zwischenzeit die Telefongesellschaft in Konkurs gegangen, »ich schwör's dir, Alter, wenn du wüsstest, was alles schon mal passiert ist, würdest du deine Wohnung nie wieder verlassen«, sagte Nico, und er antwortete, dass er nah dran war, seine Zukunft genau so zu gestalten.

Sie hatten geplant, sich mittags sozusagen normal zu verhalten. Normal bedeutete, dass ein bis drei von ihnen Aymen's Imbiss & Delikatessen aufsuchten, sich setzten, was bestellten und nachbarschaftliche Worte fallenließen. Sie würde sich setzen und die Augen aufhalten – mehr Arbeit würde es für sie um die Uhrzeit dort nicht geben, und wenn es doch gegen jede Berechnung mehr zu tun geben sollte, würden sie die Arbeit verweigern und nur die Augen aufhalten. Denn der Laden war mittags zwei Stunden lang voll mit Menschen. Ihnen eine Vorstellung von dem zu geben, wozu sie fähig waren, war nicht geplant. Unter keinen Umständen. Selbst wenn ihr Kunde jetzt mitarbeiten musste und sie bediente und stolperte und ihnen heiße Bohnen auf den Kopf kippte und unterm Teller einen Revolver hatte.

Theresa und Landmann waren schon bereit loszugehen, als sie in wenigen Sekunden einen neuen Plan aufstellten. Es war nichts passiert, außer dass Aymen (von dem sie immer noch nicht wussten, ob er wusste, auf welchem Berufsfeld sich sein Cousin in den letzten Jahren ausgetobt hatte) am Hinterausgang stand, um eine Zigarette zu rauchen, und Fallner sofort sagte, er würde jetzt mit ihm eine rauchen. Keine Zeit für Diskussion. Die beiden anderen blieben im Büro und überwachten ihn.

Als er aus der Hintertür ging, waren auch alle anderen informiert. Im Imbiss hielten sich vier SIS-Kollegen auf, in der nächsten Umgebung weitere acht plus Fallners Bruderchef. Er ging spazieren um den Block. Dem Chef wurde jetzt mitgeteilt, er solle nicht in den Hinterhof gehen, um wie geplant die kleine Filiale seiner eigenen Sicherheitsfirma zu besuchen, sondern weiter um den Block. Als er an der Zufahrt zum Hinterhof vorbeikam, sah er ein paar Schritte lang, wie sein kleiner Bruder aus der Tür kam, ohne ihn zu bemerken, weil er nur nach unten auf seine Schachtel Zigaretten starrte, aus der er eine rauszuholen versuchte. Sah nicht so aus, als wäre er auch nur fähig, einen kleinen Hund aufzuhalten.

Fallner ging raus, in schwer benutzten Arbeitsklamotten, und starrte nur auf die Schachtel Zigaretten runter, aus der er mit dreckigen Händen eine rauszupulen versuchte. Kein Blick in die Umgebung – ein Mann, der sich nur um das kümmerte, was gerade wichtig war, eine Zigarette in die Finger bekommen und ein Kaffee bei den Nachbarn, wenn nur dieser verdammte Regen endlich mal weiterzog, oder roch es sogar schon nach Winter? Dafür war das Wetter doch noch viel zu schön, ein sommerlicher Herbst, fast mehr Endsommer als Oktober … »Ach, Sie rauchen auch grade, dieser ewige Regen, Herr Nachbar, haben Sie Feuer für mich?«

»Deutschland viel Regen«, sagte der irakische Geschäftsmann und gab ihm Feuer.

»Habe schon gehört, Sie haben Besuch von Ihrem Cousin«, sagte Fallner, »ich hatte grade Besuch von drei Cousins!« Er hob drei Finger und schüttelte den Kopf: »Drei!«

Aymen sagte nichts, und Fallner tat so, als würde er nicht auf eine Antwort warten.

»Sind aber seit gestern wieder weg, zum Glück, es war nur Stress, jeden Abend Party, jeden Tag soll ich mit ihnen das anschaun und dahin gehen, und hier wartet die Arbeit auf mich, aber was willst du machen, die Familie! Natürlich musst du dich um sie kümmern, man muss höflich sein, das ist klar, aber eine Woche ist echt zu viel, sie haben mich fertiggemacht. Wie lange bleibt Ihr Cousin, ich hoffe, Sie haben weniger Stress.«

»Kein Stress, er immer spielt mit Kinder, er ist gut, das ist kein Problem.«

»Genau, das war mein Problem, keine Kinder, deswegen musste ich alles allein machen. Aber ich habe mich auch gefreut, so ist es nicht, ich habe meine Cousins vier Jahre nicht gesehen, das ist auch nicht gut, weißt du, aber sie sind weit weg, der eine in Berlin, der andere in Rostock, und die Cousine ist in … Ich vergesse den Namen immer, kleine Stadt, aber auch so weit weg, die habe ich sogar fünf Jahre nicht gesehn.«

»Ich sieben Jahr nicht gesehn, ist länger.« Er holte sich noch eine Zigarette raus, also noch eine Chance, irgendwas von ihm zu erfahren.

»Ist länger, und ist aus Irak gekommen, ist weiter weg. Ich weiß nicht, ich ihn wieder sehen vielleicht eine Tage. Ist alles große Problem.«

»Es ist ein Problem, ich weiß. Deutsche Politik ist beschissen, wenn du auf der Flucht bist, viele Probleme, wenn du Schutz brauchst. Wir sind ein reiches Land, wir verkaufen an alle unsere Waffen, aber wenn dann die Leute deswegen abhauen müssen, ist unsere Tür geschlossen, es ist eine Schande.« Welche verdammte Brücke konnte er noch bauen, um Informationen rüberzuholen?

»Aber ich kann gerne helfen, wenn du Fragen hast, auch deinem Cousin, ist doch klar.«

»Dankeschön, das ist sehr freundlich.«

»Was ist mit deinem Cousin, will er Asyl beantragen, oder macht er nur Urlaub?«

»Ist Besuch, vielleicht zurück, und überlegt er auch USA ob ist möglich.«

»Okay, dahin wollte ich früher auch, aber heute, ich weiß nicht, mein Freund, seit diesem Trump gefällt mir das nicht mehr so gut.«

»Trump scheiße, Trump er hasst Moslem, Deutschland auch Problem, aber schon Trump ist schlimmer, oh Mann!« Er machte die Handbewegung, mit der man Kindern Schläge auf den Hintern androhte. »Ich bringe dir Kaffee, das geht schneller, jetzt viele Leute in Geschäft.«

Er folgte ihm nicht. Sie hatten genug Leute im Laden. Die er allerdings nicht gut genug kannte, um zu wissen, wie sie sich verhielten, wenn sie in eine schwierige Situation kamen. Er war nur informiert, wie diese vier aussahen, nicht dass er sie im Fall des Falles für Sicherheitskräfte einer anderen Seite hielt, auch das war alles schon passiert. Er vertraute darauf, dass Nico die Richtigen reingeschickt hatte – er war nicht nervös, und er war immer noch nicht paranoid, was eine übermenschliche Leistung war (obwohl die Experten der Meinung waren, dass der Infizierte das selbst nicht beurteilen konnte, während andere Experten die Position vertraten, dass die meisten Experten weitaus weniger Ahnung hatten, als sie selbst vermuteten), er war guter Hoffnung, dass niemand durchdrehte, falls ihr Kunde vor ihm stand, obwohl er schon erlebt hatte, dass ganz Harte in so einem Moment ganz weich im Gehirn wurden, nein, er war nicht nervös, auch wenn ihm jetzt auffiel, dass er seine Pistole abtastete, die am Hintern in der Hose steckte, ohne sich dessen bewusst zu sein ... Es war nur ein Zeichen für seine volle Konzentration, und er hatte schon wieder damit aufgehört, als er von Aymen den Kaffee bekam und sich bedankte, mit der Frage im Kopf, ob sie gesichert war, er hatte es vergessen.

»Was hältst du von dieser Idee«, sagte er, »wenn wir hier im Hof ein kleines Essen zusammen machen, deine Familie und dein Cousin, und wir und der Grieche mit seiner Familie. Gute Nachbarn. Wir kaufen alles bei euch und machen alles, und wenn ihr mit der Arbeit fertig seid, geht's los. Ab morgen soll wieder schönes Wetter sein. Und wenn es doch zu kalt wird, gehen wir in unser Büro, es ist nicht groß, aber genug Platz.«

»Gute Idee«, sagte der Nachbar, »das ist sehr freundlich von Ihnen, ich rede mit Familie.«

Sie gaben sich die Hand. Und jeder kehrte zurück zu seiner Arbeit. Ein paar Schritte vor seiner Tür sah sich Fallner noch einmal um, aber da war niemand mehr in seinem Rücken.

»Sehr gut gemacht«, sagte Theresa. »Ich kann mir wirklich vorstellen, dass es genauso laufen wird.« Mit einer kaum wahrnehmbaren Spur Ironie.

»Ich kann mir auch viel vorstellen«, sagte Landmann.

»Das weiß ich doch, mein Schatz.«

»Ich will's mir jetzt doch lieber nicht vorstellen«, sagte Fallner.

Die neuesten Meldungen lauteten, dass es nirgendwo irgendwas Neues gab. Keine Veränderung. Jedenfalls nicht in dem Sektor, den sie überblicken konnten. Nicht in ihrem Zuständigkeitsbereich. Nicht in ihrer eigenen Welt, die kleiner war, als sie ihnen zu sein schien.

Fallner ging in das von ihnen okkupierte Geschäft des Griechen. Jetzt saß sein Bruder in dem Sessel neben dem Plattenspieler und sah in sein Smartphone.

»Ich halte das für keine gute Idee«, sagte er.

»So schlau bin ich inzwischen auch«, sagte Fallner. »Du bist natürlich trotzdem eingeladen. Du bezahlst schließlich die Party.«

»So ist es«, sagte er. »Ich bin schon gespannt auf die Endabrechnung.«

»Vielleicht interessiert euch das«, rief Theresa aus dem Büro. »Dieser Klan-Polizist ist eben in den Laden gegangen.«

»Den habe ich noch nicht eingeladen«, sagte Fallner, »mach ich aber noch.«

Jaqueline in Uniform

»Sieht sehr schick aus«, sagte er, als er zu ihr ins Auto stieg. Sie parkte in Sichtweite von Aymen's in einer Einfahrt, er hatte sie auf dem Bildschirm gesehen.

Sie trug die Uniform-mit-Rock-Variante, und der Rock war im Sitzen nicht so knielang wie vorgesehen. Sie ging nur zu speziellen Anlässen in Uniform, zum Beispiel wenn jemand aus der Truppe beerdigt wurde.

»Dafür ist jetzt keine Zeit«, sagte sie.

»Was machst du hier?«

»Mein Klan-Polizist ist in dem Laden, den ihr beobachtet.«

»Das haben wir mitbekommen.«

»Er wohnt hier, zehn Minuten zu Fuß, genau in der Mitte zwischen dem Jüdischen Museum und hier.«

»Gute Wahl, kurze Wege. Was ist los?«

»Ich glaube, er hat mitbekommen, dass ich mich für ihn interessiere. Er hat so eine Bemerkung gemacht, als wir uns in der Kantine begegnet sind. Er kann nicht noch mehr Ärger gebrauchen und so.«

»Wer weiß Bescheid, dass du an ihm dran bist?«

»Nichts Neues. Nur mein Chef.«

Konnte sie sich vorstellen, dass er ihn über den Vorgang informiert hatte? Sie hatte keine Ahnung. Ihr Gesichtsausdruck sagte was anderes: Sie konnte es sich vorstellen, aber sie konnte nicht glauben, dass er das getan haben sollte.

»Warum bist du in Uniform?«

»Ich wollte mich etwas mehr sicher fühlen.«

Er nickte, er kapierte, was sie meinte – niemand sollte behaupten können, er hätte sie nur als Privatperson gesehen und nicht gedacht, dass er einer Polizistin den Hals umdrehte.

Sie bestand darauf, endlich mal ihr tolles Büro zu besuchen und fuhr dann zu ihrer Dienststelle zurück. Am Abend war sie mit Nadine in der Boxhalle verabredet. Wenig später verließ der Klan-Mann Aymen's Imbiss, und sie hatten keinen Grund, ihn zu verfolgen.

Jaqueline sollte recht behalten, es war an diesem Tag besser, die Uniform zu tragen.

Dem Teufel die Hand geben

Als sie sich später die Aufnahmen ansahen, waren sie nicht mehr an dem Punkt, an dem sie (wie das alte Sprichwort sagte) nur noch dem Teufel die Hand geben konnten. Sie waren weit darüber hinaus. Sie hatten die Antwort auf die Frage, wie man sich dann fühlte, schon bekommen.

Die Aufnahmen waren von schlechter Qualität und hatten nichts zu bieten, was ihr Gedächtnis korrigiert hätte, keine neuen Erkenntnisse.

Sie hatten ein paar Bilder mit diesem Mercedes-Jeep, der sie an einem der Abende vorher geblendet hatte, aber die Insassen und ihre Bedeutung ließen sich damit nicht aufdecken; dass die Autonummer nicht existierte, war längst klar, und inzwischen war er von der Bildfläche von allen, die sich dafür interessierten, verschwunden.

Man würde ihn erst wiedersehen, wenn er zum Beispiel in eine Menschenmenge raste oder wozu auch immer das Ding gebraucht wurde, falls es nicht auf einem Kasernengelände eingesperrt war.

Ihr Patient kam aus der Hintertür von Aymen's in den Hinterhof. Es war dunkel geworden, das Geschäft geschlossen, alles erledigt.

Sie hatten dennoch genügend Lichtquellen, helle Fenster, Lampen im Hof. Er war eindeutig zu erkennen.

Sie nannten ihn inzwischen nicht mehr Kunde, sondern Patient. Schien besser zu passen. Der Cousin als Patient, der eingeliefert werden musste, ehe er sich und andere gefährdete. (»Wir verbrennen nicht das Milchmädchen, sondern nur die Rechnung«, sagte Landmann.)

Sie hatten sich schon auf eine weitere Nacht ohne Aktion eingestellt, ihre Leute weggeschickt, auf noch mehr Warten, zu wenig Schlaf, zu wenig sichere Informationen – dennoch aufmerksam, wahnsinnig aufmerksam (war ihre Selbsteinschätzung, die jedoch nie viel wert ist, sagen die Experten, denn die Selbsteinschätzung ist nur ein kleiner Punkt auf dieser Rechnung, mit der man sich verrechnet hat, aber welche Experten hören schon auf Experten).

»Erzähl doch mal einen Witz, Madame Jaqueline«, hatte Landmann ein paar Stunden zuvor gesagt. »Wir sind völlig ausgebrannt, wir müssen wieder etwas aufladen.«

»Für dich immer«, sagte sie und fing dann mit ihrem Standardsatz »also pass auf« an (als würden sie nicht aufpassen): »Kommt ein Afroamerikaner zum Rabbi und sagt, Rabbi, ich möchte Jude werden, was muss ich tun? Sagt der Rabbi, mein Sohn, hast du denn noch nicht genug Probleme?«

»Kenne ich seit hundert Jahren«, sagte Landmann, »allerdings nicht mit *Afroamerikaner*.«

»Die Zeiten ändern sich eben.«

»Ich weiß schon, und wir sollten uns mit ihnen ändern, wenn wir nicht draufgehen wollen.«

»Wenn's so einfach wäre«, sagte sie und salutierte, als sie rausging, um an einem anderen Ort weiterzumachen.

Die Tür öffnete sich, und noch ehe der Patient sie geschlossen hatte, waren sie bereit, so zu handeln wie abgesprochen. Sie hatten hundert Möglichkeiten abgesprochen und diese war dabei.

Der Patient, den sie zum Schutz der Allgemeinheit einliefern wollten, machte nur ein paar Schritte ins Freie, als auch Landmann rausging. Er beachtete den Patient nicht, ging rückwärts und redete heftig auf Fallner ein, der ihm nachkam – klare Sache, sie hatten was zu diskutieren, und Fallner achtete dabei auf den Patient und gab Landmann Zeichen.

Der Patient blieb stehen und sah sich an, was diese zwei Typen machten. Er hatte keinen Verdacht, zog keine Waffe, ging nicht in den Laden zurück und rannte nicht in die andere Richtung zur Einfahrt des Hinterhofs.

Landmann näherte sich ihm weiterhin rückwärtsgehend, ruderte mit den Armen und quatschte mit Fallner, wie zwei Männer am Ende des Arbeitstags eben noch kurz im Auseinandergehen quatschten, und als Fallner ihm das Zeichen gab, dass er nahe genug am Ziel dran war, zog Landmann seine Pistole und drehte sich um, hielt sie unauffällig (nicht mit gestrecktem Arm) und sagte etwas, das Fallner nicht verstand.

Der Patient blieb bewegungslos stehen. An seinen Gesichtsausdruck konnte Fallner sich später nicht erinnern, das war nicht das, was man beachten musste.

Die Situation schien sicher zu sein, Landmann und der Patient waren ruhig, keine Panik, es war vorbei. Landmann zeigte mit der Hand zu ihrer Bürotür. Sie würden da jetzt reingehen (und durchgehen bis zur Straße und in einen Transporter steigen).

Die beiden Schüsse fielen in dem Moment, als Fallner instinktiv zur Hinterhofeinfahrt sah und sich von den beiden weg nach hinten zur Tür drehte, durch die sie abhauen würden. Er ließ sich automatisch fallen und rollte unter ihr Auto. Die Schüsse hallten mit irrer Lautstärke durch den Hinterhof. Er hatte keine Ahnung, von wo die Schüsse auf wen abgegeben worden waren. Hatte unter dem Auto die Orientierung verloren. Dann sah er die beiden am Boden liegen, die nächsten Schüsse fielen, und er sah, wie ihre Körper zuckten, als die Geschosse einschlugen. Jemand schoss von irgendwo oben. Fallner kroch in ihre Richtung unter dem Auto hervor, lag auf dem Rücken und zielte in alle Richtungen vage nach oben, konnte aber niemand entdecken. Wenn man nach oben sah, war es nur eine schwarze Nacht mit vielen hellen Vierecken und mehr oder weniger grauen Häuserfronten.

Theresa kam jetzt aus dem Büro, drehte sich im Kreis und zielte mit ihrem Schnellfeuergewehr nach oben. Konnte ebenfalls kein Ziel erkennen.

Sie war schneller bei Landmann und dem Patienten als er. Sagte »ich weiß« in ihr Mikrofon, als Fallner neben ihr auf die Knie ging. Beide waren von mehreren Kugeln in den Oberkörper getroffen worden. Vermutlich war jede einzelne davon tödlich (sie sollten es nie genau erfahren).

»Wir müssen weg hier!«, schrie sie.

Aber er reagierte nicht, hörte sie nicht. Starrte den toten Landmann an, konnte nicht glauben, dass er tot war.

Landmann stand auf, klopfte seinen Hut aus, sagte leise, es wäre schon längst höchste Zeit für ihn gewesen und flog langsam mit einem verlegenen Lächeln, als wollte er damit andeuten, es tue ihm leid, wie in Zeitlupe steil nach oben davon.

Jemand zerrte an Fallners Arm und brüllte ihm ins Ohr: »Wir müssen weg hier, sofort, wir können nichts mehr für ihn tun!« Nur weil sie seinen Kopf mit beiden Händen packte und herumriss, wurde ihm klar, was sie meinte.

Als sie zum Büro zurückliefen, heulend, stolpernd, kam endlich von irgendeinem der Balkone eine männliche Stimme, die schrie, was passiert wäre, was sie da machten, und sofort eine andere Stimme, die *Hilfe* schrie.

Fallner war noch nicht durch die Tür, als sie eine Detonation und noch mehr Schüsse hörten, die irgendwo aus der Einfahrt zu ihrem Hinterhof kamen oder von draußen auf der Straße. Und jetzt waren auch aus großer Entfernung die anrückenden Bullen zu hören.

»Vor dem Laden brennt ein Auto«, sagte Theresa zu Fallner, und in ihr Mikrofon: »Wir gehen jetzt raus.« Sie wischte sich mit dem Ärmel übers Gesicht, um Rotz und Tränen zu verschmieren.

Chaos und Ordnung

Der brennende Kleinwagen stand auf der parkplatzgroßen Fläche vor Aymen's Delikatessen. Der Brand machte nicht viel her im Gegensatz zur Detonation, und das Auto war so geparkt worden, dass der Brand nicht auf andere Autos übersprang. Fallner sah ein paar kaputte Scheiben, und die beiden Schaufenster waren zersplittert, vermutlich zerschossen. Das Geschäft und die Wohnung darüber waren dunkel, niemand zu sehen.

Er hielt sich beide Arme vors Gesicht und sah dann einen Moment in den Innenraum, sah genug, ehe ihn die Hitze zurücktrieb, im Auto war niemand.

Es war keine Minute später, und auf der anderen Straßenseite wurden schon einige Handyfotos geschossen. Theresa rief den Leuten zu, sie sollten sich in Sicherheit bringen, und jemand rief zurück, sie sollte die Klappe halten.

Fallner hatte in jeder Hand eine Waffe, er hielt beide Arme hoch und brüllte: »Polizei! Hauen Sie ab, verpisst euch!«

Sie suchten die Straße nach verdächtigen Personen ab, während immer mehr Personen auftauchten, die wissen wollten, was passierte.

»Wo sind die Typen?«, sagte Fallner.

»Das war's, das war alles, was sie wollten, die tauchen nicht mehr auf«, sagte Theresa, »wir müssen auch weg hier, Fallner, sofort.«

»Die sind noch da, die sind hier irgendwo.«

Sie liefen zur nächsten Kreuzung. Er hielt die Pistolen in den Jackentaschen bereit, Theresa das Gewehr unter dem Mantel. Vor den drei nebeneinanderliegenden Kneipen und Restaurants auf der anderen Straßenseite ballte sich eine unüberschaubare Masse Menschen (die von den beiden Toten im Hinterhof nichts wissen konnten). Diffuse Bewegungen: Viele rannten weg, viele waren zu verwirrt, um sofort wegzurennen, andere standen da und schauten, viele schrien irgendwelche Namen oder Unverständliches, viele machten Handyfotos, einige gingen näher an das brennende Auto heran, viele waren mit ihren Mobilgeräten beschäftigt, um die neuesten Nachrichten zu erfahren oder selbst zu verbreiten.

Die blauen Lichter und die kreischenden Sirenen kamen von allen Seiten, und es schien das zu sein, was den Leuten viel mehr Angst machte. Jetzt begann die ganze Masse zu flüchten, alle wollten nur noch abhauen, weg vom brennenden Auto, weg vom Polizeieinsatz und den nächsten Schüssen, die jeden Moment fallen mussten, rein in Hauseingänge, zurück in die Gaststätten oder rein in die Straßen, die vom Zentrum des Geschehens wegführten. Fallner und Becker beobachteten, wie sich das Chaos anbahnte und ausbrach. Und achteten auf die Hauseingänge auf der Straßenseite, an der das Auto brannte. Alle, die dort rauskamen, hatten möglicherweise Landmann und den Patienten erschossen. Aber da kam niemand raus. Und sie bekamen von Nico keine neue Meldung, die ihnen weiterhalf.

»Wenn ich die wäre, würde ich jetzt rauskommen und verschwinden«, sagte Fallner.

»Wir wissen aber nicht, von wo geschossen wurde«, sagte Theresa. »Wenn das Auto hier hochgeht, hätte ich aus 'nem Block von der anderen Straße geschossen.«

Sie liefen in Richtung der Parallelstraße, zu den Wohnblocks, die an den gleichen Hinterhof grenzten, mischten sich unter die Menschen, die zur nächsten Kreuzung strömten, vorbei an der Einfahrt zu ihrem Hinterhof, die inzwischen vollkommen blau ausgeleuchtet war. Als sie die Kreuzung erreichten, war die Straßensperre noch durchlässig und sie kamen raus, ohne kontrolliert zu werden. Sie hielten sich an den Händen, wie viele Paare, die bei einem gemütlichen Abendessen unterbrochen worden waren und jetzt wegwollten, nur weg von all diesen Wahnsinnigen, die sie offensichtlich töten wollten.

Fallner bekam einen Anruf von Jaqueline und berichtete ihr kurz, dass Landmann und ihr Ziel erschossen worden waren, dass ein Auto hochgegangen war, was jedoch nur ein Ablenkungsmanöver zu sein schien, und dass im ganzen Viertel jetzt totales Chaos herrschte.

Jaqueline hatte sich mit der ersten Meldung auf den Weg gemacht, wollte sich einer Zugriffseinheit anschließen. Aber die öffentlichen Nachrichten, vor allem die in den Sozialen Medien, hatten sich mit irrer Geschwindigkeit verbreitet, und sie steckte jetzt am Bahnhof im Stau, in der Innenstadt herrschte Totalstau, sie würde zu Fuß weitergehen.

»Wo ist Nadine?«, fragte Fallner.

»Ich nehme an, zu Hause.«

Er versuchte Armin zu erreichen, der nur ein paar Häuser weiter wohnte. Ob er sich um sie kümmern könnte. Er ging nicht ans Telefon.

Theresa blieb stehen, sah in die Straße zurück, aus der sie gekommen waren, und sagte ins Mikro zu Nico, der an seinen Geräten in der Firma alles kontrollierte: »Da ist nichts, das ist Unsinn, das stimmt nicht.« Und zu Fallner: »Seit einer Minute geht durchs Netz, dass genau hier geschossen wird.«

Sie deutete in die Straße: »Verstehst du das? Hier wird nicht geschossen. Was soll das?«

Hundert Meter weiter stand eine Person, die anscheinend fotografierte, dazwischen war Polizei, die die Person aufforderte, endlich zu verschwinden. Es war nicht klar, was unternommen wurde, außer die anliegenden Straßen abzusperren, und sie kamen nicht mehr in die Parallelstraße mit den Wohnblocks rein, aus denen möglicherweise geschossen worden war.

»Es wird gemeldet, dass hier mindestens zwei bewaffnete Personen unterwegs sind«, sagte sie. »Damit sind nicht wir gemeint, sondern zwei oder drei Männer in schwarzer Kleidung, mit Langwaffen, sichtbar getragen.«

»Das ist alles beschissener Blödsinn«, sagte Fallner.

»Die Leute drehen komplett durch, jemand hat gemeldet, dass es bei dem Anschlag auf das Auto fünf Tote gegeben hat, und er behauptet, dass er sie mit eigenen Augen gesehen hat. Nico«, schrie sie, »wir waren die Ersten an diesem Auto, da gab's keine Toten, nicht im Auto und nicht davor!«

Seit dem Attentat auf Landmann und den Patienten waren vierzig Minuten vergangen.

Sie hörte Nico zu und gab seine Meldungen an Fallner weiter: »Der Fahrbetrieb ist komplett eingestellt, alle U- und S-Bahnhöfe sind dicht, alle sollen in ihren Häusern bleiben. Die Polizei kriegt nonstop Notrufe aus der gesamten Innenstadt. Überall wird angeblich geschossen, totales Chaos.«

Sie kamen an einem Restaurant vorbei, innen an den Fenstern drängten sich die Leute und schrien, als Fallner und Becker plötzlich am Fenster auftauchten. Sie waren jetzt drei Straßen von den Toten entfernt. Sie stellten sich in den nächsten Hauseingang.

»Alle Taxis sind angewiesen, niemanden aufzunehmen.« Nico hatte jedoch keine Information, die ihnen irgendwas gebracht hätte. »Die Leute melden weitere Anschläge, auch direkt von hier, was ist denn los mit diesen Arschlöchern?«

»Alle drehen durch, das war der Sinn der Sache«, sagte Fallner, »die haben alles erreicht, was sie wollten. Und wer weiß, wer diesen Unsinn meldet.« Sie gingen weiter. »Ich bin mir sicher, dass die noch hier sind.«

Er hatte beide Hände draußen und die Waffen in den Jackentaschen, Theresa ihren Mantel geschlossen, eine Hand in der Tasche, um das Gewehr an den Körper zu pressen. Ein schwarzer Transporter kam ihnen im Schritttempo entgegen, und Fallner hakte sich bei ihr ein, um ihre Hand abzuschirmen, die sie nicht aus der Tasche nehmen konnte.

Alle Türen des Transporters waren offen, vermummte Spezialpolizisten hielten Maschinenpistolen im Anschlag. Einer rief ihnen zu, sie sollten weg von der Straße und irgendwo reingehen. Fallner hob die Hand und rief, dass sie das machen würden.

Die nächsten Meldungen aus dem Chaos: »Die Polizei dementiert, dass es am Bahnhof und am Jüdischen Museum Schüsse und Tote gegeben hat, aber diese Idioten posten es einfach immer weiter.«

»Wenn es mal draußen ist, kannst du's nicht mehr stoppen.«

Sie gingen in eine lange Passage, die an der breiten Straße endete, die Fallner mit seinem Rollator blockiert hatte. Auf der anderen Seite war man schnell in der Fußgängerzone, und wenn man nach rechts ging, kam man in einer Minute zu der Straße, in der vor Aymen's Deli das Auto jetzt vermutlich nicht mehr brannte. Die Passage war hell erleuchtet und voller Menschen, die Angst hatten und sich an die verschlossenen Läden pressten. Es war laut, und über den vielen Stimmen brüllte jemand mit Kommandostimme. Fallner hielt seine Waffen in den Jackentaschen bereit.

Etwa in der Mitte der Passage stießen sie auf den Typ, der die Kommandos gab. Er stand mit dem Rücken zu ihnen, trug weiße Turnschuhe, Jeans und einen grünen Anorak. Und hielt eine schwere Handfeuerwaffe nach oben. Vor ihm hockten etwa zwanzig Leute auf dem Boden, die er anschrie, sich nicht zu bewegen und ruhig zu bleiben. Als sie nah genug waren, sahen sie, dass nebenan in einem Kosmetikgeschäft weitere zwanzig oder mehr Menschen auf dem Boden saßen, die von einem anderen bewaffneten Typ kontrolliert wurden.

»Das sind Zivile«, sagte Theresa.

»Ich weiß«, sagte Fallner, und dann lauter: »Dirk, was ist los, braucht ihr Unterstützung?«

Der Typ fuhr herum, richtete seine Waffe auf sie, dann nach unten: »Fallner«, sagte er. »Wir haben einen Hinweis bekommen, dass einer der Geflüchteten angeblich in diesen Laden reingelaufen ist.«

Dirk war extrem nervös. Die Situation war vollkommen unklar, und wenn die Meldung stimmte, waren sie in Lebensgefahr. Wenn jemand eine falsche Bewegung machte, konnte alles passieren.

»Wir können die Leute nicht gehen lassen«, sagte er. »Aber unsere Unterstützung muss jeden Moment hier sein.«

Theresa gab Fallner ein Zeichen, dass sie hier verschwinden mussten, und er sagte »Okay« zu diesem Dirk, den er von früher kannte. Und dann noch: »Bleibt ruhig, diese Typen sind nicht hier, macht euch nicht verrückt, und macht die Leute nicht verrückt.«

Die passende Antwort bekam er in den Rücken: »Kümmert euch um euren eigenen Scheiß, haut ab hier!«

Er ließ sich auf nichts ein, sie gingen weiter.

»Das sind genau die Bullen, die bei sowas Mist bauen«, sagte er mit unterdrückter Wut, »ich könnte kotzen, dass die hier sind, jede Wette, dass die auf eigene Faust hier aufgekreuzt sind und irgendeinen Scheiß durchziehen, ohne sich mit jemandem abzusprechen.«

»Wir können nicht hierbleiben«, sagte Theresa.

Sie gingen durch die Passage, die voller Menschen war, die sich nicht ins Freie trauten, und am Ende bogen sie ab nach rechts und dann in die Straße, die nach zweihundert Metern abgesperrt war.

»Was hast du noch vor? Wir können hier nichts mehr zu tun.«

»Keine Ahnung«, sagte er. »Noch eine Runde drehen, ich weiß es nicht, mir fällt nichts anderes ein.«

Sie blieb stehen, um sich von Nico Neuigkeiten durchgeben zu lassen und sagte dann: »Sie haben unser Büro und Stathakos' Laden durchsucht, sie haben noch nichts. Wir sollen zurück in die Firma.«

»Du rückst ein, ich bleibe. Ich bin hier noch nicht fertig.«

»Das kannst du vergessen.«

Sie ging mit ihm weiter. Und blieb neben ihm stehen, als er sie etwa zwanzig Meter vor der Absperrung hart an der Schulter packte. Der Mercedes-Jeep war direkt vor der Absperrung an der Seite geparkt. Und vor allem waren da die beiden Männer, die an der Fahrertür lehnten: sein alter Freund Telling und in Uniform der Klan-Bulle, dessen Spur sie am Nachmittag nicht verfolgt hatten.

»Mach jetzt kein' Scheiß«, sagte sie.

»Mach ich nicht.«

Er schob sie weg und zog eine der Waffen aus der Jacke. Hielt sie so am Oberschenkel, dass man sie von der Polizeisperre aus nicht sehen konnte. Aber Telling hatte ihn ebenfalls entdeckt und dass er mit einer Pistole in der Hand auf sie zukam.

»Du solltest hier nicht so rumlaufen, Fallner«, sagte er. »Bevor noch mehr passiert.«

»Ihr habt die beiden erschossen«, sagte Fallner.

»Du spinnst, Mann. Wir sind die Polizei, falls du's vergessen hast.«

»Du kannst mich mal, ich werde veranlassen, dass sie jetzt euch und eure Dreckskarre durchsuchen.«

»Du hast sie doch nicht mehr alle.«

Telling sagte irgendwas zu dem Klan-Bullen, der grinste und zur Sperre ging, an der er offensichtlich im Einsatz war.

»Du wirst nicht einsteigen, Telling, du bleibst hier.«

»Schieß doch, du Idiot!«

»Tu's nicht«, sagte Theresa, »wir haben nichts in der Hand, tu das bitte nicht.«

Telling stieg ein und ließ die Maschine aufbrüllen. Und Fallner ließ ihn abziehen. Nach dreißig Metern bremste Telling, warf etwas aus dem Fenster und zischte ab.

Es war ein Stück zerknülltes Papier. Fallner hob es auf. Es war ein Zehn-Euro-Schein.

Helden

Um 02:50 Uhr kamen Fallner und Theresa Becker in Bertls Eck. Sie ließ sich nicht abschütteln, wollte ihn auf keinen Fall allein lassen, wenn er nicht in seine eigene Wohnung ging, und bestand darauf, dass sie den Einsatz immer noch leitete. Er hatte nichts zu kommandieren, sollte die Klappe halten, und nur das tun, was sie sagte.

Das Eck war gut gefüllt, und sie bemerkten sofort, dass die meisten Angst hatten. Es war auffällig ruhig, keine Musik aus der Jukebox, nur wenig und verhaltenes Gequatsche. Fallner wurde angestarrt (ein Ex-Polizist war immer noch genug Polizist, um über die aktuelle Lage informiert zu sein), er musste ihnen irgendwas sagen, und er sagte laut, damit ihn alle verstehen konnten: »Ihr seid hier absolut sicher, das könnt ihr mir glauben, hier sind keine bewaffneten Typen unterwegs.«

Sie drängten sich durch den schmalen Raum nach hinten zum freien Tisch neben der Tür zu den Toiletten. Er konnte Punk Armin nicht entdecken und hatte vergeblich gehofft, Nadine in seiner Begleitung vorzufinden. Beide gingen nicht ans Telefon, und Jaqueline wusste nicht, wo sie abgeblieben war.

Frau Hallinger, Fallners Bekanntschaft, löste sich aus dem Arm von Bertls Enkel und brachte ihnen zwei Bier. Als Theresa

Wasser bestellte, schob sie auch das zweite Glas vor Fallner, der außerdem zwei Gläser Schnaps bestellte, sie sollte irgendwas bringen.

Er legte den Kopf auf die Arme, nachdem sie die erste Runde getrunken hatten. Er war vollkommen ausgepumpt, hoffnungslos, dämmerte vor sich hin und dachte an Landmann. Während Theresa permanent weiter die Nachrichten beobachtete und sich mit Nico verständigte.

Die Ermittler wussten immer noch nicht, wer sich im Hinterzimmer des griechischen Ladens aufgehalten hatte – genauer gesagt, einige wussten es nicht, während andere sich noch nicht entschließen konnten, sich mit ihnen zu unterhalten. Fallners Bruder war als Chef von Safety International Security in Bereitschaft, abgeholt zu werden.

Der Grieche war wie erwartet verhaftet worden, aber mehr als ein paar falsche Namen hatte er nicht anzubieten. Wenn ihre Namen endlich an den richtigen Stellen ankamen, würde man sie nicht festnehmen, darum ging's nicht, dafür würden höhere Stellen sorgen.

»Landmann wird ein Held«, sagte Theresa. »Er hat einen islamistischen Anschlag verhindert und wurde dabei getötet. So werden sie das verkaufen, was meinst du, Fallner?«

Sie wusste nicht, ob er schlief oder nur die Augen geschlossen hielt. Er reagierte nicht.

»Wir sind so Helden«, sagte sie und legte ihren Kopf auf seine Schulter.

Es war 05:05 Uhr, als sich Jaqueline in Uniform an ihren Tisch setzte. Die Kneipe hatte immer noch keine Insassen verloren, und alle beobachteten diese Polizeitante, von der die meisten nicht wussten, dass sie zu Fallner gehörte.

Als der Enkel neben ihr stand, bestellte sie ein Glas Weißwein und sagte: »Sie können den Leuten sagen, dass offiziell komplett Entwarnung gegeben wurde. Der ganze Scheiß ist vorbei.«

Bertls Nachfolger ging zurück hinter die Theke, schlug mit einem Messer an ein Glas und verkündete die frohe Botschaft. Es wurde geklatscht und gebrüllt. Fallner richtete sich auf und umarmte seine Frau.

»Wisst ihr was?«, sagte sie. »Uns wurden insgesamt dreihundert Terroranschläge gemeldet. Könnt ihr euch diesen Wahnsinn vorstellen? Wir haben zwei Tote, aber alle diese verdammten Arschlöcher haben uns ungefähr tausend Tote gemeldet.«

»Hast du gehört, Landmann«, sagte Fallner, »ihr seid nur zwei von tausend, bei euch ist jetzt sicher einiges los, also bleib ganz ruhig, Mann.«

Sie tranken alle Gläser aus und bestellten neue.

»Und ein bescheuerter Zivilbulle hat einem jungen Mann ins Bein geschossen, weil er sich nicht an seine Anweisungen halten wollte.«

»Wo ist Nadine?«, sagte Fallner.

»Und dann gibt's ja noch unsere liebe Nadine«, sagte Jaqueline. »Ihr ist nichts passiert. Sie ist nur zurück nach Leipzig zu ihrer Mutter. Ich glaube, sie hat den letzten Zug erwischt, der rausgekommen ist.«

Sie schüttelte den Kopf wie Fallner. Das durfte doch alles nicht wahr sein.

» Und ich glaube, das ist meine Schuld«, sagte Jaqueline und fing zu heulen an.

»Das ist es nicht«, sagte Fallner. »Warum denn?«

»Ich hab ihr geschrieben, dass ich keine Zeit für sie habe und dass sie allein zu Hause bleiben muss, und dann war sie sauer. Das hat sie mir vor einer Stunde geschrieben.«

Sie schob ihm ihr Telefon rüber, aber er wollte es nicht lesen.

»Ich bin schuld«, sagte er. »Aber wir kriegen die Typen, Landmann, verlass dich drauf, und dann werden – und dein Anteil, das ist klar.«

»Du bist nicht schuld«, sagte Theresa.

»Und warum ist sie dann abgehauen?«

»Wegen ihrer Mutter.«

Glücksspiel

Sogar das Haus war nicht mehr das, was es mal gewesen war. Leute verschwanden, ohne sich zu verabschieden, und Leute zogen ein, ohne sich vorzustellen.

Obwohl das Haus vom Jahrgang 1922 mit den fünf Stockwerken in der schmalen Straße mit drei- bis fünfstöckigen Häusern immer noch so aussah, also könnte jeder der Bewohner schon an der nächsten Tür die benötigte Tasse Zucker bekommen.

Vielleicht wurde das Haus vom zunehmenden Mangel an Solidarität von innen aufgefressen, und wenn es dann immer mehr von diesen neuen Deutschen bewohnt wurde, die sich nur noch für Solidität interessierten, bekam es eine neue Fassade, und wer nicht mehr zur Fassade passte, musste sich verpissen.

Zur neuen Fassade würde dann auch »verpissen« nicht mehr passen ... Finden Sie passende Wörter, die verpissen ersetzen und so klingen, als müsste sich niemand verpissen, sondern sich nur in eine bessere Zukunft fortbewegen, in deren Häusern sich neue Bewohner nicht vorstellen müssen, sondern automatisch mit allen körperlichen und sonstigen Daten eingebaut werden, weshalb man sie bei der ersten Begegnung im Treppenhaus fragen konnte, warum sie 2012 ihren Reisepass in Albanien verloren hatten und nicht in einem Land mit weniger Drogengeschäften.

Keine leichte Aufgabe also für den Hausmeister des alten Hauses, den Überblick zu behalten; auch wenn er nur ein inoffizieller Hausmeister war, der sich nicht um korrekte Müllbehandlung zu kümmern hatte, wurde seine Autorität zunehmend durchlöchert. Der Zweiundachtzigjährige, der nie aus dem Fenster gesprungen war und sein im Krieg amputiertes Bein nie mit einer Prothese ersetzt und nur sein leeres linkes Hosenbein hochgesteckt hatte, was ihn zu einem äußerst seltenen Exemplar machte, war schon vor Monaten (vor Nadines Heimkehr) in eine moderne Wohnung umgezogen, ohne sich bei Fallner, dem inoffiziellen Hausmeister, abzumelden. Was ihn weder wunderte noch beleidigte, denn er hatte dem Invaliden mehrmals pro Jahr körperliche Gewalt angedroht, weil er andere Hausbewohner grundlos belästigte oder massiv störte. Die neue Wohnung des Alten war viel kleiner, aber seinen Bedürfnissen optimal angemessen und aus umweltfreundlichem Holz gebaut. Alles war so, wie es sich die moderne Stadtplanung vorstellte. Und zwei uniformierte Männer hatten den Umzug und den in diesem Fall besonders lästigen Papierkram für ihn erledigt und ihn sogar hinausgetragen. Die Wohnung war dann auffallend lange und sorgfältig renoviert worden. Was kein gutes Zeichen, sondern ein Alarmsignal war – und jetzt lag vor der offenen Wohnungstür ein zugeballerter Mann, der sich grölend über irgendwas beschwerte und mit Händen und Füßen in die Luft schlug. Neben ihm stand eine Frau in einem knallgelben Kleid mit grünen Stiefeln, die ihn zu beruhigen und in die Wohnung zu locken versuchte. Sein aggressives Verhalten beeindruckte sie nicht.

Der Betrunkene war wie die meisten Betrunkenen misstrauisch und interpretierte das Hilfsangebot als Verletzung seiner Menschenwürde. Ex-Polizist Fallner kannte die Konstellation von seinen Straßeneinsätzen und wusste, dass ein wirkungsvolles Argument ungefähr so selten war wie eine deutsche Nonne, die eine geladene Glock am nackten Oberschenkel trug.

»Verpiss dich«, brüllte der Betrunkene.

»Wenn du endlich reinkommst, kann ich mich endlich ins Bett verpissen«, sagte die Frau.

Fallner schätzte die beiden auf Mitte dreißig. Das waren sie also, die neuen Mieter, die sich seit einem Monat noch nicht vorgestellt hatten.

Wie es im Moment aussah, passten sie ganz gut in das Haus. Und das waren die Gründe, warum es die steinalte Vermieterin, die im idyllischen Umland lebte und sich über ihr Metropolenhaus keine Gedanken machen wollte, eine gute Idee gefunden hatte, dass ein Polizist wie Fallner (von dem sie nicht wusste, dass er inzwischen Ex-Polizist war) den Hausmeister markierte. Genauer gesagt, passte er einfach nur auf, dass Betrunkene keine Frauen verprügelten, die ihnen ins Bett helfen wollten. Und wenn jemand glaubte, es müsste in diesem Haus so ruhig sein wie auf einer einsamen Berghütte, gab er den guten Rat, dass man besser in eine einsame Berghütte umziehen sollte.

»Kann ich irgendwie helfen?«, sagte er.

Er stellte sich vor und erklärte, dass er hier eine Art Hausmeister war, ein Freund der Besitzerin (was nicht stimmte), der am längsten im Haus wohnte, und wenn es Ärger gab, würde er immer versuchen, den Ärger zu beseitigen, ehe man die Besitzerin informieren musste und sie möglicherweise schlechte Laune bekam, die sich auch auf das Haus und seine Bewohner auswirken könnte, weil man bei dieser alten Frau eben mit allem rechnen musste.

Warum machst du immer dieses Bla-Bla?

Er war gut und geübt darin, Leute vollzuquatschen, um sie abzutasten, wie man jemanden mit den Händen abtastete, um seine am Körper verborgenen Waffen zu finden.

Die knallgelbe Frau sah ihn nur mit einem Ich-habe-schon-den-hier-am-Hals-und-jetzt-dich-auch-noch-Blick an und wartete ab, wie es weitergehen würde.

»Ist doch kein Problem«, sagte Fallner zu ihr, »wir sind hier kein Hotel für katholische Upper-Class-Architekten, wenn Sie wissen, was ich meine.« Er musste aufpassen, dass er sich von ihrer Attraktivität nicht ablenken ließ.

Er beugte sich über den Angeschlagenen und sagte: »Alles cool, Mann, du musst dir keine Sorgen machen, wir bringen dich ins Bett.«

»Verpiss dich«, sagte der neue Nachbar von unten.

»Cool ist eines seiner Hasswörter«, sagte die Frau.

»Kein Problem«, sagte Fallner. Er konnte cool ebenfalls schon lange nicht mehr ausstehen, hatte jedoch vermutet, der Typ würde *cool* cool finden.

»Du bist der Bulle«, sagte der betrunkene Mann, »schon gehört.« Er dachte nach, um ein noch treffenderes Wort zu finden, es war keine Überraschung, welches ihm in die Quere kam: »Arschloch.«

»Aber ich bin cool«, sagte Fallner, »und ich hoffe sehr, du bleibst cool.«

»Übertreiben Sie's nicht«, sagte die Frau.

Die schicke Tante hat Drogen in der Handtasche, dachte Fallner, und ich werde mich nicht dafür interessieren, selbst wenn sie nicht nett zu mir ist.

»Ein bisschen erste Hilfe für den freundlichen Mann wär nicht schlecht«, sagte er, »natürlich nur, falls das nicht übertrieben ist.«

Er bückte sich, um ihn hochzuziehen, stützte ihn und steuerte ihn in die Wohnung. Die Frau ging voran und machte Licht. Sie wankten unter topmodernen Designerlampen durch einen zuerst von Kleidern, Schuhen und Spiegeln, dann von Bücherregalen flankierten Gang. Der Mann stank, wie eine Schnapsfabrik vor hundert Jahren gestunken haben musste, wenn was in die Luft geflogen war, dessen Ausdünstungen die Arbeiter umlegte, die es nicht schnell genug nach draußen schafften.

Obwohl er leise jaulte wie ein armer Hund, hatte Fallner den Eindruck, dass er nicht so angeschlagen war, wie er auf den ersten Blick wirkte. Es klang, als würde er nur einen Hund spielen. Er war nicht schlecht gebaut, schon eher ein Kampfhund, der länger nicht rausgekommen war.

Das Schlafzimmer war sorgfältig reduziert eingerichtet, nur das Nötigste, kein Kleiderschrank. Als sollte das Foto über dem Kopfende des Betts alle Aufmerksamkeit auf sich ziehen; es war so groß, dass es Verletzte geben würde, wenn es runterfiel. Falls es ein Foto war, was er im gedimmten Licht nicht genau erkennen konnte. Es war kühl im Zimmer und roch dezent nach Parfum, und deshalb wartete er auf die Aufforderung, den Alkomann zuerst in die Dusche zu schleppen. Diese Leute machten einen schnell zum Personal, wenn man nicht aufpasste. Die Frau sagte jedoch nichts, und er legte ihn auf das schwarz-bezogene Doppelbett.

Um Zeit zu gewinnen, zog er dem Mann die guten Schuhe aus. Knöpfte sein Jackett auf, er trug einen karierten Anzug, dunkel- und hellbraune Quadrate mit schwarzen Umrandungen. Sah extrem modern aus und war garantiert in jeder Runde ein Hit, den alle bewunderten. Als Ex-Polizist, der immer noch im Ermittlungsgewerbe tätig war, obwohl er die Firma seit Landmanns Tod vor sieben Wochen nicht mehr betreten hatte, interessierte sich Fallner natürlich mehr für die Taktik des bestmöglichen Untertauchens.

Erfahrung und Instinkt sendeten Fallner Meldungen von allen Seiten. Die Lampen, das Schlafzimmerfoto, Schuhe, das gelbe Kleid. Was nicht heißen musste, dass diese Meldungen spektakuläre Nachrichten übermittelten. Aber sie machten auf sich aufmerksam. Eine der Meldungen, die ihn angesprochen hatte, war ein Haufen Geldscheine, den er im Vorbeigehen, mit dem Betrunkenen im Arm, auf dem Küchentisch gesehen hatte. Hunderter, sicher mehr als zehn, einige zerknüllt, lagen zwischen Tassen, Gläsern und Tellern herum. Wie mit einer Geste von Leuten hingeworfen, die sich für Geld nicht weiter interessierten, weil sie wirklich genug von dem Zeug machten. Hatte er zum Beispiel schon bei reichen Drogenleuten gesehen.

Warum machen die das so? Kann ich dir nicht genau sagen, aber es gibt solche und solche.

»Vielen Dank«, sagte die Frau, »ich weiß nicht, was ich ohne Sie getan hätte.«

Das war doch immer ein guter erster Versuch, um jemanden loszuwerden. Ihre Körpersprache zeigte jedoch keine Dankbarkeit, sondern Vorsicht.

»Keine große Sache«, sagte er, »ist doch selbstverständlich.«

Jetzt hatte er es – die attraktive Dame, die so schnell umschalten konnte, wenn es die Situation verlangte, war Anwältin. Ganz klar. Und der Mann, auf den sie nicht immer aufpassen konnte, war Dealer. Das war nicht wahnsinnig weit hergeholt, sondern eine nicht so seltene Kombination. Wie schon Waylon Jennings gesungen hatte: *Ladies love Outlaws!* Ein Lied, das jeder Psychokiller im Knast vor sich hin pfiff, wenn er seine vielen Heiratsangebote durchblätterte. Er erhob sich vom Bett, folgte ihr in die Küche und setzte sich an den Tisch mit den Scheinen.

»Vielleicht sollten wir besser einen Notarzt rufen. Ich finde, er sieht nicht gut aus.«

»Das ist nicht nötig, ich kenne das. Er ist völlig okay, er braucht nur ein paar Stunden Schlaf, das ist alles.«

Fallner nickte und blieb sitzen. »Ich bin übrigens nicht Polizist, sondern Ex-Polizist, sagen Sie das Ihrem Mann, er muss keine Angst vor mir haben.«

»Mein Freund hat das nicht so gemeint.«

»Ich bin jedenfalls kein Blockwart oder sowas, das wollte ich damit sagen.«

Sie blieb mit verschränkten Armen an der blitzenden Küchenzeile stehen und sagte nichts.

»Das Haus gehört übrigens noch zur alten Arbeiterklasse des Viertels, aber die haben die Wohnung wirklich toll renoviert. Sie haben gute Beziehungen, stimmt's?« Eine Frau mit einem derartig alarmierenden Kleid musste Beziehungen haben.

»Wenn ich daran denke, wie das vorher ausgesehen hat. Also bevor der gestorben ist. Der war ein Ekel, kann ich Ihnen sagen. Nazikindersoldat.« Kein gutes Thema. »Und was machen Sie so im Leben? Hier gibt's ziemlich viele Bücher, machen Sie was mit Büchern?«

»Ich bin wirklich sehr müde, wir waren auf einer schrecklichen Party, aber –«

»Das kenne ich, das ist kein Vergnügen.«

»– also ich lade Sie demnächst mal zum Essen ein, ist das ein Vorschlag?«

Das war zweifellos einer, und wer's glaubte, würde auch noch selig werden. Dennoch hatte er sich nicht umsonst bemüht. Denn ihr Freund hatte ausgeschlafen und stand in der Tür. Ein Mann, den er nicht unterschätzt hatte.

»Endlich mal Besuch vom Nachbarn!«, sagte er.

»Ich wollte gerade gehen«, sagte Fallner.

»Unsinn, wir müssen jetzt wenigstens anstoßen!«

»Heute nicht mehr, Tobias«, sagte sie. »Aber ich habe ihn demnächst zum Essen eingeladen, mit Frau selbstverständlich.«

»Unsinn, wir trinken jetzt ein Glas zusammen.«

Als er aus einem der verchromten Hängeschränke drei Gläser holte und auf den Tisch knallte, hatte das gelbe Inferno den Raum schon verlassen. Er winkte mit einer Mann-diese-Frauen-Geste ab und kippte was Goldbraunes in die Gläser.

»Auf das Leben und auf gute Nachbarschaft!«

Er trank ex und füllte nach, Fallner benetzte nur die Lippen. Er hatte seit Landmanns Tod und Nadines Weggang kaum noch getrunken. Machte irgendwie keinen Spaß mehr, seit die Menschen, die ihm was bedeuteten, reihenweise abhauten.

»Wissen Sie eigentlich, dass Sie da drüben in der Kneipe schwer vermisst werden? Klasse Kneipe, gefällt mir, mal was anderes. Alle fragen sich, wo ist denn unser Kommissar Dirty Harry? Du wohnst doch jetzt im Haus, was ist mit ihm los? Keine Ahnung, Leute, ich hab ihn doch noch nicht mal kennengelernt.«

»Falsche Information, ich bin nicht mehr bei der Polizei«, sagte Fallner, der seit Landmanns Tod nicht mehr in Bertls Eck gewesen war, weil es irgendwie keinen Spaß mehr machte.

»Weiß ich doch«, sagte dieser Tobias. »Ich weiß alles über dich, Dirty Harry, sie haben mir alles erzählt. Du warst Sonderkommando, hast einen Dealer erschossen, dann etwas durchgeknallt und Frau weg, jetzt irgendwas mit Security in der Firma deines Bruders. Und dann dieses Mädchen, aber das hab ich nicht genau kapiert.« Er klatschte in die Hände. »Ist mir doch klar, Mann, die Hälfte davon ist ja nur Kneipengelaber. Und du hast erst kürzlich eine heftige Aktion in der U-Bahn gehabt, stimmt das? Hab ich mitbekommen, wusste aber nicht, dass du das warst. Tolle Story, Respekt, echt jetzt. Aber es kam nicht raus, dass du das warst, richtig? Wo ist das Problem?«

»Alles Quatsch.«

»Ein Kumpel von dir wurde bei diesem Anschlag erschossen, ist das Quatsch?«

»Und was ist dein Job?«

»Mein Job? Gute Frage, Herr Kommissar, eine sehr gute Frage. Ich habe keinen Job, so sieht's aus, was ich habe ist ein Minenfeld, ein Drecksjob, aber egal, vergiss es. Tatsache ist, dass ich dich wirklich mal treffen wollte. Glücklicher Zufall.«

Kein Dealer, das war sicher. Kein Dealer, kein Bulle, kein Arzt, kein Pilot. Andererseits war Menschenkenntnis auch nur ein Glücksspiel.

»Also pass auf, ich mach's kurz, ich schreibe Bücher, und dann haben sie mir in der Kneipe von dir erzählt, und ich habe auch mal etwas recherchiert. Diese Story mit dieser alten Pornotante vor zwei Jahren, die ist echt nicht schlecht. Also hatte ich die Idee: Mit dem Typen könnte man ein Buch machen. Du erzählst mir alles, ich schreib's auf. Echtes Zeug, verstehst du? Kein Scheiß, kein Heimatkrimischeiß oder sowas, sondern True Crime. So wie's eben war. Was hältst du davon?«

»Nichts«, sagte Fallner.

Zuerst müssten sie über die Ermordung Landmanns irgendwas herausfinden, und es sah nicht danach aus, als würden sie jemals einen Schritt weiterkommen. Andererseits betrachteten sie die Sache nicht als erledigt, fünf Wochen waren keine Zeit, und irgendwann würde jemand irgendwas auspacken, irgendwas würde passieren, irgendein verdammter dummer Zufall würde ihnen helfen, es war auch eine Art Glücksspiel.

Außerdem war das, was er schon jetzt dazu sagen konnte, nicht nichts.

»Denk doch einfach mal drüber nach, wir müssen das hier und heute nicht ausdiskutieren.« Er nahm einen Schluck und füllte nach. »Ich bin betrunken, okay, aber ich weiß, was ich sage. Falls es das ist.«

»Ich denk drüber nach.«

»Du willst aber natürlich erstmal rausfinden, was ich geschrieben habe, stimmt's? Würde ich auch machen, das ist klar.«

»Das ist keine schlechte Idee.«

Er weckte Jaqueline, zog an ihren Haaren und hielt ihr die Nase zu, bis sie endlich wach war. Er hatte sie erschreckt, sie stand sofort senkrecht im Bett.

»Keine Panik«, sagte er und zeigte ihr seine Handflächen, »ich muss dir nur schnell erzählen, also dieser Typ von unten, der neue Mieter, wir werden ein Buch zusammen schreiben: Ich erzähle, er schreibt das auf. True Crime. Ist doch ein guter Plan, was meinst du, nein?«

Sie fiel beruhigt wieder um, sagte nur »Schwachsinn« und verkroch sich unter der Bettdecke.

»Keine Angst, du wirst nicht mit deinem richtigen Namen vorkommen.«

Und geht's dabei wieder nur ums Geld? Wie kommst du auf die Idee, Nadine, da geht's nur um die Wahrheit.

Inhalt

Und dieser Gott hilft ihnen? **7**
Grillclown Gangsta **23**
Rendezvous im Ring **32**
Streng vertraulich **44**
Perfekte V-Männer **49**
Besprechungen **59**
Ob/abservieren **70**
Eine Art Virus **85**
Schlechter Platz **88**
Untergrund **94**
Fortschritt **106**
Alte Rechnungen **122**
Kein halber Mensch **127**
Labyrinth **138**
Träume **139**
Die Ziege und der Wolf **140**
Schulmädchenreport **149**
Besuch von oben **156**
Heimat ist da, wo man sich aufhängt **166**
Bin Laden Verladen **178**
Blondinenwitze **189**

Ihr werdet noch an mich denken	**193**
Es werden immer mehr	**200**
Tote Zeugen reden nicht	**203**
So wunderschön wie heute	**219**
Ganz andere Probleme	**227**
Rennen	**232**
Was	**233**
Diese verdammten Kinder	**234**
Okkupation	**244**
Gute Nachbarn	**248**
Jaqueline in Uniform	**255**
Dem Teufel die Hand geben	**257**
Chaos und Ordnung	**262**
Helden	**270**
Glücksspiel	**274**

Anmerkungen

Das Motto von Danny Dziuk ist ein Zitat aus seinem Song »Zu groß, um zu scheitern« vom Album »Wer auch immer, was auch immer, wo auch immer«, 2016.
Das Album »Angst vor« von Fred Is Dead erschien 1997 mit den genannten Details; die Geschichte dazu ist jedoch frei erfunden.
Die Rede von Wirt Bertl auf S. 160 ist ein Zitat aus dem Erich-Mühsam-Lesebuch »Das seid ihr Hunde wert!« (Hrsg. von Manja Präkels und Markus Liske, Verbrecher Verlag, Berlin 2014, S. 207).
Beim Thema »Nazi-Terrorgruppe und Polizistenmord« waren meine wichtigsten glaubwürdigen Informationen die Arbeiten des Journalisten Thomas Moser (vor allem auf Heise.de) und des Politikwissenschaftlers Prof. Dr. Hajo Funke (https://hajofunke.wordpress.com/).
Ebenso großartig, aufschlussreich, empfehlenswert ist der Dokumentarfilm »München – Stadt in Angst« (2018) von Stefan Eberlein.

Für unterschiedliche Unterstützung oder spezielle Beratung dankt der Autor: Elke Abend, Friedrich Ani, Christos Davidopoulos, Christina Gattys (gattysglobal), Hubl Greiner, Nina Grosse, Christian Lyra, Tom Kraushaar und allen bei Klett-Cotta-Tropen, Markus Nägele (Heyne Hardcore), Evelyn Rahm, Lothar Roser, Sia Sharifi, Peter Sonntag. Und besonders einmal mehr Natalie Buchholz für das Lektorat. Und seiner Familie.

»YOU ARE THE JOKER / I AM THE JOKE«
Wiglaf Droste, 1961–2019